Der Engel von Graz

Robert Preis wurde 1972 in Graz geboren und ist dort aufgewachsen. Nach dem Studium in Wien und einem längeren Auslandsaufenthalt in Kroatien lebt er heute mit seiner Familie wieder in der Nähe seiner Heimatstadt. Er arbeitet als Journalist bei einer Tageszeitung und schrieb zahlreiche Sachbücher und Romane. www.robertpreis.com

Dieses Buch ist ein Roman. Handlungen und Personen sind frei erfunden. Ähnlichkeiten mit lebenden oder toten Personen sind nicht gewollt und rein zufällig. Da sich auf den folgenden Seiten zahlreiche typisch österreichische Ausdrücke befinden, gibt es am Ende des Textes ein Glossar.

ROBERT PREIS

Der Engel von Graz

KRIMINALROMAN

emons:

Bibliografische Information der Deutschen Nationalbibliothek
Die Deutsche Nationalbibliothek verzeichnet diese Publikation in der Deutschen Nationalbibliografie; detaillierte bibliografische Daten sind im Internet über http://dnb.d-nb.de abrufbar.

Cäcilienstraße 48, 50667 Köln
info@emons-verlag.de

Umschlagmotiv: Stephan Pelizzari
Umschlaggestaltung: Tobias Doetsch
Gestaltung Innenteil: César Satz & Grafik GmbH, Köln
Lektorat: Susanne Bartel
Druck und Bindung: Books on Demand GmbH, Norderstedt
Printed in Germany
Erstausgabe 2015
ISBN 978-3-95451-722-0
Originalausgabe
4. Auflage

Mit Unterstützung durch das Land Steiermark

Für
Ingrid und Fritz

Anerkennung ist eine Pflanze, die vorwiegend auf Gräbern wächst.

Nikolaus Lenau (1802–1850)

Prolog

Sommer

Schlimmer als der Tod war nur die Ungewissheit spurlosen Verschwindens.

Johannes Schulmeisters Frau Roswitha stand mit dem Handy in der Hand am Fenster und starrte auf die Schlammschlieren, die der Dauerregen an diesem Sommermorgen über die Straße spülte. Die meisten Menschen der Stadt hatten die Mur noch nie in ihrem Leben so gierig gesehen. Ihr Wasser stand knapp unter der Uferpromenade, die Böschung war weitgehend nicht mehr existent.

In den letzten Tagen hatte sich ein regelrechter Katastrophentourismus entwickelt, denn wie sonst war zu erklären, dass sich auf der Hauptbrücke immer wieder Gruppen von Menschen versammelten, die mit banger Erwartung des unheilvollen Finales der Wetterkapriolen Fotos der braunen Wassermassen schossen?

Das Wetter war sogar auf Facebook das Topthema, und auch die Zeitungen berichteten täglich darüber und suhlten sich in den schlechten Nachrichten. Wetter. Überall nur Wetter. Man sprach darüber, hörte davon, sah und spürte es. Und die Aussichten waren trüb. Der Sommer war keiner. So schlecht wie nie. Kalt. Verregnet. Ein Trauerspiel.

Doch Roswitha Schulmeister kümmerte das alles nicht. Sie starrte zwar wie all die anderen in den Regen, doch sie starrte durch ihn hindurch.

Ihre Gedanken waren noch viel düsterer, als es der düsterste Sommerregen sein konnte.

Ihr Mann hatte nichts von einem nächtlichen Einsatz erwähnt, und doch war er bis zum Morgengrauen nicht heimgekommen. Sie hatte allein gefrühstückt, blickte nun über die Straße hinweg auf die Schrebergärten, von denen sie eine Parzelle mit Holzhütte, Pfirsichbäumen und Erdbeerbeeten gepachtet hatte. Sie konnte sich des Gefühls nicht erwehren, dass etwas passiert war. Sie griff zum Telefon.

Der Regen.

Am anderen Ende der Leitung war Armin Trost. Die Tonlage seiner Stimme hätte nicht besorgter sein können. Auch er hatte keine Ahnung. Ein nächtlicher Einsatz? Nein, sicher nicht.

Natürlich hatte es keinen nächtlichen Einsatz gegeben, und natürlich hatte Johannes Schulmeister auch sonst niemanden, bei oder mit dem er die Nacht verbracht haben könnte. Gewollt hätte er es vielleicht, dass es so jemanden gab, ja. Er war ein alter Sack, der jedem jungen Weibsbild hinterherglotzte wie ein dummer Hund. Alle Männer waren ab einem bestimmten Alter alte glotzende Säcke. Und dumme Hunde.

Aber getan hatte er es sicherlich nicht. *Es* getan. Mit einer anderen Frau. Dazu kannte Armin Trost den Mann zu lange, dazu hatten sie zu viel gemeinsam erlebt.

Schon als er Roswitha versprach, der Sache auf den Grund zu gehen, wusste Trost, dass etwas passiert sein musste. So etwas wusste er immer gleich. Mit dem ihm eigenen Instinkt. Auch wenn er nicht sagen hätte können, Schulmeister und er seien je Kumpel gewesen. Freunde gar. Aber so etwas? Von heut auf morgen verschwinden? Sein Partner? Nein, das würde er nie tun.

Trost fuhr das ganze Programm auf. Organisiert wie eine Armee rückte die Polizei aus, durchkämmte das Gestrüpp entlang der Mur bis hinunter nach Gössendorf, überschwemmte das Griesviertel mit Razzien. Taucher, Hunde, Hubschrauber, alles, was zur Verfügung stand, musste ran. Sie horchten und lauschten und krochen und stöberten. Allein der Aufwand blieb ohne Erfolg. Von Bezirksinspektor Johannes Schulmeister, dem seit Jahrzehnten verdienten Mitglied des Ermittlungsbereichs LKA 1 – Leib und Leben –, dem direkten Mitarbeiter des weithin bekannten Chefermittlers Armin Trost, keine Spur. Nach einem Tag nicht. Nach zweien nicht. Auch nicht nach einer Woche. Nach zwei. Drei.

Zu Beginn der immer verzweifelter verlaufenden Suchaktion hatte Trost noch nahezu jeden Abend an Roswitha Schulmeisters Seite verbracht. Trost spendete Trost. Er schwor sich, dass er Himmel und Hölle in Bewegung setzen werde, um Schulmeister zu finden. Die ganze Welt auf den Kopf stellen. Bis der Himmel unter Graz verschwand und die Hölle über der Stadt loderte. Früher würde er nicht aufgeben.

Aber diesen Fall musste er nicht nur lösen, er musste auch gut ausgehen. Er musste einfach. Musste.

Der Graf

1

Herbst

Der Schuss riss eine solche Kerbe in die Welt, dass jedes Geräusch augenblicklich erstarb. Als würde alles Leben für einen Moment den Atem anhalten.

Doch wichtig war nur, dass das Geschrei der Krähen endlich verstummte. Sie lärmten schon, seit er hier aufgetaucht war. Tyrannisierten die Umgebung.

Eine schwarze Wolke stob auf und zog einige hundert Meter weiter. Da und dort setzten sich die Tiere wieder auf dürre Äste und starrten mit ihren kalten Augen zwischen dem Gelb und Rot des herbstlichen Waldes zu ihm herüber. In ihren Blicken lag weder Furcht noch Schreck. Stattdessen etwas Unerbittliches. Etwas Böses.

Sie sehen aus wie Todesboten, dachte er und schmeckte ein Gefühl – Abscheu.

Der Graf spuckte auf den Boden. Normalerweise tat er das nie, doch jetzt musste er die Mischung aus Ekel und Pulverdampf einfach aus dem Mund bekommen. Mit geschlossenen Lippen tastete seine Zunge die Zahnreihen ab, er inhalierte durch die Nase. Die Luft roch nach feuchtem Morgen. Er hasste Vögel. Und am meisten hasste er die Krähen.

Seinen Namen, »der Graf«, verdankte er dem Umstand, dass er so exakt war. Äußerlich und innerlich, im Denken und seinen Einstellungen. Wie einer von der alten Garde, ein Mann mit scharf duftendem Rasierwasser und penibel gestutztem Oberlippenbart und Koteletten. Ein Mann, der alle zwei Wochen zum Friseur ging und Krawatten nicht nur binden konnte, sondern sie auch trug. Sogar in seiner Freizeit. Zu Hemden mit steifen Krägen und Westen, sobald es kälter wurde. Und sonntags immer einen Anzug, einen Rock, wie man zu sagen pflegte. Eine Ausdrucksweise, die man in der Stadt schon nicht mehr kannte. In Graz. Bei den Schnöseln.

Der Graf lebte in Laufnitzdorf. Im geerbten Haus seiner Eltern in der Nähe der Bierbrauerei, die gerade eröffnet worden war.

Es war ein winziges Dorf, eine kleine überschaubare Einheit, so wie er es mochte. Städte wie Frohnleiten oder Bruck an der Mur waren ihm fast schon zu groß, und nach Graz würde er sowieso nie freiwillig fahren.

Er war ein Mann, dem das Regelwerk des Gesetzes in Fleisch und Blut übergegangen war. Einer, der die Regelmäßigkeit des Lebens schätzte. Den Kirchgang am Sonntag, die Bibel auf dem Klo, die »Große Tageszeitung« in der Früh – natürlich als Papierausgabe – und am Postkasten, als Statement gegen den schnelllebigen Rausch der Konsumwelt, das Pickerl »Werbung, nein danke!«.

Sein Regelwerk half ihm durch den Tag. Half ihm dabei, nicht durchzudrehen. Wenn er schon keine Anerkennung von einer Frau, einem Mann oder der Dienststelle erhielt, dann waren die Regeln wenigstens ein kleiner Halt, deren Einhaltung ihn in seinem Tun bestärkte.

Seine Hand mit der Pistole zitterte. Das Geschrei der Krähen erfüllte erneut die Luft und zerrte an seinen Nerven. Alles erschien ihm plötzlich farbintensiver als zuvor. Die durch ein Wolkenband brechenden Sonnenstrahlen ließen das herbstliche Blattwerk im Morgentau glänzen. Sogar seine Pistole in der Hand schimmerte in mehreren Farben.

Der wettermäßig so furchtbare Sommer war längst nur mehr ein Eintrag in einer Statistik. Und doch: Mit diesen Rabenviechern war alles auf einen Schlag durcheinandergekommen. Verdammt.

»Besser?«

Die Hand, die jetzt auf seiner Schulter ruhte, zitterte genauso wie seine. Es war jene seines Kollegen Eberhard Landerdinger, Harti genannt oder auch nur Dings – je nachdem, wie nah oder fremd man ihm war. Der Graf und Landerdinger standen emotionsmäßig in einem noch undefinierten Abstand zueinander: Irgendwo zwischen Harti und Dings. Sie waren Kollegen, aber zu verschieden.

Landerdinger hatte Kinder, eine Frau dazu, und er achtete weder auf sein Äußeres noch auf die Exaktheit der Dinge. Dafür lachte er häufiger. Nahm vieles leichter als der Graf. Auch die Krähen.

»Steck halt die Pistaks weg und krieg dich wieder ein«, sagte Landerdinger jetzt. Seine Stimme hatte den Tonfall, den man

Kindern gegenüber verwendet, wenn man ganz besonders behutsam sein will. Den Hauptabendprogramm-Erziehungssender-Tonfall.

»Schon gut«, knurrte der Graf zurück. Pistaks! Den Ausdruck hatte er seit seiner Kindheit nicht mehr gehört. »Scheißviecher«, murmelte er noch.

Was ihm zugegebenermaßen noch viel mehr als die Raben an die Nieren ging, war die grausam zugerichtete Leiche, die vor ihnen lag. Das war nicht einfach nur das Opfer einer Bluttat. Jemand hatte gewütet. Wie ein Berserker gewütet und alles Regelwerk durcheinandergebracht. Seinen Tagesablauf auf den Kopf gestellt. Die Hand des Grafen steckte die Pistole zurück in das Halfter. Es fiel ihr nicht leicht. Sie zitterte immer noch.

2

Sie standen unter dem dichten Blätterdach eines Waldes, der das Ende des größten Freilichtmuseums Europas markierte: über hundert historisch bedeutsame Bauernhäuser, Scheunen, Troadkästen, eine Schule, ein Gasthaus, alles umgeben von einer Ideallandschaft aus Gärten und in kaum noch beherrschter Handarbeit geflochtener Zäune.

Das Freilichtmuseum auf dem Gebiet der Ortschaft Stübing in der Gemeinde Deutschfeistritz galt für die gesamte Region als Leitbetrieb. Es war Tourismusmagnet, Identifikationsstätte und Arbeitgeber. Regelmäßig in den Medien, ein Reigen von Veranstaltungen zelebrierte alljährlich alte Traditionen, Handwerk und das Anno-dazumal. Zehntausende Besucher strömten an den weithin bekannten Erlebnistagen herbei.

Dabei nahm kaum jemand das Wort »Freilichtmuseum« in den Mund. Man sagte nur »Stübing«, das reichte schon. Wer nach Stübing fuhr, fuhr nicht in den Ort, sondern ins Museum.

Hier stand die Zeit still. Überall sonst wüteten Borkenkäfer und sonstige medial aufgebauschte Bestien, doch bis nach Stübing waren die Übel der Gegenwart noch nicht vorgedrungen. Die Hecken des Museums ließen nichts durch. Hier herrschte nur ehrfurchtsvolle Stille. Ein vollkommen entschleunigter Ort, um ein Wort aus der Shortlist der Wörter des Jahres zu verwenden. Entschleunigt. Als sei das Anhalten der Zeit erhaben über den Fortgang der Welt.

Sogar diese Leiche, die auf der Treppe zu einer alten Scheune lag, wurde unverzüglich Teil des Ensembles. Absorbiert von der Historie. Ein grauenhafter Anblick, natürlich, vor allem in Anbetracht der Tatsache, dass sie nicht mehr vollständig war. Und doch war unschwer zu erkennen, dass man sie wie eines der Zeugnisse der Vergangenheit, die hier überall zu finden waren, drapiert hatte. Ein toter Körper wie aus der Zeit gerissen. Wie ein historisches Abbild. Auf die Treppen gelegt, als wäre er Bestandteil einer neumodischen Kunstinstallation.

Der Graf und Landerdinger standen ein paar Meter abseits der Leiche. Dass sie überhaupt hier waren und nicht die Kollegen aus Gratwein, die es eigentlich viel näher gehabt hätten, hatte den Grund, dass sie die Sektorstreife ausgefasst hatten. Der Mord war in den frühen Morgenstunden entdeckt worden, als sie noch Dienst gehabt hatten. Von Frohnleiten aus waren sie die ganze Nacht ein gewaltiges Gebiet abgefahren, von Übelbach mit Gleinalpe bis nach Semriach mit Schöckl. Und mittendrin viel Autobahn. Viel Wald. Viel Gegend. Und dann war kurz vor Dienstschluss ein Mord gemeldet worden.

Sehr super.

Sie hatten die Befragung der beiden Arbeiter abgeschlossen, die die Leiche bei ihrem ersten Rundgang über das Gelände gefunden und sofort die Geschäftsführung verständigt hatten. Der Museumsdirektor war daraufhin selbst den Hügel hinaufgeeilt, als traue er den Aussagen seiner Männer nicht. Erst als er das Fiasko mit eigenen Augen vor dem historischen Heuschober liegen sah, hatte er zum Handy gegriffen und versucht, die Nummer der nächsten Polizeiinspektion zu googeln. Er hatte geflucht, denn sein Handy hatte keinen Empfang. So wie alle mobilen Telefone hier. Nur jenes der Hilfsarbeiter hatte ein Netz gehabt. Wie konnte es sein, dass die ein besseres …? Mürrisch hatte er sich die gegelte Haarlocke aus der Stirn gestrichen, war sich mit den schweißnassen Handflächen über seine Lederhose – eine waschechte steirische mit gerader Naht am Gesäß – gefahren und hatte das angebotene Smartphone entgegengenommen. Sekunden später stellte die Notrufzentrale ihn direkt zur Sektorstreife durch, und sie hatten miteinander gesprochen. Der Museumsdirektor und der Graf.

Der Graf betrachtete die Baumkronen rings um den Auffindeort und sah dabei aus wie ein Hund, der Gefahr wittert. »Hast du die Grazer verständigt?« Er stand breitbeinig da, die Daumen im Gürtel eingehakt.

Landerdinger hatte sich ein wenig von ihm entfernt, die Mütze vom Kopf genommen und kratzte sich jetzt am Haaransatz. Ein Zipfel seines Hemdes war aus dem Hosenbund gerutscht, und trotz der klammen Herbstfeuchte hatten sich bereits Flecken unter seinen Achseln ausgebreitet. »Ja, aber das kann dauern, weißt eh, wie die sind. Jetzt, wo die wissen, dass wir hier aufpassen. Auf ein paar Minuten hin oder her kommt es denen auch nicht mehr an. Die Tote ist tot, und wir haben alles unter Kontrolle. Und weil die das wissen, lassen sie sich jetzt Zeit. So ist das eh immer, oder?«

»Mit wem hast gesprochen?«

»Mit der Feschen, weißt eh, die Dings …«

Der Graf wusste ganz genau, wen sein Kollege meinte, und versuchte, das nervöse Zucken seiner Unterlippe zu unterdrücken. »Weiß net, wen du meinst«, log er.

»Na, die Dings, die Deutsche halt.« Landerdinger kannte nur eine Frau in der Mordgruppe der Landespolizeidirektion, so oft bekamen sie es mit den Kollegen ja auch wieder nicht zu tun. Aber er fand, dass es ungemein wichtig war, zu unterstreichen, dass er die deutsche Dings meinte.

Der Graf konnte seinen Ärger kaum verbergen.

Annette heißt sie, du Trottel. Annette. So einen Namen muss man sich doch merken, so ein Name ist in der Steiermark so selten wie ein angenehmer Tag mit Landerdinger.

Natürlich sprach er seine Gedanken nicht aus. Überdies fand er es absurd, dass gerade Landerdinger immer »Dings« sagte. Sein Name schien Programm zu sein.

»Arielle, glaub ich«, Landerdinger schnipste mit den Fingern. »Ja, genau, so heißt sie. A-r-i-e-l-l-e.«

»Annette!« Der Graf war außer sich. »Annette Lemberg, so heißt sie.«

Erst das schelmische Grinsen seines Kollegen verriet, dass er ihm auf den Leim gegangen war. »Fra-unz, Fra-unz«, kicherte Landerdinger und betonte das umgangssprachliche »U« fast ein wenig zu vulgär. »Anscheinend gefällt dir wirklich alles, was einen Rock trägt.«

Nicht alles, wollte der Graf erwidern, ließ es aber bleiben. *Über so etwas rede ich mit dir ganz sicher nicht. Und schon gar nicht darüber, dass ich nicht mehr Franz heiße, sondern Reinhard. Reinhard Maria.*

Zitternd holte er Luft. Jetzt würde sich zur Gegenwart einer Leiche auch bald noch die Gegenwart dieser Frau hinzugesellen. Dieser absolut umwerfenden Frau. Was für ein Tag. Seufzend wandte er sich um und betrachtete noch einmal den toten Körper, der da auf den Stufen lag. Auch eine Frau. Mit weit aufgerissenem Mund. Dazu unfassbar viel Blut. Und mit einem furchtbaren Loch in ihrem Hals und einem weiteren, viel größeren, das von ihrem Bauch bis zu ihrer Brust reichte. Sie war ausgeweidet worden wie ein Tier. Er hätte seinen Kopf hineinlegen können, so ein großes Loch war das. Seinen Kopf. Er schüttelte sich.

Aus dem Augenwinkel nahm er wahr, dass die Krähen sich wieder näher gewagt hatten. Er tastete nach seiner Pistole. Bemerkte, dass ihn die Museumsmitarbeiter aus einiger Entfernung beobachteten. Seufzte wieder. Dann, fast wie zu sich selbst, aber dabei doch Landerdinger fixierend, sagte er: »Na los, sperr ma den Tatort ab.«

3

Es hatte mit einer Eiche begonnen. Und zwar nicht etwa mit jenem körperkultigen Schauspieler, den man weithin als »Steirische Eiche« bezeichnete, sondern mit der wirklichen Pflanze. Mit der Eiche, die man im Jahr 1872 als ersten Baum in den Grazer Stadtpark gesetzt hatte.

Diesem botanisch-historischen Akt war ein heftiges Tauziehen um das brachliegende, über zwölf Hektar große Areal vor den einstigen Stadtmauern von Graz, dem Glacis, vorangegangen. Das Glacis gehörte dem Militär und hatte seit jeher als Freifläche gedient, die vor Angriffen schützen sollte, oder als Exerzierplatz für Soldaten. Doch die Zeiten hatten sich geändert. Die Belagerungskriege waren längst vorüber, und die Sterblichkeitsrate in Graz war höher als jene der Reichshauptstadt Wien. Zudem hatten die Franzosen die Schlossberg-Bastion im Jahr 1809 gesprengt, und aus dem einstigen Gefängnisfelsen war mittlerweile eine Parkanlage geworden. Aus all den genannten Gründen wollte man auch das Glacis endlich für die Bevölkerung nutzbar machen.

Ein »Verein zur Verschönerung der Stadt Graz« wurde gegründet, und schließlich sicherte ein Tauschhandel den ersehnten Erholungsraum: Das Militär erhielt den Feliferhof am Plabutsch als Schießplatz, die Stadt und ihre Bürger sinnierten derweil über der Idee eines gewaltigen Stadtparks am Glacis.

Rund hundertfünfzig Jahre nach der Pflanzung der ersten Eiche bestand der Stadtpark immer noch, und aus dem vereinzelten Baum war längst eine üppige Parklandschaft geworden. Zwar wurden regelmäßig Bäume von Magistratsmitarbeiten ausgerissen – weil sie von Krankheiten und Plagen befallen waren oder einfach nur im Weg standen –, aber das einstige Brachland war zu einem Park mit allem Drum und Dran geworden. Mit Brunnen und Kaffeehäusern. Mit Parkbänken, Radwegen und schmusenden Pärchen. Mit alten Leuten, die auf Gehstöcke gestützt in die Welt starrten. Nasenbohrenden Kindern, in Büsche pinkelnden Hunden. Mit Fröhlichen. Mit Gescheiterten. Mit Betrunkenen. Und mit erschreckend hageren Drogensüchtigen.

Ja, die Drogensüchtigen. In der Nacht, wenn es dunkel wurde, ging niemand freiwillig durch den Stadtpark. Aber jetzt war ja nicht Nacht. Und Männern mit Kindern boten selbst die bekifftesten Junkies nichts an. Auch der marodeste Geist begriff gerade noch, dass man vor Kindern keinen Joint rauchte oder sich eine Spritze in den Arm jagte.

Dennoch: Die viel schlimmere Droge der heutigen Zeit waren diese Dinger, die alle in der Hand hielten, um gebannt auf die Displays zu starren. Als sei die echte Welt dort drinnen im Handy und jene mit den Bäumen nur lästige Staffage. Als wäre das Leben ein langweiliges Buch, das man leider nicht weglegen kann.

Armin Trost war der Handysucht nicht verfallen. Er blieb standhaft, weigerte sich, WhatsApp-Gruppen beizutreten und Facebook-Profile anzulegen. Er verwendete das Ding nur als Uhr, die er schon lange nicht mehr am Handgelenk trug, und darüber hinaus mitunter auch als Taschenlampe, Spiegel und Navi. Und zuweilen natürlich auch als Telefon.

Dass er überhaupt ein Handy bei sich trug, hatte er seiner Frau Charlotte zu verdanken. Sie hatte ihm die Kinder nur unter der Bedingung überlassen, immer erreichbar zu sein. Und mit dieser Forderung hatte seine Frau, von der er seit geraumer Zeit getrennt lebte, mit seinem Boss etwas gemeinsam: Auch der ließ ihn seine Arbeitsstelle nur behalten, wenn er stets zu erreichen war. Erreichbarkeit. Die schien heutzutage das Wichtigste im Leben zu sein.

Trost gab eine grimmige Figur ab, mit dem vollen rostroten Bart, dem zerzausten rostroten Haar, den dichten rostroten Brauen und den Augen, die ausnahmsweise nicht rostrot, sondern braun waren und tief in ihren Höhlen lagen. Sein Hals war kurz, Betrachtern erschien er gedrungen. Geduckt. Als befände er sich stets im Stadium der Wachsamkeit, als würde ihm nichts entgehen.

Er saß auf der Parkbank, schaukelte mit einer Hand den Kinderwagen, während er mit der anderen nach dem Handy in seiner Brusttasche tastete. Als er auf die Zeitanzeige des Displays blickte, stellte er fest, dass er sich entspannen konnte. Charlotte würde noch ein, zwei Stunden unterwegs sein. Mindestens. Mit alten Freundinnen zum Frühstück in der Sporgasse. Das konnte dauern.

Genau genommen lebten sie auch nicht wirklich getrennt. Jedenfalls nicht so, wie die meisten Paare den Zustand definieren würden. Charlotte lebte zwar mehr oder weniger bei ihren Eltern, verbrachte aber auch im gemeinsamen Haus am Waldrand Zeit, wann immer sie Lust dazu hatte. Sie hatten sich auf diese Lösung geeinigt. Der Kinder wegen.

Trost war ohnehin die meiste Zeit, die er nicht arbeitete, im Baumhaus. Nur zum Duschen ging er ins Haus, wenn er sich nicht überhaupt erst im Büro wusch.

Um es länger auf dem Baum auszuhalten, hatte er jene Ritzen in den Brettern abgedichtet, durch die der Wind bisher gepfiffen hatte. Und trotzdem fror er. Nachts hüllte er sich in Decken ein, in Schlafsack und Isomatten, und schlief mit Socken, Jacke und Mütze.

Charlotte verstand ihn nicht. Hielt ihm vor, den Verstand zu verlieren. Doch er hatte seinen Kopf durchgesetzt. So wie er es immer tat, wenn ihm ein Gefühl sagte, er müsse dem richtigen Weg folgen. Seiner Intuition. Auch wenn er, wenn er ehrlich zu sich war, zugeben musste, dass er selbst manchmal schon glaubte, nicht mehr ganz richtig zu sein. Aber wenn man so etwas glaubte, konnte es doch noch gar nicht so schlimm sein. Oder? Jedenfalls noch nicht. Doch wie lange würde es noch dauern, bis es schlimm sein würde, bis er seinen Verstand tatsächlich verloren hatte? Ein komplizierter Gedanke.

Er holte das Handy neuerlich hervor, blickte auf die Uhr, hielt nach Elsa Ausschau. Sie war minutenlang vor dem Kinderwagen auf und ab gelaufen, doch jetzt, wo der Kleine endlich eingeschlafen war, tauchte sie nicht mehr auf. »Elsa?«

Verschiedene Dinge durften in einem Leben nie passieren. Ein Patschen, wenn man mit dem Auto auf dem Weg zur Entbindung in den Kreißsaal ist. Ein Fallschirm, der sich nicht öffnet. Sich unter Wasser ohne Sauerstoffflasche in Schlingpflanzen verheddern. Sein Kind im Stadtpark verlieren …

»Elsa?« Er sprang auf.

Eine gekrümmte, fuchsische Gestalt hielt im Schlendern inne, drehte sich um und kicherte. Ihre Zähne waren schwarz und kaputt. Trost quittierte den Blick des Mannes mit einer vernichtend finsteren Miene, dann begann sein Herz zu galoppieren. Menschen verschwinden. Von einem Augenblick auf den anderen. So etwas kam vor. Er dachte an Schulmeister. Und an Elsa.

Bitte nicht.

»Elsa!« Trost drehte sich um die eigene Achse, doch von seiner Tochter keine Spur.

Das Baby wachte auf. Und schrie. Er rüttelte am Wagen, um es wieder in die REM-Phase zu schaukeln. Einer der Jugendlichen, die im Park ihr Gras verscherbelten, kurbelte mit dem Rad an ihm vorbei und warf ihm einen verstohlenen Blick zu. Was, wenn sie sie bereits hatten? In irgendeinem Lieferwagen. In irgendeinem Keller. Dort, wo auch Schulmeister lag. Er musste noch leben. Musste.

Trost schnalzte mit der Zunge. Immer wieder tauchten die Bilder des Grauens in seinen Gedanken auf. Wie oft hatte er sich schon klargemacht, dass das, was er beruflich machte, nicht die ganze Wirklichkeit war, sondern nur der bestialischste Teil davon? Ein schmaler Pfad, der am Rande des Abgrunds vorbeiführte. Der Grat zum Abyssus. Zum Höllenmeer. Nicht das alltägliche Leben. Der Alltag konnte einfach nicht so grauenvoll sein. Durfte nicht. Nichts, was einem im normalen Leben passierte, ähnelte den Szenarien im Film. Im Horrorfilm.

Er entfernte sich ein paar Schritte vom Kinderwagen und brüllte: »Elsa!«

»Ja, Papa?«

4

Er lehnte sich zurück. Die Lehne der Parkbank war kühl und feucht. Derlei Umstände war er von seiner Behausung gewohnt.

In seinem Baumhaus hatte er es sich gemütlich eingerichtet. Nicht nur mit Decken und Büchern, sondern auch mit einer guten Auswahl an südsteirischem Sämling 88, Muskatellern und Grauburgundern in Sieben-Zehntel-Flaschen. Er schätzte das Privileg des Steirers sehr, sich den Wein direkt beim Winzer besorgen zu können. Aber er war auch froh darüber, sich diesbezüglich im Griff zu haben. Mehr als ein, zwei Gläser zum Einschlafen trank er kaum einmal, und das konnte in dieser Gegend nicht jeder von sich behaupten.

Er betrachtete das Blätterdach der Bäume. Herbst. So bunt. Seltsam, wie die Welt im Sommer förmlich im Regen untergegangen war und dann plötzlich farblich explodierte, um im nächsten Moment – mit dem Nebel und der Feuchtigkeit des Novembers – in einem monatelangen erschütternden Grau zu erstarren. Aber so weit war es noch nicht. Seine Lieblingsjahreszeit hatte gerade erst begonnen.

Ja, Charlotte und er hatten gemeinsam drei Kinder, deren Altersabstand zueinander kaum größer sein konnte: Jonas, Elsa und Frederik. Drei Versuche, die Ehe zu retten. Was für eine Idiotie. Und was für ein ehrgeiziges Unterfangen.

Vor allem für jemanden, der in einem Baumhaus lebte und auf die fünfzig zuging. Mit einem Beruf, der mit dem Leben wenig zu tun hatte. Nur mit dem Sterben. Aber sogar das war falsch, bei ihm ging es sogar nur ums Totsein und wie es dazu gekommen war.

Das Handy vibrierte. Wieder Herzklopfen. Charlotte? Oder gar Schulmeister, den sie gefunden hatten?

»Papa, tu's nicht«, sagte Elsa. »Heb nicht ab, bitte!«

Doch zu spät. Trost hatte den Anruf schon angenommen.

5

Eine Minute später war er auf den Beinen.

Elsa wippte auf den Schultern im Takt seiner Schritte und johlte. Fred schrie im Kinderwagen. Aufgewacht und mit großen Augen auf die Straße starrend, die an ihm vorbeiflog.

Schon nach wenigen Metern begann Trost zu schwitzen. Er hielt sich einigermaßen mit Waldläufen in Form, aber diese Belastung war zu groß. Er hob Elsa wieder von den Schultern und zerrte sie an der Hand mit sich.

Das war so was von klar gewesen! Er hätte es wissen müssen. Wenn er die Kinder hatte, nur ein, zwei Stunden, musste etwas passieren. »Scheiße!«, fluchte er.

»Scheiße sagt man nicht, Papa«, dozierte Elsa altklug.

»Ich weiß, entschuldige, mein Schatz.« Er brachte kaum ein Wort heraus, so sehr musste er nach Atem ringen. »Aber das ist so gemein. Immer, wenn ich mit euch zusammen bin, passiert etwas.«

»Ja, echt«, gab seine Tochter zurück. »Immer passiert was. Ich hab dir doch gesagt, du sollst nicht abheben.«

Er hätte ihr jetzt einen Vortrag halten können darüber, dass nur sechs Leute im ganzen Bundesland in der Mordgruppe tätig waren und sie die Vereinbarung eingegangen waren, erreichbar zu sein.

Jederzeit und freiwillig. Er hätte ihr überdies erzählen können, dass er als Chefinspektor – als Leiter dieser Gruppe – sogar erreichbar sein musste, wenn er eigentlich nicht erreichbar war, aber er hatte weder die Muße noch die Puste für lange Reden. »Ich weiß. Das hast du gesagt, ja.« Er schnaufte.

»Papa?«

»Ja, mein Schatz?«

»Wenn was passiert, ist eigentlich schon was passiert, oder?«

»Was?« Sein Herz pochte.

»Na, wir rennen doch, weil was passiert. Aber es ist doch schon passiert. Wieso also laufen wir dann noch? Du kannst ja eh nichts mehr ändern.«

Er blieb stehen. Holte Luft. Starrte seine Tochter an. Wann war sie so geworden? So groß? So erwachsen? Kopfschüttelnd ging er weiter, erwiderte nichts.

Und auch Elsa schien keine Fragen mehr stellen zu wollen. Wahrscheinlich fand sie, es mache keinen Spaß zu fragen, wenn man keine Antworten erhielt.

6

In der gepflasterten schmalen Gasse vor der Leechkirche, der Rittergasse, kam ihnen Annette Lemberg entgegen. Zurechtgemacht wie immer warf sie die Autoschlüssel in die Luft und fing sie wieder auf. Eine Geste, die zu burschikos für sie wirkte. »Er steht gleich hier ums Eck.«

Trost starrte mit offenem Mund auf den frühgotischen Bau, die älteste Kirche von Graz mit zwei Türmen und Treppenstufen zum Eingang. »Was hast du hier gemacht?«

Sie drehte sich um und warf ihm einen Blick zu. »Ich war drinnen. In der Kirche.«

Lemberg trug schwarze Jeans, in der eine Bluse steckte. Auch schwarz. »Und ich wohne hier in der Nähe. Schon vergessen?«

Die taillierte Lederjacke stand offen. Ihren langen Hals bedeckte ein Halstuch. Grün. Gemustert mit irgendwas. Er achtete nicht darauf, aber ihm fiel auf, dass ihre Augenbrauen dunkel nachgezogen waren, sodass das Braun ihres Haars heller als sonst zu schimmern schien. Die Wangenknochen verliehen ihrem Gesicht Ausdruck, die Augen waren wie Türen, durch die man hindurchfallen konnte, wenn man sich zu lange in ihnen verlor. Nein, Kirchenbesuche passten ganz und gar nicht zur Lemberg, fand Trost. »Warst du zum Beten drinnen oder wegen eines neuen Falls?«

Sie verdrehte die Augen, antwortete nicht.

Gemeinsam gingen sie um die Kirche herum auf die Treppe zu, die zur Zinzendorfgasse führte. Jene Gasse, die wie das Tor zum Universitätsviertel wirkte. Zu einer anderen Welt. Junge Menschen, Kaffeehäuser: Dort herrschte Leben.

Trost mochte diesen Ort mehr als die meisten anderen der Stadt, aber in der Leechkirche war er noch nie gewesen. Natürlich nicht. Keine zehn, ach was, hundert Pferde würden es schaffen, ihn in eine Kirche zu bewegen.

Allein die Vorstellung, durch ein Kirchenschiff zu gehen, jeden der eigenen Schritte von den Wänden widerhallen zu hören, beobachtet von Hunderten Fratzen und Gestalten, die allesamt Allegorien und mystische Darstellungen irgendwelcher wunderlichen Dinge waren, löste bei ihm leichte Schwindelgefühle aus.

Dann auch noch Jesus, der einen anstarrte. Blutüberströmt. Anklagend. Und wo man hinsah, überall dieses Kreuz.

»Hast du gewusst, dass die Kirche auf einem fast dreitausend Jahre alten Gräberfeld steht?«

»Ja, so wie die meisten Kirchen«, entgegnete Lemberg. »Und?«

»Ich sag ja nur.« Nicht dass er etwas gegen Friedhöfe hatte. Die machten ihm weniger aus als Kirchen. Der Tod war schließlich sein Geschäft. Dennoch tat er sich mit der Kombination aus Leichen, Gott und gewaltiger Säulenhalle schwer. Mehr noch: Sie war ihm nicht geheuer. Sie löste dieses seltsame Befremden in ihm umso stärker aus, als sie sich mitten in einer Stadt befand. Zwischen Häusern und Innenhöfen. Plötzlich ein Gräberfeld. Plötzlich Stille.

Horrorfilme. Zu viele Horrorfilme. Trost schüttelte unmerklich den Kopf, um den Gedanken an sie loszuwerden, und schmunzelte unsicher. Nein, er würde niemals eine Kirche betreten. Nicht allein und auch nicht in Begleitung. Niemals.

Kirchen waren zu viel Jenseits im Diesseits. Zu viel Nachdenken über Dinge, die man sich nicht erklären konnte. In Kirchen konnte man leicht schwach werden. Ja, Kirchen waren gewissermaßen Machtinstrumente, denn die Besucher sollten sich in ihnen unbedeutend fühlen. So eingeschüchtert, glaubte es sich leichter.

Als sie vor dem Wagen standen, blickte Lemberg plötzlich entgeistert in Richtung der Kinder an Trosts Seite, so als hätte sie sie erst jetzt bemerkt. »Kommen die etwa mit?«

Trost schnalzte mit der Zunge. »Natürlich nicht. Aber ich habe eine Bitte. Könntest du …?«

»Was kann ich?«

»Nur kurz. Ich fahr schon mal los. Nach Stübing, hast du gesagt? Bis ganz nach oben?«

»Ja, kannst du nicht verfehlen. Aber das geht doch –«

»Charlotte müsste bald wieder da sein.«

»Aber was soll ich –«

»Hier, mein Handy, falls sie anruft.« Er machte eine Pause. »Wahrscheinlich wird sie es nicht verstehen. Wird sauer sein. Auch wegen des Handys. Weil du es jetzt hast und nicht ich. Und wegen der Kinder und weil immer etwas passiert. Es passiert halt wirklich immer was. Aber …«, er wechselte einen Blick mit Elsa, die ihn schmollend ansah, »aber sag ihr trotzdem –«

»Ich sag ihr die Wahrheit. Eine Leiche. Ein Mord. Ein Einsatz«, unterbrach ihn Annette Lemberg.

»Ja, so was in der Art. Du machst das schon.« Er wandte sich wieder seiner Tochter zu. »Elsa, meine Süße …« Er gab ihr einen Kuss auf die Stirn. »Nicht böse sein. Bitte, nicht böse sein. Aber ich muss jetzt ganz schnell los, das verstehst du doch, oder?«

Sie nickte zögernd. »Bringst du mir was mit, Papa?«

»Von wo?«

»Von dort, wo du jetzt hinfährst.«

Ja sicher. Was darf's denn sein? Eine Leiche, ein Sackerl voll Blut, eine Waffe oder gleich den ganzen Mörder?

Er lächelte seine Tochter an. »Ein andermal, okay? Da, wo ich jetzt hinfahre, gibt's nichts zu kaufen. Da liegen nur Sachen herum, die keiner mehr haben will. Jedenfalls nicht so, wie sie jetzt aussehen.«

Enttäuscht wandte sich Elsa von ihm ab. Fred starrte ihn aus großen Babyaugen an und quietschte. Irgendetwas an der Situation schien ihm Vergnügen zu bereiten. Wenigstens einem.

Lemberg schnappte nach Luft. »Muss der etwa gewickelt werden? Denn wenn, dann würde ich es nicht tun. Ich –«

»Keine Angst. Und natürlich musst du ihn nicht wickeln. Nur auf Charlotte warten. Bitte. Warten.« Er zögerte. »Krieg ich deinen Wagen, und du kommst mit dem Dienstwagen nach?«

Sie verdrehte die Augen und warf ihm den Schlüssel zu. Eine Spur zu fest, wie er fand.

Sekunden später saß Trost in dem Fahrzeug, startete es, öffnete das Fenster. »Die Leiche, ist es …?« Er zögerte abermals.

»Nein«, erwiderte Lemberg. »Es ist nicht Johannes.«

Ein Schatten wich von seinem Gesicht, das Fenster schloss sich wieder. Sie wechselten noch einmal einen Blick. Seine Lippen bewegten sich: *Danke, bis später.*

Als sie ihm nachblickte, dachte sie, dass die Verabschiedung fast privat geklungen hatte.

7

Schon beim Aussteigen spürte er es. Wie sie vor ihm zurückwichen. Wie sie ihn musterten. Ihn belächelten und zugleich bewunderten. Er schluckte einen Kloß im Hals hinunter. Was gab es da zu bewundern? Er rettete keine Leben. Starrte immer nur Tote an. Und in Schulmeisters Fall schaffte er nicht einmal das.

Als er endlich in Stübing eintraf, war bereits die halbe Mannschaft vor Ort. Er hatte sich oft gefragt, wie das möglich war. Immer rannte er, beeilte sich, und trotzdem hatten die Kollegen alles vor ihm im Griff. Auch jetzt standen die Gaffer hinter rot-weißen Absperrbändern, in zwei Einsatzwägen wurden Protokolle geschrieben, Einvernahmen durchgeführt. Die Spurensicherer in ihren weißen Plastik-Kondomen steckten Hütchen in die Erde und ihre Nasen, wie Hunde immer nahe dem Boden, überall hinein. Näherten sich der Leiche auf diese Weise bis auf wenige Zentimeter.

Die Leiche: Trost hatte einen Augenblick Zeit, um sich allein

ein Bild zu machen. Eine Frau, vielleicht Mitte dreißig, eher jünger. Ob hübsch oder nicht, war kaum noch feststellbar. Der Tod hatte ihr Antlitz in eine Fratze verwandelt.

»Hübsches Mädchen«, hörte er plötzlich eine Stimme neben sich. Es war Dietrich, der Gerichtsmediziner, der ihm ein Paar Einweghandschuhe reichte.

»Wer hat Sie verständigt?«

»Ihr Chef war in der Nähe, wollte auf den Plesch wandern. Hat euren Journaldienst und gleich auch den Staatsanwalt informiert. Dieser mich. Das übliche Prozedere, sollten Sie eigentlich kennen. Wir haben achtundvierzig Stunden für den Angriff.«

»Wie?«

»Na, das sagt ihr doch immer, oder? Die ersten achtundvierzig Stunden sind die wichtigsten, danach wird es schwierig, den Täter zu fassen.«

»Mhm.«

Während sich Trost die Handschuhe überzog, fuhr Dietrich fort: »Jedenfalls wissen wir, dass das Opfer hübsch war, weil es einen Ausweis bei sich trug. Alena Stadler, Journalistin, zweiunddreißig. Wohnhaft in Graz, geboren in Linz. Aus dem Inhalt ihres Portemonnaies geht außerdem hervor, dass sie gerne Kebabs aß. Wir haben einen Stempelausweis gefunden, außerdem eine Billa- und eine Merkur-Karte. Bargeld hatte sie zweiundzwanzig Euro und fünfzig Cent bei sich. Führerschein Klasse A und B und –«

Trost bedeutete Dietrich mit einer einzigen Handbewegung, zu schweigen. »Eine Journalistin? Arbeitgeber?«

»›Große Tageszeitung‹.«

»Schon jemand von denen hier?«

»Ja.« Dietrichs Kopf schwenkte in Richtung der Polizisten. »Dahinten bei den Dorfgendarmen. Die schirmen alles ab. Keiner gelangt zur Toten, keiner kann was sehen.«

»Davon gehe ich aus.«

»Wie?«

»Na, das ist doch wohl klar, dass der Tatort gesichert wird, oder?«

Dietrich hob die Schultern. »Na ja, so klar ist das nun auch wieder nicht. Wir sind schon in GU, im Bezirk Graz-Umgebung, nicht bemerkt?«

Trost reagierte nicht auf die spitze Bemerkung des Städters bezüglich der Landbevölkerung. Derlei Floskeln waren ihm zuwider.

Und weil er nicht darauf einging, schnalzte Dietrich mit der Zunge und wechselte das Thema. »Wahnsinn, wie brutal Leute sein können. Scheint eine interessante Frau gewesen zu sein. Hab viele ihrer Artikel gelesen. Hat sich nichts gefallen lassen. War bekannt für ihre scharfe Zunge.«

»Scharfe Zunge?«

»Okay, dann eben spitze Feder.«

»Wie ist die Frau gestorben?«

»Messerstich in den Hals. Ein ziemlich großes Messer, würde ich sagen. Mit großer Wucht gestoßen.« Dietrich vollführte den Hieb wie ein Schattenboxer, tänzelte dabei um die Leiche herum. »Sie muss gefallen sein, dann ist er auf sie drauf«, er stand jetzt breitbeinig über der Leiche, beugte sich über sie, »und hat ihr das Messer bis zum Schaft in den Hals getrieben. Die Klinge fuhr bis zum Wangenknochen durch sie hindurch, riss die Halsschlagader auf, der Tod muss schnell gekommen sein.« Er richtete sich auf. »Hoffentlich. Denn es wurde noch schlimmer. Anschließend riss der Täter ihr die Bluse vom Leib und schlitzte sie vom Hals bis zum Bauch auf. Ich gehe jetzt mal davon aus, dass es ein Mann gewesen ist, denn es gehört schon ziemlich viel Kraft zu so einer Handlung. Dann öffnete er ihren Körper und schnitt ihr die Eingeweide heraus. Fast alle Organe liegen nahe dem Opfer verteilt. Aus der Menge Blut, die registrierbar ist, lässt sich übrigens schließen, dass die Tat wirklich hier verübt wurde. Ich schätze, zwischen drei und sechs Uhr morgens. Jedenfalls«, Dietrich wischte sich mit dem Handrücken über die Stirn, sein Auftritt hatte ihn sichtlich angestrengt, »jedenfalls hat der Täter danach immer noch nicht von ihr gelassen. Er hat auf sie eingetreten, ihr sämtliche Rippen gebrochen, den Brustkorb eingedrückt. Die Tat lässt ein immenses Maß an Aggressivität vermuten – und einen Besessenen als Täter.« Keuchend stellte sich Dietrich wieder an die Seite von Armin Trost. Weiße Atemwolken kräuselten sich aus seinem Mund in die Luft.

Der Ermittler hingegen atmete flach, unsichtbar. Mit grimmiger Entschlossenheit starrte Trost auf die Leiche, als versuche er, sich jedes Detail einzuprägen. Dietrich war sich nicht einmal sicher, ob er ihm richtig zugehört hatte.

»Das Gebäude«, sagte Trost plötzlich.

»Was ist damit?«

»Die Häuser wurden irgendwo abgebaut und hier wieder hingestellt. Ist ja ein Freilichtmuseum. Woher stammt die Scheune, vor der die Leiche liegt, ursprünglich?«

Dietrich drehte sich um und rief dem Museumsdirektor, der – verdeckt von Einsatzwägen und Beamten – nicht weit von ihnen stand, die Frage zu. Der Mann tauchte hinter einem Fahrzeug auf und wollte näher kommen, doch Dietrich hob nach einem raschen Seitenblick auf Trost den Arm. »Bleiben Sie, wo Sie sind, und beantworten Sie nur die Frage. Also: W-o-h-e-r stammt die Scheune?«

Der Direktor trug eine beleidigte Miene zur Schau. »Also bitte, wenn wir hier unbedingt schreien müssen. Es stammt von einem Gehöft bei Kindberg. Der Vulgoname des Hofs lautet –«

»Schon gut«, unterbrach ihn Dietrich. Und zu Trost gewandt. »Reicht Ihnen das? Kindberg?«

Abermals war Trosts Miene nicht zu entnehmen, ob er ihm überhaupt zugehört hatte. »Welches fehlt?«, fragte er.

»Bitte?«

Trost seufzte ungeduldig. Er hatte das Gefühl, als würde mit jedem weiteren Wort wertvolle Zeit verrinnen. Aber diesmal nicht. Diesmal würde er den Täter nicht entwischen lassen. Nicht so wie bei Schulmeister. Zu dessen Verschwinden es keine Spuren gab. Nie gegeben hatte. Etwas zu energisch fuhr er zu Dietrich herum. »Sie haben gesagt: fast alle Organe. Also: Welches fehlt?«

Dietrich trat wieder einen Schritt auf die Leiche zu, so als wolle er Distanz zwischen sich und Trost bringen. Er machte eine ausholende Handbewegung. »Das Herz fehlt. Wir konnten es nirgendwo finden. Diese Bestie hat ihr Herz gestohlen.«

8

Mittlerweile war der Graf überzeugt davon, dass die Krähen nicht wegen der Leiche hier waren, sondern wegen ihm. Und jetzt nahmen sie es ihm übel, dass er auf sie geschossen hatte. Aus widerlich schwarzen Augen starrten sie von den Bäumen auf ihn hinunter.

Trost schien sich von den Viechern nicht beeindrucken zu lassen. Er spulte sein Programm herunter wie ein Filmstar seine Rolle. Nachdem der Graf ihm geschildert hatte, wie er und sein Kollege zum Tatort gelangt waren, ging Trost zum Museumsdirektor, den Arbeitern, wieder zum Gerichtsmediziner, gab dem Fotografen Anweisungen und telefonierte mit dem Handy, das er sich vom Grafen geborgt hatte, weil er seines zuvor Lemberg überlassen hatte. Er koordinierte die Fahndungsgruppe, die die Gegend nach Auffälligkeiten absuchte, forderte eine Hundestaffel an – »Ja, ein Herz. Wir suchen ein Herz.« – und gab in keiner seiner Bewegungen oder Äußerungen auch nur den Hauch von Unsicherheit preis.

Trost bewegte sich betont behutsam um die Leiche herum. Dabei verharrte er immer wieder mitten in der Bewegung und betrachtete sie. Wie auf ein Zeichen hielten dann auch die anderen Beamten in dem, was sie gerade taten, inne, erstarrten ebenfalls und warteten, bis Trost sich wieder rührte. Atemlos. Die Lösung, so schien es, musste ganz nah sein. Trost hatte sie. Bestimmt. Alles nur eine Frage der Zeit. Er hatte sie doch immer, die Lösung. Gewundert hätte es fast niemanden mehr, denn der Ruf, absonderlich zu sein, eilte Trost stets ohnehin an jeden Tatort voraus. Warum also nicht gleich die Lösung haben, mit atemberaubender Geschwindigkeit?

Aufrecht stehend verzog der Graf keine Miene, wirkte geradezu versteinert. Nur seine Augen folgten dem Ermittler. Und seine Gedanken. Er fragte sich, wie Trost es nur schaffte, dass ihm alle so an den Lippen hingen. Wie war es möglich, dass einer so im Mittelpunkt stand? Noch dazu, wo er an jedem anderen Ort der Welt als völlig uninteressanter Typ durchgehen musste. Der Mann hatte äußerlich nichts Außergewöhnliches an sich. Gar nichts.

Der Graf fand also, dass Trost insgesamt ein merkwürdiger Kerl war. So allein, ohne eine kollegiale Begleitung, wirkte er sogar noch einen Tick seltsamer als sonst. Nachlässig gekleidet, das volle, leicht gewellte Haar ein wenig fettig, ein Vollbart wie ein kanadischer Trapper. Dazu eine bullige Gestalt, die sich etwas unbeholfen fortbewegte, etwas unsicher in ihren Bewegungen. Vielleicht, weil ein Bein kürzer war als das andere. Trost wirkte, als achte er stets darauf, wohin er seine Schritte setzte. Die Hände meist in den Hosentaschen vergraben. Und immer wieder dieses Innehalten. Dieses Auf-die-Leiche-Starren. Als erzähle sie ihm etwas. Als bringe sie ihn auf einen Gedanken. Pietätlos geradezu. Dieses Anstarren.

»Und, hat er schon eine Spur?«

»Was?« Der Graf fuhr herum. Hinter dem Absperrband versuchte ein magerer Kerl, bartlos, mit Pickeln und freundlichem Blick, auf Zehenspitzen stehend über seine Schulter zu schauen. Er hielt Block und Kugelschreiber in der Hand, der dazugehörige Arm war um einen Vollvisierhelm geschlungen.

»›Große Tageszeitung‹, Anfänger mein Name.« Ein recht professionell gelungenes Lächeln, dazu die zweite Hand zum Gruß ausgestreckt.

»Anfänger?« Der Graf gönnte sich ein schiefes Lächeln, das seine Lippen straffte.

Die Hand wurde zurückgezogen, das Lächeln gefror. »Martin Anfänger. Ja, ich weiß, das ist sehr lustig. Ich bin mit diesem Scherz aufgewachsen. Können Sie mir also schon etwas sagen? Innerhalb der ersten achtundvierzig Stunden ist die Wahrscheinlichkeit, den Täter zu finden, doch am größten, nicht wahr? Steht so in allen Lehrbüchern. Es sollte also auf jeden Fall bereits Neuigkeiten geben.«

Die Miene des Grafen verfinsterte sich um eine Nuance. »Das ist ein Tatort, mein Freund, keine Pressekonferenz. Außerdem: Ihr schreibt doch sowieso nur, was ihr wollt. Wenn Sie jetzt also bitte Ruhe geben.«

»Aber was soll das heißen: Wir schreiben nur, was wir wollen? Ich recherchiere immer gründlich. Das werde –«

Der drohende Blick des Grafen ließ den Reporter verstummen. »Sie werden schon noch früh genug zu Ihrer Story kommen, und jetzt hören Sie auf, sonst …«

Ein Auto näherte sich. Stoppte. Die Fahrertür öffnete sich, dann stieg sie aus. Nicht Arielle, sondern Annette. So hieß sie, natürlich hieß sie so. Niemals würde er diesen Namen vergessen.

Niemals.

»Sonst was?«, hakte der Reporter nach und blickte zwischen dem Polizisten und der soeben aus dem Wagen steigenden Frau hin und her. »Sonst was?«, wiederholte er.

»Ach, leck mich doch am Arsch«, brummte der Graf und drehte sich um.

9

»Sie sind abgeholt worden.«

Trosts Blick verriet, dass er keine Ahnung hatte, wovon sie sprach.

»Deine Kinder. Elsa und Frederik. Erinnerst du dich? Du hast sie mir in die Hand gedrückt und bist losgefahren. Kinder. Die schreien, ständig Fragen stellen, Dreck machen, aber sonst wirklich herzerwärmend sind. Na, dämmert es?«

»Herz?« Trost machte eine unbestimmte Handbewegung und murmelte etwas. Lemberg hatte ihn in einem Gedankengang unterbrochen. Er rieb sich mit den Zeigefingern die Schläfen, starrte immer wieder auf die Leiche.

Lemberg seufzte entnervt. Sie stellte sich etwas abseits zu Dietrich und ließ sich über den Fall aufklären. Führte einige Telefonate.

Als sie wieder zu Trost zurückkehrte, hatte dieser den Schlüssel von ihrem Wagen bereits einem Kollegen übergeben. Er werde ihn für sie im Dezernat abstellen, erklärte er lapidar. Es sei besser, mit dem Dienstwagen unterwegs zu sein. Versicherungstechnisch.

Sie musterte ihn. »Du hast *meinen* Wagen einem Kollegen anvertraut?«

»Wie? Ja, na und? Ist doch nur ein Auto.«

Er wusste, wie schwer es Lemberg fiel, sich einer Leiche zu nähern. Auch Schulmeister hatte diese Tatsache stets geflissentlich übersehen, nun war es an ihm, sie vor der Gerüchteküche zu schützen. Eine Mordermittlerin, die keine Leiche sehen konnte, war nach Meinung der meisten eine Fehlbesetzung. Aber Trost wusste nur zu genau, dass Lemberg andere Vorzüge hatte, die an einem Tatort unersetzlich waren. Sie war exakt, fast schon penibel.

Wie sie die Umgebung absuchte. Alles fotografierte, obwohl die Tatortgruppe das schon erledigt hatte. Wie sie Fotos direkt auf dem Handy nachbearbeitete. Details herausschnitt. Panoramaaufnahmen machte. Wie sie dabei Vermutungen der Kollegen kommentierte. »Ein Lustmörder? Nein, sieht nicht nach Vergewaltigung aus«, »Kannibalismus? Möglich«, »Eifersuchtsdrama? Auch möglich«, »Bloß ein Spinner? Zu einfach«.

Ja, die Lemberg war fleißig und genau, aber Trost wusste auch, dass sie den Fall allein nicht lösen würde. Sie wartete immer darauf, was er tat, wie er sich verhielt. Heftete sich an seine Fersen.

Nun, zugegeben, es konnte einem Schlimmeres im Leben passieren, als diese Frau als Begleitung zu haben. Erst jetzt fiel ihm das Muster ihres grünen Halstuchs auf: schwarze Totenschädel.

Seite an Seite verließen sie schließlich den Tatort. Lemberg reichte ihm sein Handy. Er steckte es kommentarlos ein, ging automatisch zur Beifahrertür und ignorierte ihre Frage, ob sie fahren solle.

»Also ja, ich fahre. Natürlich«, blaffte sie. Manchmal war es kaum zu ertragen, wie wenig Aufmerksamkeit Trost ihr schenkte. Wie wenig Anerkennung. Vor allem am Beginn neuer Fälle behandelte er sie oft wie Luft. »Und wohin?«

»Sagen Sie es mir, Frau Kollegin.«

»Ich habe mit der Zeitung telefoniert. Da die Ermordete aus Linz ist, werden sich die dortigen Kollegen um die Verständigung der Angehörigen kümmern. Wir sollten also zunächst in die Redaktion fahren.«

»Siehst du? Ich wusste doch, dass du weißt, was zu tun ist.«

Das Lächeln, das auf seinem Gesicht zu erahnen war, war mehr, als sie sich erhofft hatte. Ein »Danke!« für das Kümmern um die Kinder, ein »Danke!« für das Planen um die nächsten Arbeitsschritte, ein »Danke!« für das Fahren: Nein, all das wäre natürlich zu viel verlangt gewesen, denn der Herr Chefinspektor musste ja nachdenken. Auf der Suche nach einer Intuition. Manchmal konnte sie ihn wirklich nicht ausstehen. Warum nur behandelte er sie so?

Der Wagen wendete, die Leiche verschwand außerhalb ihres Blickfelds. Stattdessen tauchten die Absperrbänder auf und dahinter – die Sicht verdeckt von Einsatzfahrzeugen – der Pulk der Schaulustigen. Journalisten. Ein paar Angestellte des Museums und die ersten Tagesbesucher, die es irgendwie heraufgeschafft hatten, so als hätten sie die Sensation gewittert. »Hast schon gehört? Ein Toter im Freilichtmuseum.«

Trost bedeutete Lemberg, stehen zu bleiben. Er ließ das Fenster herunter und rief einem Uniformierten zu: »Herr Kollege!«

Der Mann näherte sich eine Spur zu zackig. Als hätte Trost ihm einen Befehl erteilt. Als er vor ihm stand, deutete er sogar ein Salutieren an. »Herr Chefinspektor?«

»Gute Arbeit. Wie heißen Sie?«

»Revierinspektor Hinterher, Rainer Maria Hinterher.«

Trost musterte ihn kurz, als wolle er sich sein Gesicht einprägen. »Ich danke Ihnen, Herr Revierinspektor Hinterher.«

Eine Sekunde verstrich. Sowohl Lemberg als auch der Polizist starrten ihn mit offenem Mund an. Trosts Blick wechselte zwischen den beiden hin und her. »Was ist? Fahren wir weiter? Oder soll ich euch einen Kaffee bringen?«

Der Wagen fuhr an, und der Beamte starrte ihnen nach. Sein erstauntes »Danke!« konnte Trost nicht mehr hören.

Anerkennung. Der Mangel daran machte auch dem Grafen zu schaffen. Erst als Landerdinger ihm tröstend auf die Schulter geklopft hatte, registrierte er, dass er Annette Lemberg minutenlang angestarrt hatte. Und während all der Zeit hatte sie seinen Blick kein einziges Mal erwidert. Nicht einmal flüchtig. Er war Luft für sie.

Dann hatten die beiden plötzlich gehalten, und der Chefinspektor persönlich hatte ihm gedankt. Ihm! Wo doch jeder wusste, dass der Mann nur mit Leuten redete, die ihn in seinen Fällen weiterbrachten. Normalerweise schien Armin Trost gar nicht zu realisieren, dass auch andere alles gaben, um ihre Arbeit zu machen.

Nun, da hatte der Graf sich also in ihm getäuscht. Fassungslos starrte er dem Wagen nach. Erinnerte sich wieder daran, dass

Annette Lemberg kein Wort an ihn gerichtet hatte. Nicht einmal einen richtigen Blick. Nur erstaunt geschaut hatte sie. Blöde Kuh.

Dietrich stand noch immer bei der Leiche und verzog nervös seine Lippen. Da fuhren sie einfach davon. Mehr oder weniger grußlos. Immer in Gedanken, immer am Grübeln. Nie ein Wort des Dankes, dafür immer diese unergründliche Geheimdienstscheiße. Anerkennung, ein bisschen mehr Anerkennung: War das denn zu viel verlangt? Zu allem Überfluss hatte er jetzt auch noch den Staatsanwalt am Hals. Ein weichhandiger kleiner Kerl im Anzug, der lispelte und seine Fragen so zackig stellte wie eine Schreibmaschine.

Scheißtag.

Nur Anfänger, der junge Journalist, war zufrieden, denn Polizeichef Balthasar Gierack persönlich hatte sich bereit erklärt, sich seinen Fragen zu stellen. Sein Ärger über den Polizisten, der ihn zuvor doch glatt beschimpft hatte, war rasch wieder verflogen, und Anfänger notierte Gieracks diktierte Wortfetzen in sein Notizbuch: »Zum gegenwärtigen Zeitpunkt lässt sich noch nicht sagen …« und »Die Ermittlungen laufen auf Hochtouren …«. Die Worte wehten sanft über das herbstliche Tal.

Als Trost ins Auto gestiegen war, hatte er sich die Hand ans Ohr gepresst als Zeichen dafür, dass sie telefonieren würden. Gierack hatte genickt, Trost den jungen Journalisten neben seinem Chef gemustert. Wie seine ganze Körpersprache ihnen zurief, dass er ganz nah am Geschehen war. Zusammen mit ihnen. Dass er dazugehörte. Und doch hatte er eine gewisse Unruhe nicht unterdrücken können. Es war ihm deutlich anzusehen gewesen, dass er am liebsten losgerannt wäre, um sofort alles in seinen Computer zu hacken. Mit Schlagzeilen und allem Drum und Dran.

Ob Gierack ihm sagen würde, dass die Tote eine Kollegin von ihm war? Nein, niemals. Das würde er nicht tun. Natürlich nicht. Dinge dieser Art, schlechte Nachrichten zu überbringen, das überließ Gierack immer den anderen. Seinen Lakaien. Darum würde er, Trost, sich kümmern müssen. Schon bald.

Eine Frage drängte sich ihm auf. »Sag mal, warum haben wir uns vorhin eigentlich vor der Leechkirche getroffen und nicht vor deiner Wohnung?«

»Weil ich grad drinnen war in der Kirche, das hab ich doch schon gesagt.«

»Aber – wozu?«

»Mir gefällt die Kirche. Kirchen generell. Dir etwa nicht?«

»Mich bringt da nichts hinein.«

»Du *hasst* Kirchen?«

»Hass ist ein großes Wort, aber es kommt meinem Gefühl verdammt nahe.«

Trost und Lemberg. Sie ließen alles am Tatort zurück. Die Menschen, die noch lebten, aber beleidigt auf Anerkennung hofften und ihnen sehnsuchtsvoll oder verärgert nachblickten. Und die Leiche, die mit jeder Minute, die verging, entblößter und toter erschien. Auch sie wirkte fast beleidigt. Weil ihr Todbringer noch immer frei herumlief. Und anstatt ihm auf den Fersen zu sein, spielten alle Involvierten nur Theater. Ihre ganz privaten Stücke. Auch die Krähen blieben zurück, die immer noch mit schwarzen bösen Augen von den Ästen herabstarrten. Sie schienen sich zuzurufen: »Achtundvierzig Stunden? Das wird nicht funktionieren. Krah-krah. Das wird nicht funktionieren.«

Das Baumhaus

10

Bei der »Großen Tageszeitung« gab es die Order, die Schreibtische stets so sauber zu halten, dass sie auf den ersten Blick so aussahen, als wären sie nicht besetzt. Damit jederzeit eine x-beliebige andere Person an ihnen arbeiten konnte. Lediglich eine Büchse mit Stiften und einige an den Monitorrand geklebte Post-its verliehen den Plätzen eine persönliche Note.

Das Licht war grell, die Luft trocken. Die Bildschirme der an der Decke angebrachten Fernseher warfen unterschiedliche Bilder in den Raum. Die Atmosphäre erinnerte an die TV-Abteilung eines Elektronikgroßhändlers.

Das größte Bild lieferte aber die Stadt hinter der riesigen Fensterfläche. Stumm starrte sie herein, und stumm starrte Trost zurück.

Dieser Ort würde sich als Filmkulisse eignen, aber arbeiten möchte ich hier nicht. Nie hast du den Rücken frei. Ständige Kampfzone.

Er lehnte sich zurück. Spürte die Blicke in seinem Nacken.

Jemand hatte das Rollkästchen zu seinen Füßen geöffnet, vier Laden, in denen sich der persönliche Kram von Alena Stadler befand. Vollgekritzelte Notizblöcke, ein Haufen unterschiedlicher Visitenkarten, Batterien, Stifte über Stifte, Kabelsalat aus Kopfhörern und Aufladegeräten.

Die Bücher der Kollegin seien in einem Extraschrank verstaut, hieß es, aber das meiste finde sich mit Bestimmtheit im Computer beziehungsweise in irgendwelchen virtuellen Speichern.

Mit der Virtualität würden sich die Experten von der IT befassen. Vielleicht auch Lemberg, die hatte ein Faible für solche Sachen. Trost selbst saß an dem Schreibtisch des Opfers und wusste, dass sie ihn beobachteten. Verstohlene Blicke über Monitore hinweg. Telefonate, die absichtlich durch die Tischreihen in der Nähe laufend getätigt wurden. Sogar aus den Studios, die zu einem Radiosender gehörten, der ebenso auf der Etage residierte, warfen ihm Mitarbeiter Blicke zu. Doch Trost beeindruckte das alles nicht. Er schaute sich um. Streckte die Beine aus. Vergrub die Hände in seinen Jackentaschen. Und wartete.

So lange, bis sie sich an ihn gewöhnt hatten. Bis die Hennen in dieser Legebatterie wieder ihren üblichen Beschäftigungen nachgingen. Sich nicht mehr gestört fühlten. Sich wieder normal bewegten. Darauf wartete Trost. Und ließ sich nichts entgehen.

Das Großraumbüro der Tageszeitung war ihm eingangs erklärt worden: Die Tischgruppen in der Mitte fungierten als Schaltstelle aller Plattformen. Von hier aus verliefen die einzelnen Gänge sternförmig. Jeder Gang repräsentierte eine eigene Abteilung des Medienunternehmens – die redaktionellen Bereiche waren nach Themen gegliedert wie etwa Wirtschaft, Politik und Sport. Hinzu kamen technische Bereiche wie Layout und Grafik, die Fotografen und die Videoteams. Schließlich fütterten die Redakteure nicht nur die papierene Tageszeitung mit Inhalt, die am nächsten Tag vor den Haustüren und in Briefkästen lag, sondern auch die digitalen Systeme: die Homepage, die App, soziale Medien.

Für Trost war es eine sonderbare Vorstellung, dass jemand, der soeben eine Information erhalten hatte, sie wieder hinausposaunte. Wie ein kleines Kind, das petzt. Oder wie das Spiel Stille Post, nur lauter. Aber auch in der Realität konnte man am Ende nie sicher sein, ob es wirklich die ursprüngliche Botschaft war, die weitergegeben wurde. Manche sagten sogar: Je schneller etwas weitererzählt wird, desto falscher ist der Inhalt.

Trost schmunzelte. Dieselbe Person, die ihm das Rollkästchen geöffnet hatte – der perfekte Auftragskiller, denn er hatte von dem Mann nichts im Gedächtnis behalten –, erklärte ihm das System der Medienwelt: »Zuerst wird die Meldung möglichst rasch weitererzählt, damit man von sich behaupten kann, der Erste gewesen zu sein, der davon gewusst hat. Dann wird die Nachricht ständig erneuert, auf Kommentare der Leute reagiert, bis sie zuletzt mit einem Gedanken, den bisher noch niemand geäußert hat, in der gedruckten Ausgabe veröffentlicht wird. Die Nachricht wird weitergedreht, wie man im Fachjargon zu sagen pflegt, immer wieder mit neuen Aspekten beladen, sodass der Zeitungsleser das Gefühl hat, mehr zu wissen als der Online-User, und umgekehrt genauso.«

Trost runzelte die Stirn. Eine komplizierte Welt.

Der Auftragskiller blickte sich nervös um, näherte sich Trosts Ohr und fügte hinzu, das sei nur die offizielle Version. Die inoffizielle hingegen bestünde aus Personalknappheit, ständiger Hudlerei, Fehler, Burn-outs und schlechter Stimmung.

Trost quittierte das Geständnis mit einem Schulterzucken. »Das trifft heutzutage doch auf so ziemlich jedes Unternehmen und jeden Arbeitnehmer zu«, sagte er und dachte dabei vor allem an seine eigene Branche.

Immer wieder rotteten sich einzelne Gruppen zu Besprechungen zusammen. Sie standen um Stehtische beieinander oder verschwanden hinter bunten Wänden, die als kreisrunde Inseln im Raum verteilt waren. Gepresste Stimmen ertönten. Menschen liefen hektisch herum. Nervosität überall.

Mehrmals beobachtete er, wie einige der Angestellten kopfschüttelnd davoneilten, und bemerkte dunkle Schweißflecken unter Achselhöhlen. Ihm fiel auf, wie wenige von ihnen eigentlich tatsächlich arbeiteten, also auf Tastaturen einhämmerten. Jeder Journalist besitze einen Laptop, war ihm eingangs erklärt worden, so konnten sie auch von unterwegs aus arbeiten. Ständig. Viel los sei hier nur am späten Nachmittag, wenn die Printredakteure eintrafen und versuchten, mit einem einigermaßen zu rechtfertigenden Zeitaufwand die Abendnachrichten und die Online-Morgennews mit Berichten zu füllen. Dabei gebe es immer wieder Diskussionen, müssten Storys umformuliert werden, tauchten neue Aspekte einer Geschichte auf. Hektik sei ihr ständiger Begleiter. Andererseits gehöre sie dazu. Ohne sie würde alles stillstehen. Und ein Nachrichtenzentrum, das stillstand, sei ein Widerspruch in sich. Eine Asymmetrie im mathematisch durchdachten Chaosprinzip. Ohne Hektik, ohne Deadline-Stress würden die meisten Journalisten nicht funktionieren.

Trost seufzte und dachte bei sich: nicht anstecken lassen. Nur nicht anstecken lassen.

Jetzt war es früher Nachmittag, und ein Kriminalbeamter saß auf dem Platz von Alena Stadler. Die Polizei in einer Zeitungsredaktion. Wieder eine Asymmetrie.

Er kam sich schäbig vor. Musste bei dem Gedanken sogar unwillkürlich grinsen. Verschränkte die Hände im Nacken. Blickte sich amüsiert um, über die schier endlosen Tischgruppen in den Raum. Sah am anderen Ende nur noch unscharfe Gestalten.

Die Person, deren Aussehen er sich nicht hatte merken können, hatte ihm zuvor erklärt, dass er verstehen müsse, dass heute alles viel lauter sei als sonst. Weil er hier sei. Die Polizei. Er störe den Fluss. Das Klima.

Lauter? Es war lauter als sonst? Trost hätte fast aufgelacht. Er hatte nicht das Gefühl, dass auch nur eine einzige Person in dem hundert Meter langen Gebäude es wagte, in normaler Zimmerlautstärke zu sprechen. Alle flüsterten.

11

Durch eine Glaswand starrte Lemberg ihren Vorgesetzten an und schämte sich für ihn, da er ein so pietätloses Grinsen aufsetzte. In dem abgeschotteten Konferenzzimmer hinter ihr befanden sich der Chefredakteur und seine engsten Mitarbeiter. Sie hatten sich um einen langen Tisch gruppiert. Zusammengesackt. Tränen trocknend. Fahrig.

Alena Stadler sei eine beliebte Mitarbeiterin gewesen, hatten sie Lemberg erzählt. Und eine überaus kompetente noch dazu. Eine von den jungen, die die Veränderungen der Medienwelt in den letzten Jahren viel besser weggesteckt hatten als die älteren Kollegen. Eine von denen, die sich lange hatten beweisen müssen, ehe sie eine feste Anstellung bekamen. Und eine, die Fragen stellen und Geschichten schreiben konnte. Die Potenzial hatte. Die kein Blatt vor den Mund nahm. Kritisch war. Aneckte.

An dieser Stelle hakte Lemberg ein, sie brauche von dem Opfer sämtliche Artikel des letzten halben Jahres.

»Das sind aber mehr als zweihundert.«

»Und? Außerdem brauche ich eine Liste aller Leute, die etwas gegen Alena Stadler gehabt haben könnten.«

»Bis wann?«

»Heute Abend.«

»Das ist aber –«

»Okay, dann eben bis morgen Vormittag.«

»In Ordnung.«

Sie beteuerte, dass es ihr leidtue, aber die Suche nach dem

Mörder der Frau sei auch eine Frage der Zeit. Und je mehr davon verstrich, desto schwieriger werde es, den Täter zu finden. Unwillkürlich blickten einige auf ihre Uhr.

Als Lemberg fragte, ob Alena Stadler im Freilichtmuseum Stübing recherchiert habe, erntete sie als Antwort allgemeines Achselzucken.

Der Chefredakteur, den die Angestellten schlicht Boss nannten, war ein vollbärtiger kugelrunder Mann mit Hornbrille und Stoppelfrisur. Er strahlte etwas Ambivalentes aus, etwas zwischen Gut und Böse, und schüttelte auf ihre Frage den Kopf. »Eigentlich nicht.«

Sie war überrascht, wie zahm Journalisten sein konnten, wenn es um etwas ging, das nicht in ihrem Einflussbereich lag. Bisher hatte sie sie für gnadenlose Fragesteller gehalten. Laute Menschen. Selbstdarsteller. Die getrieben waren. Genervt. Angestrengt. Doch die Situation hatte sie harmlos gemacht. Fast menschlich. Nur wenn es um andere ging, wenn sie nicht betroffen waren, dann wurden sie zu Raubtieren. In ihren eigenen vier Wänden wirkten sie zahm wie Kätzchen. Fast schon hilflos.

Lemberg ließ ihren Blick wieder über das Großraumbüro schweifen. Alena Stadlers Tod hatte hier wie eine Bombe eingeschlagen. Doch jetzt musste alles wieder seinen Lauf nehmen. Das Leben ging weiter. Rasend schnell.

Als sie sich umdrehte, bemerkte sie, dass alle Blicke der Anwesenden auf sie gerichtet waren.

Ob man noch etwas tun könne?

Sie zögerte.

Sie könne hierbleiben, für Fragen stünde man weiterhin zur Verfügung. Aber der Zeitpunkt werde von Minute zu Minute ungünstiger. Konferenzen stünden an, Entscheidungen mussten getroffen werden: Welche Schlagzeilen würde es geben, welche weitergedrehten Geschichten?

Lemberg nickte geistesabwesend. »Schon gut, schon gut«, sagte sie und dankte noch einmal für die Kooperation.

Als alle die Glaskoje verließen, ging auch sie hinaus. Im selben Moment, als Martin Anfänger den Newsroom betrat.

12

Trost beobachtete ihn. Wie er mit gesenktem Kopf auf seinen Platz zusteuerte, sich in den Sessel fallen ließ. Den Laptop an die Dockingstation steckte, ihn hochfahren ließ, seinen Notizblock so energisch durchblätterte, als beinhalte er seine gesamten Erinnerungen.

Dann wurde Anfänger vom Chefredakteur zu sich gerufen, und sie standen an der Glaswand. Dahinter die Stadt. Mit dem Schlossberg, ihrem Wahrzeichen. Den roten UNESCO-Weltkulturerbe-Dächern. Den stumm durch die Straßen fahrenden Autos. Der Boss war kleiner als der junge Journalist, doch die Hand auf seiner Schulter wirkte, als könne sie mit Leichtigkeit seinen kompletten Körper zerdrücken.

Der Boss nickte immerzu, tätschelte dann sogar die Wange des anderen, was Trost unwillkürlich an einen Coach im Boxring erinnerte.

Anfänger schlich zurück an seinen Platz. Schloss die Augen, bevor er zu schreiben begann. Hörte auf. Setzte wieder an. Sein Chef beobachtete ihn eine Weile durch die Glaswand, drehte sich dann aber um und verschwand in dem Labyrinth aus Tischen und Monitoren wie ein Fisch, der in der Tiefsee untertauchte.

Anfänger massierte sich derweil das Gesicht. Kramte dann in seiner Schublade. Setzte sich Kopfhörer auf, kaute an den Fingernägeln. Machte eine Pause, tippte weiter, kaute weiter.

»Sie haben es ihm gerade erst gesagt«, vernahm Trost eine Stimme hinter sich.

Es war Franz Schmalrund, einer der wenigen Redakteure, die er bereits kannte. Einer vom alten Schlag, Polizeireporter der ersten Stunde. Aus jener Zeit, in der die Zeitungsredaktionen noch den Polizeifunk abgehört hatten. Steinzeit also.

»Ich war selbst nicht vor Ort, weil die Jungen das jetzt übernehmen sollen«, brummte er. »Bin nur noch hier zum Koordinieren. Sortieren. Herumsitzen. Die Last des Alters. Abstellgleis. Aber irgendeiner muss ja da sein, der nicht bei der ersten Hiobsbotschaft die Nerven verliert.«

Die beiden Männer zwangen sich zu einem Lächeln. Der eine,

weil er nicht mehr wusste, was er eigentlich hatte sagen wollen, der andere, weil er ihn nicht richtig verstanden hatte.

»Wie ist sie gestorben?«

Trost schüttelte den Kopf. »Brutal. Messerstiche. Eine Riesensauerei.«

Schmalrund blähte die Backen. »Gibt's eine Spur?«

»Vielleicht.«

»Und die führt hierher?«

Trost sah Schmalrund an. Ein mehrheitlich aus grauem Haar bestehender Oberlippenbart. Vernarbtes Gesicht. Winzige Augen hinter einer Hornbrille. So winzig, dass sie durch jedes Schlüsselloch sehen können, erinnerte er sich an eine bissige Bemerkung, die Johannes Schulmeister einmal über den Reporterfuzzi – ebenfalls seine Wortwahl – fallen gelassen hatte. Schulmeister und sein ständiger Sarkasmus.

Verdammt, was ist nur mit dir geschehen? Wo bist du?

Schmalrund wartete immer noch auf eine Antwort. Schütteres, nach hinten gegeltes Haar. Pullunder. Schmutzfarbene Schnürlsamthose. Kurz und gerade geschnittene Fingernägel. Er trug eine goldene Armbanduhr, die locker an seinem Handgelenk saß und deshalb bei jeder Bewegung auf- und abglitt.

»Vielleicht. Man weiß ja nie.« Mit einem letzten Blick auf Martin Anfänger stand Trost auf und ging.

Lemberg gesellte sich an seine Seite, und wieder ließen sie ratlose Gesichter zurück.

13

Im schmucklosen Besprechungsraum des Landeskriminalamtes Steiermark, Abteilung Leib und Leben, Mordgruppe, war es still. Nur die Kaffeemaschine surrte ununterbrochen, weil sie dazu genötigt wurde, Kaffeebohnen für mehrere Tassen zu mahlen. Gierack hatte die Truppe zusammengetrommelt. Trost und Lemberg, dazu die Fahndungsgruppe und Kollegen aus dem Ermittlerpool.

Trost hatte nüchtern die Fakten zum aktuellen Mordfall referiert, ergänzt von Lemberg, die erzählte, was sie in der Redaktion erfahren hatte. Anschließend hatte Balthasar Gierack seinen üblichen Auftritt. Natürlich hatte er ebenfalls bereits mit der »Großen Tageszeitung« gesprochen, genauer gesagt mit einem Vorstandsmitglied des Konzerns bei Kaffee und Lachsbrötchen in einem der Grazer Nobelkaffeehäuser. Dieser habe ihm Dinge erzählt, die er hier nicht weitergeben wolle, nur so viel: Die Bestürzung sei gewaltig, man habe jegliche denkbare mediale Unterstützung zu erwarten. Gewissermaßen befinde man sich auf einem gemeinsamen Kreuzzug gegen einen bestialischen Verbrecher. Gegen die Bestie von Graz.

Es kam also, wie es kommen musste: Gierack rief wieder einmal eine Soko ins Leben. Die Sonderkommission Herz. Trost sollte ihr Anführer sein.

»Soko Herz?«, fragte einer von der Fahndungsgruppe nach. Er war noch jung, sonst hätte er den Mund gehalten.

»Ja, Herz. Weil genau dieses Organ unseres Opfers verschwunden ist.«

»Muss das denn schon wieder sein? Eine Soko? Wenn mehrere Bundesländer betroffen sind, ist doch das BKA zuständig. Und dann noch dieser Name!«

Theatralisch langsam wendete sich Gierack dem unglücklichen Wortmelder zu. »Mit Verlaub: Machen Sie einfach Ihre Arbeit, wie sie Ihnen befohlen wird. Und achten Sie darauf, dass Sie nicht ständig auf die Uhr schauen. Wir haben jetzt einen Mord. Und eine Soko. Mit beidem haben wir fürs Erste keine Freizeit mehr, damit das klar ist. Wem das nicht passt, der kann gerne an einer Kreuzung den Verkehr regeln. Ein Fingerschnipser von mir, und sämtliche Ampeln sind ausgefallen. Bahnhofsgürtel. Peter-Tunner-Straße. Radetzkyspitz: Sie können sich aussuchen, wo Sie den Tag verbringen wollen. Wo die Luft besser ist und die Umgebung weniger grau. Hm? Noch weitere Fragen?« Die letzten Worte hatte Gierack mit einem fast irren Blick begleitet, der über die Köpfe der Anwesenden hinweggebraust war wie ein Tornado.

Einige im Raum kicherten verstohlen. Jemand verdrehte die Augen. Es herrschte Unruhe. Ein Stift wurde entnervt auf einen Notizblock geworfen, aber niemand beantwortete Gieracks rhetorische Frage.

»Es ist nun einmal, wie es ist. Wem das nicht passt, der kann seine Sachen packen. Wer beruflich mit Mord und Totschlag zu tun hat, der hat nun einmal nur dann Freizeit, wenn es keine Leichen gibt. Es steht jedem frei, sich einer gemütlicheren Abteilung zuzuwenden. Gehen Sie ruhig zur Sitte, zur Finanz, wenn Sie glauben, dort glücklicher zu werden. Bitte, ich habe kein Problem damit.« Er schlug mit der flachen Hand auf den Tisch, was davon ablenkte, dass sein Kopf rot vor Zorn wurde. »Aber solange Sie hier sind, hören Sie auf, auf die Uhr zu schauen. Es gibt keine Freizeit! Keine Freizeit, bis wir den Mörder haben!« Er rang nach Atem, und niemand wagte es, die Stille seines Innehaltens zu unterbrechen.

Wohin blickt man in so einem Moment?

Trost starrte aus dem Fenster.

»Und eines lassen Sie sich auch gesagt sein«, hob Gierack nun wieder an, »wir müssen medial wirksam arbeiten. Uns im Gedächtnis der Leute verankern. Unsere Leistungen gehören diesmal auf die Bühne der Öffentlichkeit, nicht ins stille Kämmerlein, auch wenn manch einer von Ihnen dort gerne verweilen würde. Oder auch über den Dingen.«

Es war kein Zufall, dass Gieracks Blick in diesem Moment auf Trost ruhte. Die Anspielung auf sein Baumhaus, das Gierack bereits kannte, ärgerte den Chefermittler mehr, als er sich eingestehen wollte. Wie kam der Kerl dazu, sich vor versammelter Mannschaft über ihn lustig zu machen? Doch ein schmales Lächeln war alles, was Trost sich anmerken ließ. »Gut, also Soko Herz. Von mir aus«, sagte er stattdessen.

Allein die Tatsache, dass er es geschafft hatte, in dieser Sitzung das Schlusswort zu haben, brachte ihm die spontane Bewunderung so mancher Kollegen ein.

14

Nachdem Gierack mit dem Handy am Ohr aus dem Besprechungszimmer gestürmt war, erhoben sich auch alle anderen Beamten sesselrückend und verließen den Raum. Trost und Lemberg blieben allein zurück.

Eine unangenehme Stille trat ein, und als Lemberg sich anschickte, ebenfalls den Raum zu verlassen, bat Trost sie, noch einen Moment zu bleiben.

Sie wurde rot und setzte sich wieder. Rückte dabei sogar ein wenig an ihn heran.

Er ließ es geschehen. Drehte die Kaffeetasse in seinen Händen.

»Ja?«

»Zwei Dinge noch.« Er blickte ihr nicht in die Augen. »Danke fürs Übernehmen der Kinder. Das war nicht selbstverständlich, ich weiß. Aber –«

»Schon gut, hab ich gern gemacht.« Im selben Moment ärgerte sie sich auch schon darüber, ihn unterbrochen zu haben, denn wer weiß, was er ansonsten noch gesagt hätte? Eine peinliche Sekunde verstrich. »Und das Zweite?«

Trost schreckte zerstreut hoch. »Was?«

»›Zwei Dinge noch‹, das hast du gerade gesagt.«

»Ach ja. Ich bin dann weg, das war das Zweite. Ich muss zur Uni.«

»Was?«

»Ja.« Er schob ihr sein Handy über die Tischplatte. Auf dem Display die Info zu einer Lehrveranstaltung.

Lemberg las laut: »›Kriminelle Energie im Kontext gesellschaftlicher Prozesse‹? Aber du hast doch gerade gehört, dass die Nerven blank liegen. Du kannst mich jetzt nicht hängen lassen. Wir stecken mitten in einem Mordfall, und du willst zur Uni?«

Er nahm das Handy wieder an sich. »Wir stecken immer in irgendeinem Mordfall.«

15

Eine »Tatort«-Folge im deutschen Fernsehen. Jonas saß mit dem Handy vor dem Bildschirm und twitterte. »Ha, die Opfer!«, rief er plötzlich.

»Was ist?«

»Die haben an der Wand im Kommissariat, wo sie die Fotos der Verdächtigen rangepinnt haben, lauter Bilder aus einem Panini-Fußballalbum.«

»Was?«

»Ja, schau doch.«

»Gibt's ja nicht.«

»Doch, voll krass.«

»Unglaublich.«

Danach war wieder für einige Minuten Ruhe, auch wenn Trost viel lieber mit seinem Sohn geplaudert hätte, als in die Glotze zu starren. Noch dazu »Tatort«. Das war, als würde man sich selbst bei der Arbeit zuschauen. Zugegeben, er selbst, Armin Trost, als »Tatort«-Held, dieser Gedanke war schon verlockend. Ein Armin-Trost-»Tatort« aus Graz. Er würde den Zuschauern zeigen, wie brutal das alles in Wirklichkeit war. Wie mühsam. Wie fertig die meisten in der Branche tatsächlich waren. Die Guten wie die Bösen. Und wie durchgeknallt Menschen sein konnten. Das wäre dann mal ein richtiger »Tatort«: jeder zweite Protagonist geschieden, jede zweite Nacht ein Anruf. Wenn es sein musste, hielt der Ermittler auch achtundvierzig Stunden ohne Schlaf durch – und sah auch so aus.

Die Bösen wie die Guten wären keine Models. Die meisten hässliche betrunkene Kerle. Frauen mit Zahnlücken und blauen Flecken. Misshandelte Kinder. Drogen. Blut. Und ganz bestimmt gäbe es keine Panini-Pickerl an der Wand. In seinem »Tatort« würden die Leute auch nicht noch ewig reden, bevor sie starben. Der Austritt aus dem Leben passierte in Wahrheit ziemlich schnell. Und wenn es mal länger dauerte, dann redeten die Opfer dennoch meistens nicht. Dann lagen sie im Koma. Oder wurden so lange künstlich beatmet, bis irgendjemand schließlich sagte: »Aus die Maus.«

Für Trost ging es nicht darum, ob »Tatort« fader oder spannender als die Wirklichkeit war. »Tatort« war einfach nie die Wirklichkeit. Aber war er selbst die Wirklichkeit?

Existiere ich wirklich, oder bin ich nur eine Figur in einer grotesken Geschichte?

Über derlei Gedanken verstrich die Zeit. Wertvolle Zeit, denn er wusste, dass er und sein Sohn am Ende des Films aufstehen würden. Dann war kein Gespräch mehr möglich. Jonas würde hinauf ins Zimmer gehen, er selbst raus ins Baumhaus. Charlotte war mit den Kleinen immer noch bei ihren Eltern. Seit Wochen schon besuchte sie ihn nur noch sporadisch. Als wäre der Abnablungsprozess in vollem Gang.

»Sag«, unterbrach Trost eine dialoglose Szene des Films, »geht es Mama gut?«

»Nein.« Jonas hatte schnell geantwortet und fixierte noch immer den Bildschirm.

»Spricht sie von mir?«

»Nein.« Wie aus der Pistole geschossen.

»Aha.« Enttäuschung breitete sich aus. Er wusste, dass in den letzten Monaten alles aus dem Ruder gelaufen war. So sehr, dass Charlotte die Kleinen gepackt hatte und abgehauen war. Und er wusste auch, dass er es selbst in der Hand hatte, sie wieder zurückzuholen. Immer noch. Noch war nicht alles verloren. Er musste nur beginnen, etwas zu ändern. An sich. Und an den Umständen. Wenigstens schrittweise. Er konnte es.

Ich muss es.

»Wirst du heute wieder im Baumhaus schlafen, Papa?«

Diesmal schaute Jonas ihn direkt an, er aber blickte auf den Fernseher. Der Bildschirm wurde von der Mündung einer Pistole ausgefüllt. Der Showdown einer mäßigen Schweizer Episode. »Ja.« Die Antwort kam zögerlich. Seufzend.

»Wann hörst du endlich damit auf?«

Ja, wann eigentlich? Trost kannte die Antwort nicht, aber er wusste: War er einmal oben im Baumhaus, dann war alles gut. Dort gab es Sicherheit. Stille. Nur das Geräusch des schweigenden, nur ab und an knarzenden Baumes. Keine Familienprobleme. Kein verschwundener Kollege. Keine Morde. »Stört es dich, dass ich im Baumhaus schlafe?« Wie er die Frage ausgesprochen hatte, tat ihm bereits leid. So vorwurfsvoll.

»Nein, eh nicht. Wenn Mama bei Oma ist, hab ich mit dir auf dem Baum sogar das ganze Haus für mich allein. Ist doch toll. Riesig. Aber wissen darf es halt keiner.«

»Du willst nicht, dass jemand deinen Vater für verrückt hält?«

Jonas lächelte. »Das tun sie sowieso schon alle, Papa.« Rote Flecken bildeten sich auf seinen Wangen, die Augen wurden glasig. »Was glaubst denn du? Dass sich das nicht herumspricht? Dass

Mama dich nicht verlässt, weil du völlig durchdrehst? Wegen dieser bescheuerten Arbeit?«

»Bescheuert, ja? Wie kommst du darauf? Und warum überhaupt unbedingt *bescheuert*? Bei uns sagt niemand *bescheuert*. Das kommt von diesen dämlichen deutschen Serien. *Deppert* kannst meine Arbeit nennen, ja. Oder meinetwegen *blöd*, aber sicherlich nicht *bescheuert*.« Trost war laut geworden. Lauter, als er beabsichtigt hatte. Aber ein Gespräch dieser Art war nicht vorherzusehen gewesen. Oder vielleicht doch?

»Siehst du, da ist es wieder! Dieses dämliche Getue. Immer schweifst du ab, aber von mir aus, dann nennen wir es halt *deppert*. Wie ein *Depperter* hockst du hier herum, nachdem du tagsüber irgendwelche irren Mörder gejagt hast. Was tust du eigentlich zu Hause? Solltest du nicht Tag und Nacht Mördern hinterherjagen? So lange, bis du sie alle hast. Früher bist du häufig tagelang weg gewesen. Und wenn du keine Mörder gejagt hast, dann hast du halt deinen Freund gesucht. Oder hast du etwa auch schon aufgehört, an ihn zu denken? Bist jetzt vielleicht nicht nur *deppert*, sondern auch noch *faul*?«

Trosts Arm fuhr hoch. Der Bruchteil einer Sekunde verging. Ein Zögern, während dem er seine Hand bemerkte. Was hatte er damit tun wollen? Schlagen? Seinen Sohn? Ins Gesicht? Das war doch absurd.

Jonas wich zurück. Achtzehn Jahre war er alt und stark wie ein Bär, wahrscheinlich hätte er ihn sowieso nicht erwischt. Und wenn, dann hätten sie vielleicht gerauft, und er, Trost, hätte den Kürzeren gezogen. Oder auch nicht. Und was dann?

Aber der Gedanke war müßig, es würde ohnehin nicht so weit kommen. Er ließ den Arm wieder sinken.

Jonas' Augen wurden schmal. Verachtung war darin zu lesen. Enttäuschung. Und Zorn. »Ja, Papa. Es stört mich, wie du geworden bist.«

Dann stand er auf und ging aus dem Zimmer.

Später im Baumhaus kauerte sich Trost in eine Ecke. Wippte vor und zurück und presste die Augen fest zusammen. Am Boden sah er die Leiche. Den aufgerissenen Leib. Seine Frau stand daneben und beobachtete ihn. Sie streckte die Arme nach ihm aus. Polizisten waren da und drängten sie zurück. Er sah einen Riesen mit einem winzigen Kerl im Arm. Der Kerl lachte hysterisch. »Hihihi. Herr Tro-ost. Jetzt also faul und deppert? Lustig. Sooo lustig. Herzergreifend lustig. Herzig. Warmherzig. Hihihi.« Das winzige Männchen blickte ihn mit seiner faltigen Fratze von Monitoren aus an, die überall um ihn herum auftauchten, als säße er im überdimensionalen Newsroom einer Tageszeitung. Er konnte auch Schulmeister erkennen, der an ihm vorbeirannte. Trost lief ihm nach. »Warte!« Aber der Kollege war schneller. Wie konnte das sein? Schulmeister war schneller? Dieser massige Kerl? Trost ging in die Knie. Keuchte. Uneinholbar, sein Kollege. Lemberg tauchte vor ihm auf. Sie ließ den Träger eines ärmellosen Shirts über ihre Schulter gleiten. Jonas brüllte ihn an, Trost brüllte zurück. Die Leiche starrte zu ihnen herauf, und Gierack schüttelte den Kopf. Der Journalist schrieb mit. Der Polizist kam auf ihn zu, und noch immer kicherte die faltige Fratze unaufhörlich. Trost suchte Charlotte, fand sie nicht mehr. Er rief ihren Namen, und als er die Augen aufriss, war es tiefste Nacht.

Ihm war kalt. Er zitterte. Seine Wangen brannten. Er musste geweint haben.

16

»Die Bestie von Graz!«, titelte die »Große Tageszeitung«, schilderte die Tat dann aber so pietätvoll wie möglich. Die Artikel drückten Betroffenheit aus, spielten gekonnt auf der Tastatur zwischen Mitgefühl und Rachsucht.

Ja, Rachsucht. Nicht jeden Text verfasste Martin Anfänger selbst, auch der Boss gab sich die Ehre und griff in die Tasten. In einem leidenschaftlichen Kommentar forderte er den Mörder. Forderte Gerechtigkeit. Und ein Ergebnis.

Die Bestie von Graz, sie war noch frei. Bereit, jederzeit wieder zuzuschlagen.

17

Die Tage zogen sich wie Kaugummi.

Achtundvierzig Stunden, der erste Angriff, waren längst vorüber. Viele Tage waren vergangen und vom Täter noch immer keine Spur.

Das herbstliche Bunt der Blätter wirkte langsam unecht. Wie gemalt. Erstarrt. Genauso war es: Die Welt war erstarrt.

Man hätte nicht sagen können, was sich verändert hatte, aber die Stimmung im Revier war im Sinken begriffen: Richtung Gefrierpunkt.

Lemberg litt unter Kopfschmerzen, und Gierack begann die Angewohnheit zu entwickeln, Kollegen mehr oder weniger unmotiviert anzubrüllen. Viele Mitarbeiter wurden immer stiller. Kein Lachen mehr auf den Gängen. Nur noch kurze Grüße im Stiegenhaus. Finstere Blicke allenthalben.

Trost wusste genau, warum. Eben weil sich nichts veränderte. Sie fanden weder Schulmeister noch den Mörder von Alena Stadler. Sie brauchten dringend ein Erfolgserlebnis.

Auch das Vorladen von Verdächtigen und Zeugen – vom Museumsdirektor bis zu den Kollegen des Opfers – brachte sie nicht weiter. Sie kramten in Aktenbergen, versuchten, Brauchbares aus Laborergebnissen herauszufiltern. Sahen sich Hunderte Male dieselben Fotos an, irgendwelche Videos irgendwelcher Überwachungskameras aus der Umgebung von Stübing. Lemberg durchsuchte das Netz nach Spuren, nach irgendwelchen Äußerungen in sozialen Netzwerken. Manche Mitglieder der Fahndungsgruppe mussten regelrecht dazu gezwungen werden, ab und zu ins Bett zu gehen. Die Überstunden häuften sich.

Doch nichts. Es herrschte Stillstand.

Nur Trost bewegte sich, indem er begann, sich immer häufiger abzusetzen. So als sei ihm alles einerlei. Der Mord. Die schlechte Stimmung. Die eingefrorene Welt. Manchmal ging er am Nachmittag und kehrte nicht wieder zurück. Oder aber er kam erst spät am Vormittag. Und wenn er da war, las er Bücher. Fette Wälzer. Kleingedrucktes. Oder er blätterte in einem Berg von Zeitungen. Jeden Tag ein Berg von Zeitungen.

Als Gierack ihn zur Rede stellte, zuckte Trost nur mit den Schultern. »Du willst den Täter. Ich bin ihm auf der Spur.«

»Ja, bitte schön, aber könntest mich dann nicht einweihen? Ein bisschen von deiner Vorfreude täte mir auch ganz gut.«

»Leider nicht. Erst wenn ich ihn habe. Aber so viel steht fest: Die Berichte in den Zeitungen werden seltener. Er wird also bald wieder zuschlagen.«

»Was? Noch mal? Wie kommst du darauf?«

»Nur so ein Gefühl.«

»So geht das nicht, Armin, wirklich nicht. Das hier ist keine Anstalt für hochbegabte Kinder, die tun und lassen können, was sie wollen. Wir sind das LKA, und wir arbeiten zusammen. Im Team, hörst du? Du bist Leiter der Mordkommission, einer Sonderkommission, verdammt! Du kannst dich nicht einfach so gehen lassen. Also: Welche Spur? Raus mit der Sprache, aber dalli!«

Das Gespräch fand auf dem Gang statt, doch keiner der Kollegen um sie herum wagte es, sich einzumischen. Obgleich Trost natürlich bemerkte, dass der eine plötzlich einen Schnürsenkel band und der andere so tat, als würde er einen Absatz in einem wichtigen Schreiben überfliegen müssen, bevor er die Tür öffnete.

Trost sagte: »Nix ›aber dalli‹.«

Gieracks Blick hätte jedes Lebewesen getötet. Und jedes tote Wesen zum Leben erweckt. Nur bei Trost bewirkte der Blick nichts. Der Polizeichef stampfte mit einem Fuß auf den Boden und ballte die Hände zu Fäusten. »Zu mir ins Büro. Sofort!«

Anfangs waren einzelne Satzfetzen bis hinaus in die Büros zu hören. Fragmente einer Schimpftirade. Später verebbte die Geräuschkulisse zu einem unverständlichen Murmeln, bis es schließlich still wurde. Der eine oder andere Kollege zog bereits in Erwägung, nachzusehen, ob etwas passiert sei. Schließlich war es schon vorgekommen, dass sich zwei Männer im Streit in die Haare gerieten. Wer konnte schon wissen, was da jetzt abging? Vielleicht knallte Gierack Trost gerade eine? Oder Schlimmeres?

Nach zehn Minuten ging die Tür zum Büro des Polizeichefs auf, und Trost trat mit gelassener Miene heraus. Gierack sagte fast so sanft wie eine Ehefrau zu ihrem Gatten: »Du musst loslassen, Armin. Lass los. Bitte. Tu es für uns alle.« Dann schloss sich die Tür.

Niemand wagte es, Trost zu fragen, was in Gieracks Büro vorgefallen war. Lemberg saß mit schmalen Lippen und steifem Rücken hinter ihrem Schreibtisch und beobachtete, wie er an ihr vorüberging. Genauso in sich gekehrt wie schon in den letzten Tagen.

Sie wollte schon aufspringen, ihm nacheilen, als sie sah, wie sich Trost eine Gestalt von hinten näherte. Lembergs Mund klappte auf, und sie ließ sich wieder auf den Stuhl sinken. Roswitha, Johannes Schulmeisters Frau, war aufgetaucht.

Sie sah entsetzlich aus. Ihr kurzes Haar stand in alle Richtungen ab, als sei sie eben erst aus dem Bett gestiegen. Der Schal um ihren Hals war lose gewickelt, ein Ende hing länger herunter als das andere. Die Schminke war verwischt, die Haut um ihre Augen schwarz. Roswitha Schulmeister sah im wahrsten Sinne des Wortes zum Fürchten aus. Wie ein Gespenst aus einem Film, den man sich nie allein ansehen würde. Und dann packte das Gespenst Trost von hinten an der Schulter.

18

Wie so oft in den letzten Tagen verließ Trost das Büro viel zu früh. Diesmal allerdings hätte keiner gern mit ihm getauscht. Denn zwanzig Minuten später saß er mit Roswitha Schulmeister in einem Kaffeehaus im Dachgeschoss des Einkaufszentrums »Citypark«. In Graz gab es überall Einkaufszentren, die Stadt besaß eine der größten Einkaufszentren-Dichte Europas.

Um Armin Trost und Roswitha Schulmeister herrschte enormer Wirbel. Eine Vespa-Ausstellung in der Mitte des als Marktplatz angelegten Obergeschosses war Anziehungspunkt für Jugendliche. Zudem befanden sich in der Nähe auch die Kinderbetreuungseinrichtung des Centers, einige Restaurants, die Toiletten und der Ausgang auf die Parkplattform.

Trost musste sich vorsichtig über die Tischplatte beugen, um Roswithas Stimme zu hören, aber nicht die Kaffeetasse vor sich umzustoßen. Wieder Kaffee. Er musste aufpassen, dass er sich den Magen nicht ruinierte. Und Mundgeruch bekam.

»Wie weit seid ihr?«, »Was tut ihr?«, »Gibt es ein Zeichen? Eine Spur?«

Roswitha stellte unentwegt Fragen, auf die Trost nur schwer Antworten fand. Er konnte ja nicht einfach Nein zu allem sagen. Aber was blieb ihm anderes übrig? Außer natürlich, sich den Kopf zu zermartern. Ab und zu in einem Lokal zu viel zu trinken. Außer durchzugehen, was Schulmeister als Letztes gesagt hatte. Getan hatte. Er hatte alles in ein schwarzes Notizbuch geschrieben. Jeden Gedankenfetzen. Jede Idee. Was konnte er noch tun, außer das alles immer und immer wieder durchzukauen?

»Aber die Stadt«, schluchzte sie, »du hast gesagt, du stellst die Stadt auf den Kopf. Die ganze Stadt. Das hast du gesagt. Vom Himmel unter Graz und der Hölle, die darüber lodert, hast du gesprochen. Und wenn ein Polizist so etwas verspricht, dann hat man das Gefühl, alles wird gut. Polizisten finden doch immer etwas. Sagt man nicht so? Immer. Immer.«

Das mit der Stadt hatte er tatsächlich gesagt, daran erinnerte er sich. Natürlich. Bis der Himmel unter Graz wäre und die Hölle über der Stadt loderte. Was für ein Trottel er doch gewesen war. Gar nichts hatte er bisher ausrichten können. Sein Kollege war am Abend einfach gegangen und am Morgen nicht wiedergekommen. Und kein Mensch, kein einziger, wusste, was passiert war. Das waren die Fakten. Das lag auf dem Tisch. Zwischen ihnen. Zwischen Roswitha Schulmeister und Armin Trost. Trennte sie.

»Ich habe immer«, sagte sie, und er hörte sie nun ganz deutlich, weil der Lärm ringsum verebbte, »immer hab ich daran geglaubt, dass alles wieder gut wird. Insgeheim wusste ich, dass du die Sache regeln würdest. Er hat oft von dir gesprochen. Wir beide wissen ja, wie sehr er sich darüber geärgert hat, als du ihm vorgesetzt wurdest. Damals hatte er fest mit der Leitungsposition der Abteilung gerechnet, stattdessen haben sie ihm einen Jüngeren aufs Aug gedrückt. Dich. Aber er hat dich gewaltig geschätzt. Es hat ihn nur gewurmt, weil er wusste, dass er nicht deine Fähigkeiten besitzt. Er ist oft nach Hause gekommen und hat geschimpft, dass er sich den Arsch aufreißt, bis in die Nacht Akten durchkämmt und Leute befragt und du eines Tages einfach ins Büro polterst und den Täter präsentierst. Das verstand er nicht. Das nagte an ihm. Er fühlte sich von dir überfahren.« Sie blickte in die Ferne, sah aber nichts.

»Als er dann verschwand, wartete ich. Ich war fest davon überzeugt, dass du bald schon wissen würdest, wo er steckt. Egal, ob die Nachricht gut oder schlecht sein würde, aber ich war überzeugt davon, dass du sie mir überbringen würdest. Aber du weißt es einfach nicht. Seit Wochen warte ich, und du weißt es immer noch nicht. Aber noch viel schlimmer ist das Gefühl, das mir sagt, du arbeitest nicht mehr an dem Fall. Niemand arbeitet mehr daran. Ihr habt ihn aufgegeben. Zu den Akten gelegt, wie man so schön sagt. Ist es nicht so?«

Ihre Stimme war lauter geworden, und Trost blickte sich besorgt um. Er winkte der Kellnerin, um zu zahlen, und schob Roswitha dann sanft, aber bestimmt aus dem Einkaufszentrum.

»So sagt ihr doch, oder? Zu den Akten. Gib es zu!« Sie konnte den Gedanken nicht loslassen, trommelte mit ihren zu Fäusten geballten Händen auf ihn ein. »Ihr arbeitet nicht mehr daran. Ihr habt Johannes abgeschrieben. Meinen Hannes. Er ist weg und basta.«

Dann weinte sie hemmungslos, und Trost verharrte mit ihr im Arm auf dem Parkplatz. Die Sonne knallte vom Himmel, und doch war es bitterkalt. In seinen Ohren hörte er nur das Schluchzen und seine eigenen Worte. »Das stimmt doch nicht, Roswitha«, betonte er immer wieder. »Ich suche nach ihm. Ich suche immer nach ihm. Ich suche. Suche.«

Aber ich habe ihn abgeschrieben.

19

Am Abend stand Armin Trost mit Charlotte im Garten am Fuße seines Baumhauses. In den Fenstern machte er die besorgten Gesichter der Kinder aus, die sie in der Dunkelheit nicht sehen konnten.

Charlotte weinte. Trost auch. Sie hielten einander in den Armen. Dann vibrierte das Handy, und Trost löste sich von seiner Frau. Nestelte in seiner Jackentasche nach dem Telefon, das immer noch läutete. Es war Lemberg. Trost drückte sie weg.

»Wer war das?«

»Annette.«

»Und du gehst nicht ran?«

»Ich will jetzt nicht.«

»Vielleicht ist es wichtig.«

»Ja, vielleicht. Aber nicht jetzt.«

»Habt ihr was miteinander?«

»Spinnst du? Wie kommst du darauf?«

»Wir haben eine Krise, leben quasi getrennt, und deine Kollegin sieht aus wie ein Fotomodel.«

»Ich aber nicht.«

Charlotte schwieg. Wischte eine Träne weg. »Eine interessante Antwort. Heißt das, wenn du fescher wärst, würdest du es mit ihr probieren?«

»Was? Nein. Ich mag keine Fotomodels.« Und nach einer Pause: »Und sie geht in die Kirche.«

»Was?«

»Zum Beten und so.«

Sie musterte ihn. Suchte nach einer Spur von dem, was sie liebte. Was sie hielt. Fand keine.

»Kommen wir jemals wieder zusammen?«, fragte Trost.

Sie wischte sich weitere Tränen aus den Augen. »Ich weiß nicht, was aus dir geworden ist.«

»Wie meinst du das? Was soll schon aus mir geworden sein?«

»Ein Ehebrecher? Ein Psychopath?«

»Geh bitte, jetzt hör aber auf.«

»Warum gehst du nicht zur Therapie?«

»Zu was für einer Therapie? Einer Lebenstherapie?«

Unwillkürlich warf sie einen raschen Blick aufs Baumhaus. »Ein Psychologe wär mal ein Anfang.«

»Das bringt doch nichts.«

»Dann eben ein Eheberater.«

»Auch nicht.«

Trost stieg von einem Fuß auf den anderen. Ihm wurde kalt, und er bemerkte, wie Charlotte zu zittern begann. Er wollte sie wieder in die Arme nehmen, doch diesmal wies sie ihn zurück.

»Warum kommst du nicht einfach wieder ganz nach Hause?«,

wollte er wissen. »Wir haben Kinder. Ein Haus mit Garten. Alles ist da.«

»Ich soll zurückkommen? Warum kommst *du* nicht zurück? Du bist es doch, der im Baumhaus wohnt. Ich flüchte nur ab und an zu meinen Eltern. Du entfernst dich. Du bist nicht da, Armin. Nie.«

Zu viel. Das ist zu viel.

»Johannes ist es, der nicht da ist!«, rief Trost. »Er ist nicht da. Niemals. Ich schon.«

Charlotte hob den Zeigefinger und zielte damit auf seine Brust. »Jetzt komm mir bloß nicht mit Schulmeister! Ihr wart nie so dick. Außerdem warst du vorher schon so, und das weißt du auch. Vorher! Schulmeister ist nur ein weiterer Fall, noch dazu einer, der dein Ego verletzt, weil du ihn nicht lösen kannst. Dir liegt doch gar nicht so viel an ihm, du willst nur den Fall lösen. Es gibt immer einen Fall. Findest du nicht, dass es an der Zeit wäre, auch an andere Dinge zu denken?«

»Was meinst du damit?«

»Du weißt, was ich meine. Löse deine Fälle. Jetzt.«

Trost starrte sie an. So lange, bis sie sich umdrehte und ins Haus ging.

Als sie die Tür öffnete, fiel ein Lichtschein in den Garten, beleuchtete für einen Moment das Baumhaus. Als sich die Tür schloss, lag es wieder im Dunkeln. War fast unsichtbar. Als wäre es nur Teil einer Geschichte. Und Trost stand daneben. Im Schatten des Mondes.

Fünf Minuten später ging die Tür abermals auf. Charlotte kam heraus, Fred und Elsa im Schlepptau. Sie wischte sich übers Gesicht. Schon wieder.

»Mami, wieso können wir nicht hierbleiben?«

»Weil es nicht geht.«

»Aber wieso nicht?«

»So halt.«

»Ich will aber.«

»Ich will auch vieles. Jetzt komm schon, Kleines.«

Mürrisch sprang Elsa in den Wagen.

Bevor sie einstieg, blickte Charlotte noch einmal zurück.

Trost stand immer noch vor dem Baumhaus. »Komm zurück, Charlotte.«

»Irgendwann vielleicht«, sagte sie und sah in diesem Moment aus, als würde sie schwach werden. Sie blickte Richtung Baumhaus, das in der Dunkelheit zwischen den Ästen thronte. »Aber du bist weiter weg als ich.«

Nachdem die Scheinwerfer in der Nacht verschwunden waren, tänzelte ein weiterer, kleinerer Scheinwerfer durch den Garten. Trost kletterte mit der Taschenlampe in der Hand auf die Leiter und kroch wenig später unter die Decke. Ihm war kalt. Sein Atem hüllte ihn als graue Wolke ein. Er knipste die Lampe aus. Und schlief lange nicht ein.

20

Dicke blaue Vorhänge ließen das Tageslicht auch bei stärkstem Sonnenschein nicht durch, aber an Tagen wie diesen hielten sie auch die Finsternis fern. Die Aussicht auf einen regnerischen Tag. Die Lüftung des Stand-PCs surrte, der Bildschirmschoner malte immer neue abstrakte Bilder. Sie hatte den Rechner über Nacht laufen lassen, um Programme aus dem Netz runterzuladen. Programme und Filme.

Das Zimmer war Schlaf- und Arbeitszimmer in einem. Die Vorhänge verdeckten nicht nur die Fenster, sondern außerdem eine Tür, die auf einen Innenhof-Balkon führte. Der Rest der Wohnung bestand aus einer schmalen Küche, die mit zwei Barhockern ausgestattet durchaus raffiniert wirkte, einem winzigen Bad mit Dusche und einem unverhältnismäßig geräumigen Vorzimmer, das ein mächtiger Spiegel optisch vergrößerte.

Annette Lemberg lag in dem Doppelbett, eingehüllt in dicke Decken, als das Telefon läutete. Sie wälzte sich aus dem Stoffberg, musste auf allen vieren zu ihrer Jeans kriechen, die sie über den Sessel vor dem Computer gehängt hatte, und zog das Handy aus der Hosentasche.

Auf dem Display Trosts Name. Sie legte sich bäuchlings aufs

Bett. Bekleidet nur mit einem grasgrünen Slip. Strich das vom Schlaf zerzauste Haar aus dem Gesicht und nahm das Gespräch mit einem Wischen an. »Morgen.« Ihre Stimme war zu tief, zu gebrochen, sie versuchte es noch einmal: »Guten Morgen. Armin?« – »Was soll ich machen?« – »Aber ich bin noch –« – »Ich dachte, wir hätten einen Mord.« – »Gut.« – »Ja, ist gut. Ich komme, bin in zwanzig Minuten da. Oder nein, doch erst in dreißig, okay?«

Zum Glück hatte Trost ihr finales Gestotter nicht mehr gehört, er hatte bereits aufgelegt. Seine Stimme war aufgeregt gewesen. Nicht nervös aufgeregt, sondern euphorisch aufgeregt. Ob er sich freute, sie gleich zu sehen?

Blödsinn. Er sieht mich ja nicht einmal richtig an. Trost sieht nur Trost. Ein Egomane durch und durch. Und ein Kauz. Ein Verrückter. Ein …

Sie schlug sich mit flacher Hand auf die Wangen und zwang sich in die Vertikale. Zwanzig Minuten. Sie hatte wirklich angeboten, in zwanzig Minuten auf dem Campus zu sein. Unmöglich zu realisieren, es sei denn, sie wäre, wie sie war, sofort losgerannt. Und bei aller Liebe, das ging dann doch zu weit. Liebe. Sie blieb stehen und musterte sich im Badezimmerspiegel. Fast wären ihr vor Einsamkeit die Tränen gekommen. Aber nein. Es war nicht die Einsamkeit, sondern die Sehnsucht nach einem ganz bestimmten Menschen. Einem Menschen, den sie jeden Tag sah und der trotzdem unendlich weit entfernt schien.

Der Fall Herzerlfresser

21

Der Mann hieß Ferdinand Tadelmann, und er beherrschte seinen Auftritt, als wäre er dafür geboren. Geboren, um zu dozieren.

Die Hände mit den weichen, dicken Fingern gestikulierten ausdrucksstark vor seinem Gesicht, als seien sie sämtlicher Knochen entledigt. Immer wieder fuhr ein Finger über den Nasenrücken, um die randlose Brille zurückzuschieben. Der weiße Vollbart war heute Morgen scharfkantig zurechtrasiert worden, der Seitenscheitel hielt jeder noch so raschen Bewegung stand.

Er hatte das Sakko ausgezogen und stand mit aufgekrempelten Hemdsärmeln vor dem Rednerpult. Ein Möbelstück, das er liebte. Er marschierte vor ihm auf und ab, kehrte jedoch immer wieder für eine Pause zu ihm zurück. Hielt sich an ihm fest, strich das Papier glatt. Notizen, die das Kernstück seines Vortrags bildeten. Das Ende eines Kugelschreibers ragte aus seiner Hemdtasche.

Seine Krawatte mit einem aus der Entfernung nicht erkennbaren Muster in rosafarbenen und hellblauen Pastelltönen war mit einem Prinz-Albert-Knoten gebunden. Die Augenlider schienen mit der Last der buschigen Brauen zu kämpfen, die Wangen waren rot gefleckt. Obwohl das unmöglich war, glaubte Trost in der letzten Reihe, den Duft des Mannes riechen zu können. Den eitlen, aufdringlichen Geruch eines Mannes, der vom Gewicht seiner Worte überzeugt war. Tadelmanns Stimme war einen Tick zu hoch und nasal, mit einem Hang zum Weinerlichen.

Was für ein Theater.

Trost saß mit Lemberg im Hörsaal auf hölzernen Klappstühlen und lauschte Professor Tadelmanns Vortrag, bei dem es diesmal um »das Böse an sich« ging.

Annette Lemberg war erst aufgetaucht, als die Vorlesung schon begonnen hatte. Sie blickte sich um, musterte die Gestalten in den Sitzreihen und konnte verschiedenste Gemütszustände ausmachen. Interesse. Langeweile. Eifer. Missmut. »Was machen wir hier eigentlich?«, flüsterte sie Trost zu.

Er beugte sich zu ihr und raunte: »Zuhören und lernen.«

Der Atem seiner Worte rieselte über ihre Ohrmuschel ihren Nacken hinab bis zur Schulter. Gänsehaut, weil sie ihm selten so nahe kam. Ihre rechte Hand lag auf dem Pult neben seiner linken. Dazwischen hätte keine weitere Hand gepasst. Eine flüchtige Bewegung, und sie könnten einander berühren. Was dann wohl geschehen würde? »Haben wir dafür denn Zeit? Wir sind einem Mörder auf der Spur.«

Trosts Mundwinkel lächelten milde. »Wirklich?«, fragte er. »Haben wir eine Spur?«

In diesem Moment unterbrach sie Tadelmanns erhobene Stimme. »Das Böse«, rief er in den Saal, »das Böse ist ein in seiner Eitelkeit absolut durchschaubarer Charakter!«

Einige Studenten lehnten tief über ihren Heften und Blöcken, manche auch über Laptops, und schrieben mit zu Krallen geformten Fingern. Andere ließen ein Aufnahmegerät mitlaufen. Eine Studentin drehte sich zu Trost um und winkte ihm zu.

Trost winkte zurück.

Lemberg starrte ungläubig von einem zur anderen. »Fängst du jetzt auch schon was mit Kommilitonen an?«, flüsterte sie.

»Kommi... was? Außerdem fange ich gar nichts an, die jungen Leute helfen einem spätberufenen Studenten nur gern.«

»Das Böse«, setzte Tadelmann in diesem Moment fort, »ist *ab ovo* ein leicht zu berechnender Gegner, denn man weiß, dass es die Bühne sucht. Den Auftritt. Wer nun aber davon ausgeht, es sei deshalb ein Leichtes, diesem Bösen mit Macht zu begegnen, der sei gewarnt. Die Verschlagenheit des Bösen ist immens. Die Grobheit und geradezu gierige Suche nach der größtmöglichen Qual, die es auszulösen imstande ist, macht es zuweilen zu einer Art *vis cui resisti non potest*, zu einer Gewalt, der man nichts entgegensetzen kann.«

Lemberg musterte Trosts Profil. »Verschwindest du deshalb in letzter Zeit so oft? Um hier rumzusitzen und dir dieses Gelaber anzuhören?«

Trost blickte sie an.

Oh Gott, wie nah er mir ist.

»Genau so ist es. Ich bin jetzt Student. Und ich lerne.«

»Aber hast du überhaupt studiert? Darfst du in die Uni?«

Trost blickte sich um. »Ich sehe nirgendwo Türsteher.«

»Aber –«

Ehe sie mehr erwidern konnte, hob sich mit Professor Tadelmanns Schlussworten – »In diesem Sinne danke ich Ihnen für Ihre Aufmerksamkeit!« – der Geräuschpegel. Bücher wurden zugeschlagen, einige der Zuhörer sprangen auf und eilten dem Ausgang entgegen, andere seufzten, lehnten sich zurück und streckten sich.

»Und vergessen Sie nicht«, der unangenehme Tenor des Professors wurde lauter, »nächste Woche findet mein Vortrag ›Kulturtechnik des Bösen im Licht des 17. und 18. Jahrhunderts‹ statt. Nicht zuletzt im Hinblick auf kommende Proseminare ein wichtiger Termin für Sie, meine Damen und Herren. Und für all jene, die glauben, Wichtigeres zu tun zu haben, Auszüge werden demnächst auch im Internet ...« Die Stimme des Professors verlor sich im Lärm, der durch die geöffneten Türen in den Raum drang.

Auch Trost und Lemberg waren aufgestanden und gingen jetzt über die seitliche Treppe des Hörsaals auf Professor Tadelmann zu. Dieser war soeben im Begriff, seine Unterlagen in eine Ledertasche zu stecken. Ein hagerer Student, wohl ein etwas älteres Semester, dessen grauschwarze Kleidung zu seinem blassen Gesicht und den dunklen Augenringen passte, wich nicht von seiner Seite. In seinen Händen hielt er einige farbige Ordner, die an ihm wie Fremdkörper wirkten.

»Herr Professor Tadelmann?«

Tadelmann blickte stirnrunzelnd auf.

»Jetzt bitte nicht. Sie hatten Zeit, Ihre Fragen während der Vorlesung zu stellen. Kommen Sie in meine Sprechstunde.«

Trost zog seinen Ausweis aus der Jackentasche und hielt ihn mit gestrecktem Arm seinem Gegenüber unter die Nase. »Kriminalpolizei. Ich bin Chefinspektor Armin Trost, die Dame an meiner Seite ist meine Kollegin, Bezirksinspektorin Annette Lemberg. Haben wir Ihre Aufmerksamkeit?«

22

Der Weg in das Büro des Professors hatte so manche Ähnlichkeit mit einer kleinen Reise. Unterwegs versorgten sie sich mit Kaffee aus dem Automaten, und zweimal ließ sich Annette Lemberg zur Frage hinreißen, wann sie endlich da seien. Sie erhielt keine Antwort.

Die Schritte hallten in schier endloser Eintönigkeit durch mehr oder weniger belebte Gänge. Mit den Stockwerken wechselten sie auch die Treppenhäuser, und Trost verlor bereits nach wenigen Minuten die Orientierung. Er widmete seine Aufmerksamkeit dem Professor und dessen Adlatus, die vor ihm gingen, und vermutete hinter jedem Richtungswechsel eine List. Als ob sie den Weg ins Büro aufregender gestalten wollten, als er war. Als ob sie versuchten, Zeit zu gewinnen.

Doch wenn Trost eines beherrschte, dann war es die Tugend der Geduld. Schweigend folgte er den beiden und vergaß dabei bisweilen sogar den Umstand, dass Lemberg an seiner Seite war.

An einer Weggabelung übergab der Professor seinem blassen Begleiter weitere Ordner. »Und lassen Sie sich nicht zu lange damit Zeit.«

Damit verschwand der Graue um die Ecke, Tadelmanns Blick im Rücken.

»Wird sicher wieder ewig dauern«, murmelte der Professor und schüttelte den Kopf.

Irgendwann fand sich Trost in einem knarrenden Stuhl wieder und betrachtete staunend die unüberschaubare Masse an Druckwerken, die ihn umgab. Unerwartet hatten sie sich einer abgenutzten Tür zugewandt, der Professor hatte sie mit einem Schlüssel seines massigen Schlüsselbunds aufgesperrt und die beiden Beamten in sein Reich gebeten. So hatte er diesen Raum tatsächlich genannt, und Trost verstand auf den ersten Blick, warum. Das Zimmer war wie eine eigene Welt, die mit dem Zufallen der Pforte die andere – die große, weite – aussperrte. Eine Mischung aus Geborgenheit und Besorgnis überwältigte Trost.

Der Professor hatte ihnen Sitzgelegenheiten zugewiesen, seine Tasche in einer fast lässigen Bewegung auf den Tisch geworfen und sich selbst in einen breiten Bürostuhl mit Lehnen fallen lassen. Mit einem Seufzer sank er ein paar Zentimeter in die Polsterung.

Trost warf einen schnellen Blick durch den Raum: Die Bücher stapelten sich auf dem Boden, vor den Wänden scheinbar metertiefe Regale. Zwischen all den Manuskripten und Papierbergen wirkte das vergilbte Gehäuse eines veralteten Computermonitors wie ein Anachronismus.

Als Professor Tadelmann schließlich die Beine übereinanderschlug, mit einer eleganten Geste den Plastikbecher mit dem Kaffee an den Mund führte, daran nippte und schließlich über den Rand seiner Brille hinweg forderte, die Herrschaften sollten doch bitte zur Sache kommen, entwich Trost ein stilles Lächeln. Was für ein arroganter Arsch.

»Paul Reininger«, begann er. »Was sagt Ihnen der Name?«

Zwei, drei Sekunden vergingen, in denen sich etwas veränderte. Der Professor senkte seinen Kopf und blickte Trost mit sichtbar gesteigerter Aufmerksamkeit an. »Sie meinen wirklich *den* Paul Reininger?«

Die Männer lächelten einander an.

»Ich denke, wir meinen beide denselben Kerl«, erwiderte Trost.

»Aber ist der Fall nicht längst abgeschlossen?«

»Wer weiß.«

23

Der Professor fuhr förmlich aus seinem Stuhl auf, zog aus dem Schrank zwei, drei Broschüren, dazu einen Ordner und einen fetten Wälzer. Knallte alles auf den Tisch.

Dabei fiel Trost auf, dass es in diesem Zimmer kein natürliches Licht gab und dass sich ein Ausdruck des Entzückens auf Tadelmanns Gesicht gelegt hatte. Ein geradezu gieriges Entzücken.

»Paul Reininger!«, rief er noch ein-, zweimal. Und dann erzählte er eine Geschichte, die so detailgenau war, als hätte sich das, was sie beinhaltete, erst gestern zugetragen. »Paul Reininger, mehr als zweihundert Jahre ist das her. Genauer gesagt begann seine Geschichte am Fronleichnamstag des Jahres 1779. In Kindberg, im Mürztal. Er war wieder einmal sturzbetrunken, dürfte aber dennoch bei den Frauen gut angekommen sein. So trug es sich zu, dass er in dieser besagten Nacht mit einer jungen Dame in den Wald schlich, um dort zu tun, was junge Leute auf feuchtem

Waldboden eben gerne so treiben. Meinen Informationen zufolge hat sich daran ja bis heute nichts geändert.«

Der Professor kicherte fast kindisch. Als er merkte, dass niemand auf seinen Witz reagierte, fuhr er fort: »Bei Reiningers Begleitung handelte es sich um die Dienstmagd Konstanzia P., und es dürfte, wenn man seinem späteren Geständnis Glauben schenken mag, tatsächlich zum Akt der Liebe gekommen sein. Denn die Angst davor, soeben ein Kind gezeugt zu haben, bewog den Mann angeblich, plötzlich sein Messer zu ziehen und es der Frau in den Hals zu rammen. Und zwar mit solcher Wucht, dass man heute davon ausgeht, dass die Frau sofort tot war.«

»Aber«, unterbrach Annette Lemberg den Vortrag, »was soll die Geschichte mit unserem Fall zu tun haben, Armin? Kann mich bitte mal jemand aufklären?«

Die beiden Männer wechselten einen Blick, dann nahm der Professor die Brille von der Nase. »Darf ich fortfahren?«

Trost kümmerte sich nicht um Lembergs Einwand, beobachtete stattdessen Tadelmanns geradezu fieberhafte Aufregung. »Ich bitte darum.«

»Paul Reininger machte weiter. Drei Jahre später, 1782, ermordete er eine alte Frau in deren Badstube. Er hatte angenommen, bei ihr Geld zu finden, erwürgte sie, während sie schlief, mit bloßen Händen und erbeutete gerade einmal einen Gulden. Im selben Jahr, wieder am Fronleichnamstag, verübte er dann jenen Mord, der seinen Ruf als erbarmungsloser Schlächter begründete. Elisabeth Leitner war eine Schafhirtin, ein Mädchen von sieben oder acht Jahren. Reininger war wieder einmal betrunken auf dem Nachhauseweg, als er Elisabeth auf dem Feld zwischen Schafen und einem Bock entdeckte. Den wollte er haben, um sich daraus Lederhosen anfertigen zu lassen – so jedenfalls steht es in seinem ausführlichen Geständnis, das bis heute für jedermann verfügbar ist.«

Er klopfte auf eine der Aktenmappen. »Für fast jedermann.« Ein Grinsen. Spitzbübisch. Als die erhoffte Reaktion – wenigstens ein wohlwollendes Lächeln oder eine ähnlich aufmunternde Geste – ausblieb, fuhr er sich räuspernd fort: »Dem detaillierten Bericht zufolge ging er kaltschnäuzig auf das Mädchen zu und behauptete, er habe den Bock soeben dem Bauern abgekauft und wolle ihn gleich mitnehmen. Das Mädchen glaubte ihm und überließ ihm das Tier. So weit, so gut, aber dann geschah etwas Merkwürdiges. Reininger war noch nicht weit gegangen, als er sein Messer zückte und das Tier vor den Augen des Mädchens abstach. Die junge Schafhirtin stellte ihn natürlich sofort zur Rede, kam aber nicht weit mit ihrer Standpauke. Reininger holte erneut aus und – es tut mir leid, es so drastisch formulieren zu müssen – stach dem Kind in den Hals. Mit der gleichen Mordwaffe, die er zuvor für Konstanzia P. verwendet hatte. Mit derselben Ausführung des Stichs. Doch diesmal war der Blutrausch des Mörders nicht zu stoppen. Er ließ nicht ab von der Kleinen. Stach ihr in die Brust, riss den Brustkorb entzwei und schnitt ihr das Herz aus dem Leib. Später gab er an, das warme Herz gefühlt haben zu wollen. Und dessen Macht, von der man sagte, sie bringe einem Glück im Spiel. Drei Herzen müsse er essen, so habe er gehört, dann würde er unsichtbar werden. Und so begann er an Ort und Stelle, das Herz des Mädchens zu verzehren. Mehr als die Hälfte des noch warmen Organs würgte er hinunter, die andere Hälfte fand man später in einer Truhe. Viel später. Fürs Erste machte Reininger weiter.«

Lemberg schwieg, saß nur mit bleichem Gesicht kerzengerade auf ihrem Stuhl und lauschte.

»Die Suche nach dem Täter beschränkte sich zunächst auf Zigeuner und Wegelagerer, die übliche Klientel für Verdächtigungen dieser Art. So konnte Reininger am 6. November 1783 in der Nähe von Seewiesen mehr oder weniger seelenruhig eine weitere Frau ermorden, die auf dem Weg zur Kirche gewesen war. Er stach ihr mit dem schon bekannten Messer in den Hals und beraubte sie ihres Geldes. Den Leichnam warf er in einen Bach, ließ ihm aber das Herz. Fünf Tage später tanzte Reininger in einem Gasthaus in Turnau und verliebte sich, wie er später beteuerte, Hals über Kopf in die siebzehnjährige Barbara Lammer, doch die Dienstmagd wies ihn ab. Auf dem Nachhauseweg lauerte er ihr auf, zog das Messer und stach auch ihr in den Hals. Die Leiche des Mädchens fand man erst ein halbes Jahr später.« Der Professor seufzte, als koste ihn das Erzählen der Geschichte eine Menge Kraft. Er rieb sich die Augen, setzte sich die Brille wieder auf. »Doch es kam noch schlimmer.«

Lemberg beobachtete Trost aus den Augenwinkeln. Seine Miene verwunderte sie. Er nickte dem Professor aufmunternd und mit malmenden Backenknochen zu. So sah er nur bei Verhören aus. Wenn er kurz davor war, ein Geheimnis zu lüften.

24

»Zwei Jahre war Ruhe, bis Reininger am 15. Jänner 1786 jenen Mord beging, der wohl als sein brutalster den Weg in die Geschichte fand. Wieder einmal war er betrunken, als er nach einer Zechtour am Wegesrand einschlief. Magdalena Angerer kam an ihm vorbei und sorgte sich um den stark unterkühlten Mann. Es war immerhin tiefster Winter, also weckte sie ihn auf. Gemeinsam gingen sie weiter, und Reininger erfuhr unterwegs, dass Angerer einem Mann versprochen war. In seiner Besessenheit nahm er an, das Herz einer Braut würde ihm mehr Glück und Segen bringen als alle anderen Herzen. Er fiel über sie her wie ein Berserker. Stach ihr in den Hals, schnitt ihr den Körper vom Bauch bis zur Brust auf und entnahm ihr die Eingeweide. Danach trat er so lange auf den Brustkorb der Leiche ein, bis diese völlig entstellt war. Das Herz aber war ihm laut Protokoll zu blutig, sodass er es wegwarf.« Der Professor hielt inne, nahm die Brille von der Nase, blickte an die Decke, setzte die Brille wieder auf.

»Ja, so war es.« Seine Stimme wurde einen Tick nasaler, als wolle er damit seine seiner Meinung nach überbordende Intelligenz unterstreichen. »Nur das Herz der Schafhirtin hat er mitgenommen, das der Angerer hat er weggeworfen.«

Er blähte die Backen, als hätte ihn dieser Bericht den halben Tag gekostet. »Jedenfalls haben wir es den Krähen zu verdanken, dass dies der letzte Mord von Reininger war. Immer mehr dieser Tiere scharrten sich um den Leichnam, und ihr Geschrei zog zwei Bauern an. Der Verdacht fiel schnell auf Reininger, weil dieser zuvor in einem Gasthaus gesehen worden war, und es kam zur

Hausdurchsuchung. Dort fand man das verweste halbe Herz des Schäfer-Mädchens in der besagten Truhe, und unter den Schlägen und Misshandlungen der Anwesenden – man kann getrost davon ausgehen, dass man ihn nicht gerade zimperlich behandelte – gestand Paul Reininger schließlich all seine weiteren Taten. Bis heute ist er als ›Der Herzerlfresser von Kindberg‹ bekannt. Sein Fall wird offenbar noch in den Polizeischulen gelehrt.«

Der Professor räusperte sich erneut und blickte plötzlich auf seine Armbanduhr. »Warum wollten Sie das eigentlich wissen? In meinem Fach kommt man sich meistens vor wie ein Außenseiter, deshalb verwundert es mich. Man wird selten nach derlei alten Fällen gefragt. Dass Sie das jetzt tun, ehrt mich natürlich, ist aber eine Ausnahme.«

»Sie fühlen sich geschmeichelt?«, fragte Trost.

Der Professor fixierte ihn mit ernstem Blick. »Das wäre wohl doch etwas übertrieben ausgedrückt. Also: Was wollen Sie von mir?«

Trost lächelte, und es schien, als würde er nun zum ersten Mal blinzeln, seit der Professor die Geschichte zu erzählen begonnen hatte. »Reiningers letzter Mord. Jemand in der Jetzt-Zeit scheint ihn sehr gut zu kennen. Ich wollte nur mein Wissen über ihn auffrischen.«

Nun blinzelte auch der Professor und legte den Kopf schief. »Das können Sie nicht mit mir machen. Ich erzähle Ihnen alles über den Fall, und Sie behaupten, nur wegen einer Auffrischung in Sachen Geschichte hergekommen zu sein? Die Kriminalpolizei. Die Mordkommission. Jetzt kommen Sie schon, sagen Sie es mir: Wer ist ermordet worden?«

Trost nickte. »Sie haben recht. Sagt Ihnen der Name Alena Stadler etwas?«

Der Professor sog hörbar Luft ein. »Die ist es also?« Er starrte eine Zeit lang auf seine Brille, die er plötzlich wieder in seinen Fingern hielt.

Trost beugte sich nach vorn und ließ Tadelmann nicht aus den Augen. Keine seiner Bewegungen entging ihm. Kein Zucken des Augenlids. Kein Nackenhaar, das sich aufstellte.

»Die?« Der Professor seufzte, schien zum Geständnis bereit.

»Ich sage es Ihnen gleich, denn Sie werden es ohnehin erfahren: Wir waren bestimmt nicht das, was man gute Freunde nennt. Nicht einmal gute Bekannte. Vor einigen Monaten gab es eine aufsehenerregende Auseinandersetzung mit dieser Journalistin. Die Dame zweifelte in Artikeln meinen Ruf an, zudem war sie vor Jahren eine ehemalige Studierende von mir.«

»Ach?«

Der Professor stand auf und ging um den Schreibtisch herum. »Ja. Eigentlich würde ich es eher eine kindische Auseinandersetzung nennen, der ich keine große Aufmerksamkeit mehr gewidmet habe, aber angesichts dieser furchtbaren Nachricht …«

»Worum ging es in dem Streit?«

»Wenn eine Studierende nicht in der Lage ist, dem Fach den nötigen Respekt entgegenzubringen, dann muss sie sich eben anderen Wissensgebieten zuwenden. Ich war einfach nicht mit der Einstellung der jungen Dame zufrieden.«

»Und das reichte, um später negative Zeitungsartikel über Sie zu schreiben?«

»Offenbar. Ein paar Jahre später nahm sie mich als Beispiel, um sich über die mangelhaften pädagogischen Fähigkeiten des Lehrpersonals an der Uni zu echauffieren. Das Rektorat erzwang eine Entgegnung, aber die fiel zu schwach aus, sodass ich auch noch einen Leserbrief schrieb. Im Nachhinein war das Hickhack peinlich für beide Seiten. Aber ich will die Sache nicht aufschaukeln. Das Ganze liegt nun doch schon einige Zeit zurück.«

Er hielt inne und sah Trost an. Seine Überlegenheit und Intelligenz ausstrahlende Miene war längst einem zutiefst besorgten Ausdruck gewichen. »Macht mich diese lächerliche Auseinandersetzung etwa verdächtig? Kommen Sie, Herr Inspektor, das ist doch absurd!«

»Absurd?«

»Ja. Absolut.«

»Absurd ist diese Geschichte von Reininger.«

»Wurde Alena Stadler etwa so umgebracht?«

»Was meinen Sie?«

»Na, auf ebenso grausame Art?«

Trost zuckte mit den Schultern. »Was ist schon grausam? Sie

ist tot. Aber wahrscheinlich hat sie nicht lange gelitten.« Er stand nun ebenso auf, ging auf die Tür zu, wendete sich aber kurz davor noch einmal um. »Ich darf Sie bitten, sich weiterhin zu unserer Verfügung zu halten. Wir lassen Ihnen demnächst eine Einladung in die Direktion zukommen. Wir müssen Ihre Aussage zu Protokoll nehmen, aber als Kriminalexperte kennen Sie ja das Prozedere. Die Ermittlungen laufen.«

Als Lemberg und Trost das Zimmer verließen, wirkte der Professor bereits wieder so, als wäre er mit den Gedanken woanders. Hatte einen Stapel Bücher in der Hand. Die Brille auf den Kopf geschoben, an Ort und Stelle gehalten durch seine Stirnfalten.

Trost brauchte seine langjährige Erfahrung nicht, um zu wissen, dass dem Professor sein Herz bis zum Hals schlug.

25

Es dauerte eine Weile, bis sie den Weg aus dem Universitätsgebäude gefunden hatten. Auf dem Vorplatz blickten sie einander schweigend an, und Lemberg seufzte auf. »Ich habe schon verstanden. Den Mann überprüfen. Geht klar. Gleich vorladen?«

»Nein. Erst mal nur durch den Computer laufen lassen und die Infos an die Pinnwand heften.«

»Ja, Sir. Zu Befehl, Sir.«

»Lass das.«

»War ja nur ein Scherz.«

Trosts Grinsen veränderte sich. Es wurde einen Tick verträumter. Aber nicht so, als hinge er einem unbestimmten Gedanken nach, sondern als säße es fest. Als säße das Lächeln beim Anblick von Lembergs Gesicht fest.

Trost riss sich los, blickte zum Himmel. Der Oktobernachmittag in Graz war grau. Aber jede Wette, dass außerhalb der Stadt die Sonne schien. »Lustig, dass in Stübing sogar die Krähen da waren, findest du nicht? Wie damals vor zweihundert Jahren beim Herzerlfresser.«

26

Die Zeit verging. Ein Tag. Eine Nacht. Die Zeiger drehten sich. Die Uhr tickte. Viel zu laut und aufdringlich.

Ein Mord. Noch immer kein Mörder. Egal, was die Leute sagten. Egal, was Gierack sagte. Trost blieb im Baumhaus, und Schulmeister saß nachts bei ihm. Trost erschrak, wachte auf. Sah Schulmeister immer noch im Baumhaus. Wachte erneut auf. Diesmal wirklich. Allein. Herzrasen.

27

Eine Uhr war etwas Schreckliches. Sie führte einem vor Augen, wie die Zeit verrann. Eine Floskel, ja, aber wenn man sich nun vorstellte, man hätte nur noch ein paar Minuten zu leben? Dann würde jeder eine Uhr mit anderen Augen sehen.

Ob dieses Gedankens musste er kichern. Kurz und heftig wie ein Kind, das im Unterricht ein Lachen unterdrücken will. Er fasste sich wieder. Strich sich über die Mundwinkel. Löste sich aus der Dunkelheit des Flurs und durchquerte die Wohnung mit raschen Schritten.

Es war alles so einfach gewesen. Das lautlose Knacken des Schlosses in der Nacht. Das Verharren bis in die Morgenstunden. Jetzt, als das spärliche Licht der Straßenlaternen durch die Ritzen der Rollos drang, wagte er sich weiter vor. Es war hell genug, um zu vermeiden, dass er irgendwo anstieß und einen Gegenstand umwarf.

Unbemerkt schlich er näher. Bis ins Schlafzimmer. Hier verharrte er wieder.

Eins mit der Dunkelheit, betrachtete er die Schlafende. Wie sich ihr Brustkorb unter der Decke hob und senkte. Wie ein Bein hervorlugte. Es roch nach ihr.

Noch einmal ging er alles durch. Hatte er alles richtig gemacht? Keine Spuren hinterlassen, die er nicht hinterlassen durfte?

Ihm fiel kein Fehler ein. Fast hätte er wieder gekichert. Ein bisschen noch.

Geben wir ihr noch ein bisschen Zeit.

Er zog sich wieder in den Flur zurück und wartete. Bis kurz nach sechs. Dann stand sie endlich auf. Es war wichtig, dass sie wach war. Er wollte sie nicht im Bett überraschen.

Als sie endlich in die Hauspantoffeln schlüpfte, stöhnte sie auf, als leide sie unter Kopfschmerzen. Schlurfte ins Badezimmer.

Er hörte das widerliche Geräusch ihres Urins. Wie er in die Klomuschel plätscherte. Wie sie ihn hinunterspülte. Wie der Spülkasten wieder volllief. Wie sie zurück Richtung Bett schlurfte.

Sie war bereits im Begriff, die Hand nach der Decke auszustrecken, als er mit zwei, drei Schritten bei ihr war. Wie ein Dämon. Ein Unheilbringer.

Der erste Stich musste mit voller Kraft ausgeführt werden. Nicht wütend, unüberlegt, sondern präzise, mit Schwung.

Er hörte nicht, wie das Messer den Stoff ihres Nachthemds zerriss, aber als es in ihr Schulterblatt drang, spürte er deutlich, wie es von der Wirbelsäule abglitt. Er zog es heraus, und ein schmatzendes Geräusch erklang.

Sie ächzte seltsam. Ein Laut zwischen Orgasmus und Erstaunen. »Aa-ah.«

Sie machte Anstalten, sich umzudrehen, also stach er wieder zu. Mehrmals. Immer in ihren Rücken, nur in ihren Rücken. Er war breit und ein leichtes Ziel. Mit jedem Mal wurde es einfacher, das Messer in ihr zu versenken. Die paar Knochen waren kaum ein Hindernis. An den Seiten ihres Körpers war es noch leichter. Bei den Nieren, unterhalb der Rippen, war es schon fast ein Kinderspiel. Schmatz-Zack-Schmatz.

Sie lag längst am Boden, aber er stach immer noch auf sie ein. Schmatz-Zack-Schmatz.

Jeder Stich wirkte so harmlos und war doch von so immenser Wirkung. Wieder entfuhr ihm ein Kichern.

So aufregend. Und so einfach.

Irgendwann, das Zeitgefühl hatte er längst verloren, erhob er sich und betrachtete, was er angerichtet hatte. Blutspritzer an den Wänden. Auf dem Bett. Sogar im Zwielicht des Morgens war zu erkennen, dass er den Körper malträtiert hatte wie ein Raubtier. Er wusste, dass sie anhand der Anordnung der Blutspritzer herausfinden würden, wie groß er war und dass er Rechtshänder sein musste. Und sie würden noch viel mehr herausfinden. Dass das alles schon einmal da gewesen war. Und dann würden sie Gänsehaut bekommen. Anerkennung zeigen. Ehrfurcht. Wieder das Kichern. Es wurde schlimmer. Fast schon zum Tick.

Denn nichts von all dem, was sie herausfinden könnten, würde ausreichen, um ihn zu überführen. Nichts. Noch nicht. Es war alles eine Frage der Zeit.

Ein letzter Kontrollgang durch die Wohnung. Eigentlich gab es für ihn nichts mehr zu tun. Elf Messerstiche in den Rücken. Der Ort. Das Opfer. Alles passte.

Vielleicht das noch: eine spontane, kreative Note. Warum nicht? Ein kleiner Wink. Ein Hinweis durch die Zeit. Ein Geistesblitz. Er zog einen Stift hervor, markierte in der Fernsehzeitschrift im Wohnzimmer eine Sendung. Kicherte zum wiederholten Mal. Fast hätte er es vergessen: die Schatulle, der ganze Schmuck.

Selbst im Stiegenhaus war sein Kichern zu hören, aber niemandem fiel es auf. Niemand würde sich später daran erinnern können. Alles schlief.

28

Ihm war schwindlig vor Aufregung. Schließlich konnte es sein, dass sie sich irgendwo per Zufall über den Weg liefen. Graz war groß, aber so groß nun auch wieder nicht.

Gut, bei nüchterner Betrachtung musste man zugeben, dass der Gedanke unrealistisch war. Fast dreihunderttausend Einwohner, da müsste man dem Zufall schon gewaltig nachhelfen, wenn er solche Husarenstücke vollbringen sollte.

Der Graf hasste die Stadt. Städte an sich und Graz im Besonderen. Graz. Ein seltsamer Name abseits aller bedeutenden historischen Ereignisse. Früher Grätz. Noch früher Gradec. Die Slowenen waren da gewesen, auch die Bayern. Eine Geschichte, die jeder Steirer halb und halb schon mal gehört hatte.

Halb und halb. Mal so, mal so. Er mochte die Ausdrucksweise. Genauso wie »Nu lass mal!« oder »Ei der Daus!«. Manchmal stand er zu Hause vor dem Spiegel, in voller Adjustierung, mit Krawatte, Anzug und allem, und imitierte einen deutschen Adeligen. Sagte Sachen wie: »Nee, nee, Karl-Heinz-Rüdiger, das lass ich mal außen vor.« Ihm war bewusst, dass solche Sätze keinen Sinn ergaben, aber es ging ihm dabei lediglich um den Klang. Den Klang seiner Stimme.

Jedenfalls, dieses Graz: Die Stadt war nirgendwo wirklich vorn mit dabei. Auch nirgendwo wirklich nahe dran. Im Grunde genommen lebten die Grazer doch ohnehin nur vom Umland. Von den Bergen, vom Wein, vom guten Image der Steiermark.

Und irgendwie litten sie auch ein bisschen unter ihrem dörflichen Großstadtgetue. Denn natürlich mochte den Grazer außerhalb von Graz niemand so richtig. Wie kein Österreicher den Wiener mochte, so mochte kein Steirer den Grazer.

So in der Art war es. Vielleicht nicht ganz so drastisch. Was in Erzherzog Johanns Namen hatte er also in der Stadt verloren?

Von Frohnleiten hatte er mit dem Zug eine gute halbe Stunde hierher gebraucht. Die Fahrt von Laufnitzdorf nach Frohnleiten, wo er seinen Wagen am Bahnhof geparkt hatte, nicht miteinberechnet.

In Graz stieg er aus dem Waggon und tat dies mit Augenmerk auf seine Frisur. Er strich sich die Haare an den Seiten glatt und fuhr wie zufällig über seine Koteletten. Er trug eine graue Jacke mit grünen Einsätzen am Revers, darunter ein weißes Hemd zur karierten Krawatte. Doppelknoten. Eine dunkelblaue Jeans lockerte seine trachtige Erscheinung etwas auf. Im Spiegel eines Schaufensters, an dem er noch im Bahnhof vorüberschritt, stellte er zufrieden fest, dass er einen tadellosen Auftritt hinlegte. Sein Geruch umwehte ihn, ein Aftershave mit einer starken Moschusnote, und er warf einen raschen Blick auf seine gefeilten Fingernägel. Jetzt, wo er einmal hier war, musste er auch zugeben, dass die Stadt viel eher liebens- als hassenswert war. Aber niemals würde er so etwas laut sagen.

Was hab ich hier noch mal verloren? Besuche. Genau.

Zuerst musste er auf dem Bahnhofsrevier bei Titus Leitner vorbeischauen, dem Chefinspektor der dortigen Dienststelle. Sie kannten einander von der Polizeischule. Titus war sein Ausbilder gewesen, schon lange hatten sie einen Kaffeeplausch geplant. Dienstzeit hin oder her, der Graf hatte frei, und Titus war der Chef.

Danach mit der Tramway zum Grieskai in die BVA, die Beamtenversicherungsanstalt, um ein paar Zahnarztrechnungen einzureichen. Ein Abstecher in die Stubenberggasse in ein Antiquariat, vielleicht ließ sich ja ein historisch interessanter Bildband übers Mürztal auftreiben. Der Graf liebte Bildbände dieser Art, und die Titel im kleinen Regal im Esszimmer seines Laufnitzdorfer Häuschens konnte man durchaus schon als Sammlung bezeichnen.

Nach dem Antiquariat musste ein Flaneur wie er an seinem freien Tag natürlich auch in der Sackgasse vorbeischauen. Ein Fundus für Alteisenliebhaber wie ihn. Ja, altes Eisen. Der Graf sammelte kleine Behältnisse, Schalen, Tegerln und dergleichen mehr. In ihnen konnte man immer etwas aufbewahren, und die Anreicherung mit derlei Krimskrams verlieh seinem Häuschen ein gemütliches Flair.

Als er aus dem Bahnhofsgebäude schritt, umhüllte ihn die blasse Kühle eines Grazer Herbsttages. Der Graf, wie Reinhard Maria Hinterher genannt wurde und sich auch gerne nennen ließ, tat es also doch. Er verbrachte seinen freien Tag in Graz anstatt im Wald, im Häuschen oder in einem Laufnitzdorfer Wirtshaus. Als würde er einer neuen Dreistigkeit seiner selbst gewahr, schüttelte er den Kopf. Steuerte beinah vergnügt das Polizeirevier an. Und was, wenn sie nun plötzlich ums Eck käme? Sie. Annette Lemberg. Er schüttelte wieder den Kopf.

Nein, das war unmöglich.

Er reckte das Kinn nach vorn und drückte den Rücken durch, was ihm noch einmal gute fünf Zentimeter an Größe einbrachte. Und wenn doch, er, der Graf, war für alles gerüstet. Für jede Eventualität. Penibler Planer, der er war.

29

Diesmal war Anfänger vor ihnen da. Trost sah ihn am Straßenrand stehen, wandte sich aber ab und ging ins Haus. Er wusste nicht, was ihn mehr ärgerte. Die Tatsache, dass die Presse schneller am

Tatort auftauchte als er, oder die Gewissheit, dass es ab jetzt richtig hektisch werden würde. Denn eines war gewiss: Ein Mord war nie angenehm und zog in einer Stadt wie Graz die volle Aufmerksamkeit der Öffentlichkeit auf sich. Zu schnell fahrende Radler, ein paar Junkies, viel mehr war sonst nicht los. Vielleicht da und dort noch eine Wirtshausschlägerei. Es kam auch immer wieder einmal vor, dass sich jemand das Leben nahm, aber darüber schrieb die Presse nichts. Selbstmorde waren ein Tabu.

Doch ein richtiger Mord konnte in Graz schon länger für Schlagzeilen sorgen. Wenngleich ein zweiter, nur wenige Tage später folgender, alles regelrecht auf den Kopf stellen konnte. Und genau das war geschehen. Ein zweiter Mord.

Martin Anfänger, der Grünschnabel der »Großen Tageszeitung«, hatte also wieder Tempo vorgelegt. Der Junge musste wirklich zu jeder Tages- und Nachtzeit in den Startlöchern hocken. So wie ein guter Polizeireporter. Er war jung, hungrig und hatte niemanden, für den er sich verantwortlich fühlen musste. In diesem Punkt besaß Anfänger große Ähnlichkeit mit dem jungen Armin Trost.

Damals, als Trost noch als Zuträger und Laufbursche daran geglaubt hatte, dass es heute passieren würde. Es – was immer sich auch hinter diesem kleinen Wort verbarg. Der finale Durchbruch. Die große Erkenntnis. Das geheimnisvolle Es, mystisches Blendwerk einer überbordenden Phantasie. Es, das war auch der Grund, warum er immer noch Vollgas gab und so lange geben würde, bis er dem Es endlich auf die Schliche gekommen war. Doch manchmal schien es, als gäbe es das Es nicht wirklich. Jedenfalls nicht dauerhaft. Als wäre das Es nur ein kurzer Kick. Ein Adrenalinstoß. Ein Mord.

»Herr Trost?«

Er schrak auf.

Mit Lemberg an seiner Seite schob er sich im Stiegenhaus zwischen den Beamten hindurch und trat in eine Wohnung. Der Altbau befand sich in der Murgasse gegenüber des bekanntesten Einkaufszentrums der Stadt, wahrscheinlich die teuerste Wohngegend im Umkreis von zweihundert Kilometern.

Die Gasse zwischen Murbrücke und Hauptplatz war, einst durch zwei Tore gesichert, historisch immer schon bedeutsam gewesen. Und so eng, dass nur die Straßenbahn und zwei schmale Gehsteige Platz hatten. Es gab praktisch keinen Autoverkehr. Jetzt sah das anders aus. Die eine Seite des Gehsteigs war abgesperrt worden, Polizeifahrzeuge parkten dicht an der Fassade. Man wollte den Tramwayverkehr nicht behindern, denn immerhin mussten die Linien 1, 3, 6 und 7 durch dieses Nadelöhr geschleust werden, zwei Drittel des Grazer Straßenbahnnetzes.

Genervte Beamte forderten Fußgänger zum Weitergehen auf, da sich bereits Trauben von Schaulustigen bildeten und auf die Schienentrasse quollen. Wenigstens drohte von den Straßenbahnen kaum Gefahr, denn auch die fuhren extra langsam am Ort des Geschehens vorbei. Hinter den Scheiben Gesichter schaulustiger Fahrgäste. Der Parkettboden knarrte unter Trosts und Lembergs Schritten. Der Eingangsbereich, ein fast quadratischer Vorraum in verschwenderischer Dimension, war noch unauffällig. Das Wohnzimmer, ähnlich einem die fünfziger Jahre imitierenden Schauraum eines Museums, schon eher weniger. Hier lagen erste Trümmer auf dem Boden. Umgestürzte Vasen, Bücher, die aus dem Regal gezogen worden waren, und die Inhalte offen stehender Laden. Durch das Wohnzimmer ging es direkt in ein Schlafzimmer. Auf seinem Boden: die Leiche einer Frau.

30

Vor seinem inneren Auge versuchte Trost, sich vorzustellen, was passiert war. Als verfüge er über die Fähigkeit, rückwärts in der Zeit zu reisen, sah er das Verbrechen vor sich. Er betrachtete die Haltung der Leiche und deren nähere Umgebung so intensiv, dass er in Gedanken dem stattgefundenen Mord tatsächlich sehr nahe kam.

Der Täter geht auf die Frau los. Wahrscheinlich von hinten. Ehe sie sich der Gefahr bewusst wird, trifft sie der erste Stich zwischen die Schulterblätter. Sie stolpert, fällt. Der Täter springt ihr hinterher. Versenkt das Messer neuerlich in ihrem Körper. Sie schreit nicht. Die Schmerzen, der Schock, die Anstrengung, der Wille, bei Bewusstsein zu bleiben – alles ist zu viel. Ihre Augen aufgerissen, die Finger zu Krallen geformt, fuchtelt sie wild und planlos durch die Luft. Wieder ein Stich. Er streift sie am Arm. Ein weiterer reißt ihr die Wange bis zum Ohr auf. Hektisch ausgeführt. Von Raserei begleitet. Zwei Stiche in die Nieren. Jetzt ist sie vielleicht schon tot. Hoffentlich ist sie das. Denn das Messer fährt immer noch auf sie herab und in sie hinein. Auf und ab. Auf und ab.

»Elf Messerstiche«, hörte Trost Dietrichs Stimme und wandte sich um. Dieser merkte, dass er den Ermittler aus einem Gedanken gerissen hatte, und entschuldigte sich.

»Nein, nein«, wehrte Trost seine Entschuldigung ab. »Erzählen Sie ruhig.«

Und Dietrich berichtete weiter. Von einem Täter, der ins Haus eingedrungen war, die Frau ermordet und sich dann über Schmuckschatullen und ein fettes Sparschwein aus Porzellan hergemacht hatte. »Ein klassischer Raubmord, würde ich sagen«, stellte Dietrich abschließend fest.

Trosts Blick schweifte neuerlich über die Gegenstände in dem Raum. Auf dem Bett, einem Boxspringbett mit einer Matratze, die Trost fast bis zur Hüfte reichte, lag eine dicke Tuchent. Auf dem Nachttisch ein Stapel Bücher. Zeitgenössische Literatur aus der Region, ein paar historische Liebesromane, Groschenhefte und eine Frauenzeitschrift – nichts, womit Trost seine Zeit verbringen würde. Daneben eine leere Tasse Tee, in der ein ausgetrockneter Teebeutel lag. Laut Etikett handelte es sich um Thymiantee, offenbar hatte die Frau unter Husten gelitten. Nichts Außergewöhnliches in dieser Jahreszeit, wo es in der Sonne noch warm, im Schatten aber bereits sehr frisch sein konnte. Der Herbst ließ dem Winter viel Zeit, sich anzukündigen. Es wurde spät hell und früh dunkel. Eine Packung Kopfschmerztabletten bestärkte seine Vermutung: Die Frau war erkältet gewesen.

Dietrich berichtete weiter: »Bei der Toten handelt es sich um Sieglinde König. Sie ist Witwe eines wohlhabenden Grazer Schuhgroßhändlers. Dreiundsechzig Jahre alt, war selbst noch ab und zu im Geschäft, das sie übernommen hat. Seit ein paar Tagen aber nicht mehr.« Er zeigte auf die Tabletten. »Offenbar im Krankenstand.« Dann tänzelte Dietrich wie schon bei Alena Stadler um die Leiche herum, als wecke diese in ihm das Bedürfnis, sich zu bewegen, und schilderte den Tathergang. Er sah aus wie ein Fechtmeister, der seine Schrittfolgen mit einem Gegner aus Luft übt. Ein bisschen wie Manfred Pranger, der Skifahrer, beim geistigen Durchgehen des nächsten Slalomkurses.

Was Dietrich also nahezu tanzend beschrieb, wich nur um Nuancen von dem ab, was Trost sich zuvor ausgemalt hatte. Demnach hatte die Frau der erste Stich ins Schulterblatt getroffen, dann folgte einer in den rechten Lungenflügel, in die rechte Niere, in die rechte Wange, den rechten Oberarm, die rechte Brust, wieder die Niere und so weiter. Der Tod dürfte erst relativ spät eingesetzt haben, denn die Stiche waren nicht allzu tief. Dennoch konnte die Frau nach dem zweiten Stich nichts mehr wahrgenommen haben. Der Schock, die Angst, die starken Gefühle hatten in der Regel eine betäubende Wirkung.

»Die Tat ist in den Morgenstunden zwischen vier und sechs Uhr geschehen. Frau König war wohl soeben im Begriff, aus dem Bett zu steigen. Ins Bett ist sie sehr wahrscheinlich gegen zweiundzwanzig Uhr gegangen. Nach dem ›Tatort‹.«

»Woher wollen Sie wissen, dass sie den ›Tatort‹ geschaut hat?«

Dietrich grinste selbstbewusst. »Nur eine Vermutung. Hier«, er ging ins Wohnzimmer, Trost im Schlepptau, und zeigte auf die Fernsehzeitung auf dem Tisch. »Der ›Tatort‹ ist mit Filzstift eingekreist. Reicht das als Beweis?«

Trost starrte auf die markierte Stelle in der Fernsehzeitschrift, sagte aber nichts.

31

Eine Stunde später stand Trost wieder auf der Straße. Zunächst mischte er sich unter die Schaulustigen. Da die meisten Menschen nicht über das Sensorium verfügten, einen Polizisten in Zivil zu erkennen, wurde er anstandslos in die Gemeinschaft der Gaffer aufgenommen.

Den geflüsterten Fragen – »Weiß man scho, was passiert is?«, »War's wer Bekanntes?« – schenkte er keine Aufmerksamkeit. Stattdessen betrachtete er die Fassade des Gebäudes – Renaissance, graue verschmutzte Wände –, als stünde an ihr die Lösung des Falls geschrieben.

Er beobachtete das Kommen und Gehen seiner Kollegen. Wie der Leichenwagen heranrollte. Wie Balthasar Gierack ein Fernsehinterview gab – wieder einmal.

Sein Blick streifte die Gesichter der Schaulustigen. Er erkannte eines, verharrte eine Weile auf ihm, konnte es aber nicht zuordnen. Setzte seinen Rundumblick fort – bis er in ein Augenpaar starrte, das ihn offenbar schon länger musterte. Martin Anfänger, der Reporter, sah ihn unverwandt an und machte ihm mit Daumen und kleinem Finger ein Zeichen. Er würde ihn anrufen. Trost schaute weg und drehte sich um.

Er lief über die Murbrücke Richtung Nikolaiplatz. Er wollte zurück zur Landespolizeidirektion nach Wetzelsdorf gehen, ein Marsch, der etwa eine Stunde dauern würde. Die Stadt war klein genug für Spaziergänge. Man konnte ihr Zentrum in ein paar Minuten durchqueren, auch von der Stadtmitte in einen der Randbezirke brauchte man nicht lang zu Fuß.

Den Kopf tief in den Kragen gezogen, lief er durch den Herbsttag. Die Kälte hatte seine Wangen rot gefärbt und seine Lippen aufgerissen. Hier war es nicht mehr so bunt und frisch wie noch vor ein paar Tagen in Stübing. In der Stadt, deren Wetter wegen ihrer Kessellage gefürchtet war, hatte der Herbst seinen grauen Einzug gehalten.

Trost war tief in Gedanken. Dietrichs Wortfetzen zu beiden Morden geisterten durch seinen Kopf: *»Sieglinde König … Alena Stadler … elf Messerstiche … das Herz fehlt … ein klassischer Raubmord.«* Dazu immer wieder die Bilder der Leichen. Im Wohnzimmer und in Stübing. Die Fernsehzeitschrift mit der eingekreisten »Tatort«-Folge. »Gnade«, so lautete der Titel. Was hatte das zu bedeuten?

Zwei Morde an völlig unterschiedlichen Orten. Und doch hatte Trost das Gefühl, sie nicht getrennt voneinander betrachten zu können. Opfer waren beide Male Frauen. Das war eine Gemeinsamkeit. Und Dietrich war zweimal vor ihm am Tatort gewesen. Trost musste lächeln. Ja, der war's bestimmt. Dietrich, der Mörder im weißen Plastiksack.

Aber da war noch jemand. Das Gesicht, das er nicht hatte zuordnen können. Trost blieb stehen. Starrte auf eine Stelle auf dem Gehsteig. Konnte das sein? Er sah die Gestalt anders gekleidet vor sich. Natürlich, er muss es gewesen sein. Aber –

»Und? Haben Sie den Täter schon?«

Trost fuhr herum. Hinter ihm stand Martin Anfänger und lächelte ihn freundlich und ohne Scheu an. Trost hatte Mühe, seine Verwirrung zu verbergen. Er stand mitten auf dem Nikolaiplatz, vor ihm das Konservatorium und das markant würfelige Bürogebäude. Der Verkehr rauschte auf dem Kai vorüber. Ein voll beladener Kofferwagen rumpelte in das Foyer eines Hotels, ein zweiter kam ihm entgegen. Die Concierge riefen einander etwas zu. Eine Menschentraube unterhielt sich in einer ihm unbekannten Sprache vor einem Reisebus. Es herrschte Aufbruch- oder Ankunftsstimmung, Trost konnte es nicht sicher sagen. »Sie sind mir gefolgt?«

Anfänger hob die Schultern, eine Geste, die wohl seine Unbekümmertheit unterstreichen sollte. »Das ist schließlich mein Job. Ich muss lästig sein, hat man mir eingetrichtert. Wenn sich auch das Berufsbild des Journalisten alle fünf Jahre ändert, Lästigsein bleibt immer seine Kernkompetenz.« Wie um seine ehrlichen Ambitionen kundzutun, hob er auch die Hand, die seinen Motorradhelm hielt. »Ich folge Ihnen sogar zu Fuß, obwohl ich beritten bin.«

Welchen Gedanken? Verdammt, welchen Gedanken habe ich gerade noch gehabt? Beritten? Was …?

»Merken Sie nicht, wenn Sie stören?«

Trost konnte altkluge Bemerkungen von Grünschnäbeln nicht leiden. Dieser Kerl gebärdete sich so, als seien sie alte Bekannte, nur weil sie sich einmal zuvor begegnet waren.

Anfänger blickte sich um. »Ah, Sie sind also der Typ Mensch, der eine Runde um den Block rennt, wenn er nachdenken will. Verstehe. Ich habe mehrere Semester Psychologie studiert, die machen sich jetzt bezahlt. Man lernt Menschen lesen. Wissen Sie was? Ich lade Sie ein. Auf einen Kaffee. Für gewöhnlich fallen einem beim Kaffeetrinken die besten Ideen ein.«

»Wie kommen Sie darauf, dass ich mit Ihnen einen Kaffee trinken würde, damit Sie nachher wieder etwas über die ›Bestie von Graz‹ schreiben können?«

Anfänger machte ein beleidigtes Gesicht. »Warum denn nicht? Ich mach doch auch nur meine Arbeit. Und die Schlagzeile war nicht meine Idee. Die geht auf den Boss. Jetzt kommen Sie schon. Sie wissen, ich muss etwas schreiben. Zwei Morde in unserer Stadt. Die Leute wollen Antworten. Was für eine Spur haben Sie?«

Was für eine Spur, was für eine Spur? Was für eine Spur sollte man schon haben, wenn man gerade damit beschäftigt war, die Fotos vom Tatort des ersten Mordes an eine Pinnwand zu heften? Schulmeister hätte den Grünschnabel jetzt am Kragen gepackt und ihn quer über die Straße auf den gegenüberliegenden Gehsteig geschoben. Und dann hätte er so etwas in der Art gesagt wie: »Und jetzt bleibst hier stehen und zählst bis siebzehntausend.«

Schulmeister. Verdammt. Da geht auch nichts weiter.

»Herr Trost?«

Trost sah Anfänger noch einmal lange an und ließ ihn dann einfach stehen. Erst nach sieben, acht Schritten drehte er sich noch einmal um und rief: »Sagen Sie, war das eigentlich Zufall, dass Sie an beiden Tatorten vor Ort waren? Oder eine bewusste Entscheidung der Redaktion?«

Anfängers Gesicht hellte sich ein wenig auf. »Instinkt, Herr Trost. Instinkt.«

»Aha. Und woher wissen Sie, dass es Mord war?«

»Hab ich das gesagt?«

»›Zwei Morde in unserer Stadt‹. Also ja.«

Anfänger grinste. »Na, wenn Sie da sind, muss es doch Mord sein, nicht wahr?«

Trost nickte, drehte sich wieder um und schritt wortlos davon.

Er ging die Gemeinsamkeiten der Mordfälle noch einmal durch. Dietrich im Plastiksack. Der Reporter. Gierack. Ja, Gierack, der beim ersten Mord seltsamerweise zufällig in der Nähe gewesen war. Aber gut, gehörte Gierack zu den Tatverdächtigen, so hätte er sich selbst und Lemberg wohl auch zu ihnen zählen müssen. Und dann war da noch die Gestalt, an die er zuvor gedacht hatte. Was zum Teufel hatte die schon wieder am Tatort gemacht?

32

So lange musst du einmal auf einem Fleck stehen können!

Er hatte ein angenehmes Platzerl in der Paradeisgasse gefunden, mitten unter ein paar Leuten, die offenbar wie er bereit waren, eine Zeit lang hier auszuharren. Also lehnte sich der Graf an die Hausmauer, zündete sich eine Camel an und wartete, indem er alle paar Minuten das Standbein wechselte. Am Boden das Sackerl, in dem der vergilbte Bildband steckte, der nur etwas nach Kellerfeuchte roch. Alte Ansichten aus dem Murtal. Nicht Mürztal, sondern Murtal. Aber auch schön. Er würde seine Freude damit haben.

Und dann das. Was für ein Tag! Zweimal hatte er sie schon am Fenster gesehen. Diese Wahnsinnsfrau. Sie trug Stretchjeans, die alles betonten. Wirklich alles. Die Waden, die Knie, die Oberschenkel, den Hintern. Hintern, nein, so durfte man dieses Körperteil nicht nennen. Nicht bei dieser Frau. Aber wie dann? Es musste harmlos und anerkennend, aber nicht proletoid klingen. Er überlegte, doch es wollte ihm einfach kein passender Ausdruck einfallen.

Jedenfalls trug Annette Lemberg neben der Jeans auch eine braune Jacke – eine ziemlich kurze für die Jahreszeit, wie er fand – und darunter einen blauen Pullover mit einem dieser weiten Krägen, der aussah wie ein ausgedehnter Rollkragen.

Das Haar hatte sie zu einem Zopf gebunden wie ein Ponyschweif und Augen wie von Audrey Hepburn. Ein Muttermal wie von Cindy Crawford. Ein Mund wie von Kim Basinger. Eine Nase wie von Madonna. Er kannte die Frauen alle, natürlich. Alle Stars der letzten Jahrzehnte. Frauen waren seins. Sein Ding.

Der Graf konnte sein Glück kaum fassen, als er bemerkte, dass Trost sich verzog, seine Kollegin aber vor Ort blieb. Das war wieder einmal typisch: Die Chefs, die Oberdenker, machten sich davon, und die Assistenten hatten die ganze Arbeit.

Wahrscheinlich würde sie noch stundenlang hier herumstehen, Protokoll führen und eins und eins zusammenzählen müssen. Und danach hatte dieser Trost bestimmt nichts Besseres zu tun, als diese Frau allein im Büro zurückzulassen. Mit Arbeit bis in die Nacht.

Der Graf stellte sich vor, wie Annette Lemberg an ihrem Schreibtisch saß. Im Schein einer einsamen Tischlampe. In seiner Phantasie rückte er ganz nahe an sie heran. Betrachtete ihre Wimpern, die alle paar Sekunden über ihre Augäpfel klappten. Ihre Zungenspitze, die über ihre Lippen strich, während sie sich konzentrierte. Ihre Fingerkuppen, die die Tastatur berührten. Sie lehnte sich zurück und streckte sich vor Müdigkeit. Dabei hob sich ihr Pullover und gab den Bauchnabel frei. Weiße Haut.

Autsch! Er hatte die Zigarette vergessen. Sie war ungeraucht in seinen Fingern verglüht, hatte sie verbrannt.

Als er aufblickte, sah er Annette Lemberg, die gefolgt von einem Sarg aus dem Haus kam. Sie wechselte ein paar Worte mit einem von diesen CSI-Typen, diesen in weißen Plastikoveralls gehüllten Spurensuchern, dann drehte sie sich um und ging davon.

Er blickte sich um. Hob die Schultern.

Warum nicht?

Und folgte ihr.

33

Ohne seine Uniform kam er sich fast unsichtbar vor. Sosehr es der Graf genoss, herausgeputzt und mit frisch rasiertem Gesicht in voller Adjustierung die Blicke auf sich zu ziehen, so sehr empfand er die schlichte Einfachheit des Zivilisten nun als Befreiung. Er war nichts weiter als ein einfacher, gepflegter Mann.

Eine Haube hätte er vertragen können, aber mit derlei Wanderungen hatte er ja nicht rechnen können. Woher hätte er wissen sollen, dass ihr Auto so weit entfernt stand?

Annette Lemberg ging etwa dreißig, vierzig Schritte vor ihm. Es war gar nicht so einfach, ihr im Gewühl eines Wochentages über die Sporgasse zu folgen – ohne ihr dabei so nah zu kommen, dass er Gefahr lief, von ihr entdeckt zu werden. Den Blick fest auf ihren Rücken gerichtet, lief er ihr hinterher und kam sich dabei vor wie ein Bodyguard, ein Leibwächter, der immer da war und doch auf Distanz blieb. Und in diesem Augenblick, von einem Moment auf den anderen, keimte tatsächlich diese fixe Idee in ihm auf. Dass er ihr Wächter sein könnte. Ihr Beschützer. Niemand sollte ihr zu nahe kommen. Ja, der Graf hatte ab sofort eine neue Aufgabe. Und eine wunderbare, ehrenvolle noch dazu.

Er juchzte vor Vergnügen über diesen wunderbaren Gedanken. Aber nur ein bisschen. Gerade so viel, dass sich eine Gruppe Mädchen, die gerade an ihm vorüberspazierte, zu ihm umdrehte und ihn auslachte.

Als Annette Lemberg am Karmeliterplatz in der Tiefgarage verschwand und dort in ihren Wagen stieg, zog sich der Graf in eine dunkle Nische zurück. Er hatte schon mit dem Gedanken gespielt, zu ihr zu gehen, einfach ins Auto zu steigen und den Arm auf ihren Schenkel zu legen. Vielleicht gefiele ihr das ja? Ungestümes Vorgehen weckte bekanntlich mitunter auch bislang verborgene Leidenschaften. Aber die Gefahr des Missverständnisses bestand durchaus. Und in diesem Fall wäre es ungemütlich geworden. Für beide.

Nein. Das war nicht seine Absicht. Der Graf war ein Guter. Ein ganz Guter.

34

Tief durchatmen, dann wird das schon.

Doch es wurde nicht. Er spürte es in den Fingerkuppen. Und im Genick. Das Gefühl zeugte von der Unmöglichkeit des Schreibens, der Weigerung des taktilen Empfindens, sich mit der Tastatur zu verbinden. Er verdankte es der Tatsache, dass Blicke auf ihm lasteten. Verstohlene Blicke. Voller Argwohn. Voller Häme. Und voller Neid.

Martin Anfänger wusste, dass er in der Redaktion nicht besonders beliebt war. Und seine Selbsteinschätzung trog ihn selten. Schon in der Schule hatten sie ihn Martin Anstrenger genannt, weil er eben nicht anders konnte, als andauernd Fragen zu stellen, eben anstrengend war. Und das musste er ja auch, schließlich war er für den Schulblog verantwortlich. Die Maturazeitung – eine Facebook-Seite – war selbstverständlich auch von ihm gewartet worden. Im Studium lief es anfangs ähnlich, Pressearbeit für eine

Studentenvereinigung, Radio, Flugblätter, dann bald die schiefen Blicke. Und die wenigen Freunde machten sich auch wieder aus dem Staub.

Nach einem Semester in Berlin war er zurückgekehrt und jobbte seither bei der »Großen Tageszeitung«. Arbeitete fast schon so viel wie ein Angestellter. Und damit hatte das Dilemma begonnen. Die Noten ließen nach, die Frequenz der abgelegten Prüfungen sowieso. Er besuchte einfach zu selten die Lehrveranstaltungen, und trotzdem hatte er auf der anderen Seite auch in der Redaktion das Gefühl, nicht häufig genug anwesend zu sein.

Erst seit ein paar Tagen hatte sich dieses Gefühl geändert. Da hatte er den Fuß so richtig in die Tür der Zeitungswelt gestellt. Er war zur richtigen Zeit am richtigen Ort gewesen.

Ein dummer Satz eigentlich. Entweder richtige Zeit oder richtiger Ort, beides in einem ist ein Widerspruch. Oder? Nein, eigentlich passt das Sprachbild …

Und genau Gedanken dieser Art hinderten ihn nun daran, mit dem Schreiben des Artikels zu beginnen. Aber die Zeit drängte. Schon hörte er den ersten Kollegen rufen, wo der Online-Teaser bleibe. Ein anderer – ein älteres Semester, das alle Kollegen mit seiner ständigen Hektik nervte – stand auf einmal vor ihm und fragte, ob er den Facebook-Anreißer für ihn schreiben solle. Eine nette Geste, doch Anfänger verneinte, er schaffe das schon. Und hätte sich dafür im nächsten Moment ohrfeigen können. Hätte er ihn doch schreiben lassen, dann wäre er jetzt eine Sorge los.

Er tippte: »Wieder ein Mord in Graz«. Als er die Worte vor sich sah, löschte er sie sofort wieder. Er schrieb: »Zweiter Mord in Serie«.

Auf dem Monitor poppte eine Intranet-Nachricht auf: »Layout bald fertig. Bitte dann rasch füllen!!!!« Vier Ausrufezeichen.

»Jaja«, murmelte Anfänger.

Eine Diva mit rot-grünem Schal und fast sechzig Jahre alten, aber immer noch schlanken Beinen, die in hautengen Jeans steckten, blickte ihm über die Schulter und polterte so laut, dass es alle im Umkreis von zwanzig, fünfundzwanzig Metern hören konnten: »Nein, nein, NEIN, also bitte, zwei Morde sind noch lange keine Serie. Das geht so nicht. Da sieht man mal wieder, was passiert, wenn man die Leute einfach so in die freie Wildbahn entlässt. Früher mussten die Neuen noch wochenlang Pressekonferenzen besuchen und durften bestenfalls Einspalter schreiben. Zehn, fünfzehn Titelvorschläge mussten sie abgeben, und dann wurde doch der vom Chef genommen. Eine harte Schule, ja, aber immerhin eine Schule. Das heute ist ja eher ein Kindergarten. Kein Wunder, dass in dieser Legebatterie niemand etwas lernt.«

»Schon gut, schon gut, ist ja schon gelöscht.« Anfänger roch frischen Schweiß. Es war sein eigener.

Zum Glück läutete das Handy der Diva, und sie polterte davon, während sie so laut ins Telefon brüllte, dass einige Kollegen herumfuhren oder trotz ihrer Kopfhörer stirnrunzelnd aufblickten.

Sekunden verstrichen, und Anfänger spürte, wie sein Rücken immer feuchter wurde. Er kniff die Augen zusammen, knackte mit den Fingerknöcheln und hieb schließlich auf die Tastatur ein, als gäbe es kein Morgen mehr. Der erste Internetbeitrag war rasch geschrieben, und die Plattformen der sozialen Medien bediente er ebenfalls. Wenn es auch keine literarischen Glanztaten waren, die er zustande brachte, so war er doch ein wenig stolz darauf, trotz des Zeitdrucks den Anforderungen gerecht geworden zu sein.

Mittlerweile standen weitere Fotos im System zur Verfügung, und er konnte sich ans Schreiben für die Printausgabe machen, als ihn eine weitere interne Bildschirmnachricht aufforderte, an einer spontan einberufenen Redaktionssitzung teilzunehmen. Sofort!

»Würden wir nicht so viel besprechen, könnten wir schneller arbeiten«, murmelte er und kam sich dabei vor wie einer der arrivierten Redakteure.

35

Er erhob sich, steckte sich die durchs Sitzen herausgerutschten Hemdszipfel zurück in die Jeans, nahm seinen Notizblock an sich und eilte an einem halben Dutzend Schreibtischinseln vorbei in die Mitte des Großraumbüros.

Die verantwortlichen Ressortleiter standen um einen erhöhten

Tisch herum, von dem aus sie sämtliche Abteilungen im Visier hatten. Anfänger musterte sie alle: den glatzköpfigen Stiernacken mit der Boxernase, den Schultern eines Bären, den Oberarmen eines Türstehers und den aus Ohren und Nase wuchernden Haaren. Den langhaarigen Endlosgroßen mit Fingern, so dünn wie die Beinchen eines Weberknechts. Den selbst im Sommer Rollkragenpullis tragenden Dicken mit den goldenen Ringen an den Fingern. Die Blondine mit der wallenden Barbiepuppenmähne und dem Gesicht eines Orks. Dazu die supertolle, stets freundlich lächelnde Sportchefin, den grauäugigen Gerichtsexperten, den nichts aus der Ruhe bringen konnte, und noch ein paar andere.

Eine Stimme aus dem Monitor, der auf dem Tisch stand, bellte blechern in den Raum: »Kann's losgehen? Er scheint ja jetzt da zu sein.« Ein vernarbtes Gesicht erschien auf dem Bildschirm, die Außenstelle aus einem anderen Bundesland war soeben zugeschaltet worden.

Mit diesen Worten endete auch eine offenbar heftig geführte Debatte zwischen der Barbiepuppenfrisur und dem Stiernacken. Der Disput hatte sich darum gedreht, welche Abteilung sich mit Leseranfragen in Sachen Fußball-Länderspiel-Tickets befassen sollte.

»So«, machte der Chefredakteur, der sich nun auch dazugesellte, der Auseinandersetzung ein Ende. »Herr Anfänger, was ist nun mit dem Mord? Was gibt es für Neuigkeiten?« Auffordernd blitzten seine kleinen Augen durch die Brille, ein Lächeln zuckte unter seinem Vollbart.

»Ich war dort, also, am Tatort«, begann Anfänger zögerlich, »habe O-Töne aufgenommen, die Fotos werden gerade –«

»Jaja, das weiß ich doch alles. Aber darüber hinaus, was gibt es noch?« Der Boss nahm mit Barbie Blickkontakt auf, schien in Gedanken schon beim nächsten Thema zu sein. Oder war er einfach nur ungeduldig?

»Also, ich bin dabei, den Artikel über den neuen Mord zu schreiben«, sagte Anfänger schnell.

»Das tun alle anderen auch, ich bitte Sie. Das hatten wir doch bereits.«

»Also –«

Der Boss schnalzte mit der Zunge. »Sie sind raus. Das ist mir zu riskant.«

»Aber ich –«

»Schon gut, schon gut. Sie werden weiter zu dem Thema schreiben, aber nicht allein. Das geht mir zu schleppend. Wie schaut's aus, wer kann ihm helfen?« Der Chefredakteur drehte sich um und blickte in den Raum. Niemand meldete sich.

Anfänger hatte das Gefühl, Köpfe hinter Monitoren verschwinden zu sehen, außerdem schienen plötzlich Unmengen von Telefonaten geführt werden zu müssen. Zwei Kollegen – Stangl und Klaus –, die mit Kaffeetassen in der Hand im hinteren Bereich des Raums plauderten, lachten über einen Scherz. Ein Fehler, wie sich sofort herausstellte.

»Stangl und Klaus werden Ihnen helfen«, sagte der Boss.

Die Barbiepuppenfrisur seufzte. »Und die Wochenendbeilage, wer macht die?«

»Lasst euch etwas einfallen.«

»Geh bitte, das darf doch jetzt nicht wahr sein.«

»Ach, Christa«, wandte sich ihr der Chefredakteur nun in fast väterlichem Tonfall zu. »Jetzt mach halt keine Szene, sondern tu genau das, was ich gesagt habe: Lass dir etwas einfallen. Stangl und Klaus sind ab sofort beim Mord-Team.«

Nun protestierte auch die Sportchefin. Das Lächeln war aus ihrem Gesicht verschwunden. »Aber Klaus muss doch heute Abend zum Länderspiel.«

»Okay, dann schlage ich einen Kompromiss vor: Stangl hilft beim Mord, Klaus dafür morgen bei der Wochenendbeilage.«

»Was? Aber –« Der Ork in Barbies Gesicht gewann die Oberhand über ihre Frisur.

Die Sportchefin rief: »Und die Länderspiel-Nachberichterstattung? Wie stellst du dir das vor?«

Nur die barsche Handbewegung des Chefs erstickte ihren Wutanfall im Keim. »Damit das klar ist: Wir befinden uns in einer Ausnahmesituation, und in dieser gibt es keinen Diskussionsbedarf. Ich will eine Umfrage und einen Psychologen. Oder besser noch so einen … einen …«, er schnipste mit den Fingern.

»Profiler«, sagte Anfänger.

»Genau richtig, einen Profiler«, fuhr der Boss dankbar fort. »Jemanden, der für unsere Leser einschätzen kann, ob die Bestie in Graz weitermorden wird.«

»Die Bestie, geh bitte«, murmelte jemand.

Der Chefredakteur hörte die Bemerkung nicht oder ignorierte sie. »Außerdem will ich ein Interview mit dem Polizeichef. Das dürfte eine der leichteren Aufgaben sein. Herr Anfänger, stellen Sie noch eine Fotoserie für die Onlineausgabe in der Früh zusammen?«

Der Reporter zögerte einen Moment, weil er sich ausmalte, wie viel Zeit ihn all das kosten würde.

»Was ist jetzt? Ja oder ja?«

»Ja.«

»Gut.«

Bevor der Boss das Thema wechseln konnte, wurde er von einem Klatschen unterbrochen. »Bravo. Bravo. Bravo!«

Die Gruppe fuhr herum.

Die Diva rauschte mit wehendem Schal heran. »Und was ist mit Alena? Tun wir einfach weiterhin so, als ob nichts passiert wär?«, rief sie. »Machen wir einfach weiter mit unserer Routine?«

Angriffslustig blickte sie in die Runde. »Sicher tun wir das, ich kann es an euren Gesichtern ablesen. Schon jetzt denkt keiner mehr an sie. Und in einem halben Jahr, ach, was red ich, in einem Monat schnipsen wir mit den Fingern, wenn wir uns an den Namen von dieser Dings«, sie machte das Geräusch mit Mittelfinger und Daumen, »von dieser Dings, die ermordet wurde, na, von unserer Kollegin – wie hieß sie doch schnell? – erinnern wollen.« Es war allen klar, dass sie mit der Geste bewusst ihren Chef imitierte, der immer zu ihr griff, wenn ihm ein Wort entfallen war.

»Konstanze, ich bitte dich«, unterbrach dieser sie nun. »Wir werden Alena nicht vergessen. Natürlich nicht. Aber wir haben auch eine informierende Aufgabe und –«

»Und ja, Alena hätte gewollt, dass wir einfach weitermachen. Natürlich, sie hätte gewollt, dass wir weiterhin Journalisten sind. So ein verdammter Blödsinn, den du da von dir gibst!«

»Konstanze!«, rief nun auch die Sportchefin.

Alle wussten, dass die Diva so etwas wie Alenas Mentorin gewesen war. Gemeinsam hatten sie im Chronikressort gearbeitet, so wie auch Anfänger. Doch das Verhältnis der beiden Frauen zueinander war von Anfang an freundschaftlicher Natur gewesen.

»Und was sollen wir deiner Meinung nach sonst tun?« Es war der beringte Rollkragenpulliträger, der sich zu Wort meldete. »Wir sind nun mal eine Zeitung, da kann man nicht innehalten, durchschnaufen und verarbeiten. So tragisch das alles auch ist. Wir müssen an morgen denken.«

»Jaja, wir müssen an morgen denken«, äffte ihn die Diva nach. »Denkt nur alle schön an morgen. Denkt nur an alles andere. Bloß nicht an das, was in diesem Haus vorgeht.«

»Aber wir sind Journalisten –«

Sie strafte den Kollegen mit einem Blick. »Und genau dieser Einwurf klingt aus deinem Mund wie eine Drohung.«

»Und wer kümmert sich jetzt um das Länderspiel?«, flüsterte die Sportchefin verärgert.

Der Professor

36

Annette Lemberg traf Armin Trost so an, wie sie ihn vermutet hatte. Er saß aufrecht vor seinem nahezu leeren Schreibtisch und starrte auf den schwarzen Bildschirm. Kurz hielt sie im Türrahmen inne, ehe sie grüßend eintrat und die Tür vorsichtig hinter sich schloss. Sie warf ihre Jacke über die Lehne des Stuhls, der vor ihrem eigenen Tisch stand, auf dem heilloses Durcheinander herrschte, dem sie nur offiziell die Ordnung im Chaos zusprach. Insgeheim wusste sie leider ganz genau, dass das Sammelsurium auf ihrem Schreibtisch nur ein Zeichen ihrer Unfähigkeit war, sich von Dingen zu trennen.

Der dritte Schreibtisch im Büro war leer. Vollkommen leer. Ohne Computer. Nur eine Schachtel stand vor ihm auf dem Boden, in ihr der letzte Rest der Erinnerungen, die von Johannes Schulmeister geblieben waren. Ein Teil eines Kabels schaute aus ihr hervor. Daneben ein paar Ordner, beklebt mit Post-its.

So widerlich dieser Kerl mit seinem stets belehrenden und dazu noch cholerisch-aggressiven Charakter auch gewesen sein mochte, so sehr vermisste sie seine Hilflosigkeit, wenn man ihm Paroli bot. Vor allem aber war es die Stille, die sie fast körperlich schmerzte.

Sie beobachtete Trost aus den Augenwinkeln. Wie oft hatte sie sich gewünscht, mit ihm allein zu sein? Ihm näherzukommen. Wie oft hatte Schulmeister diesen Wünschen im Weg gestanden? Und jetzt? Jetzt hatte sie freie Bahn und dennoch das Gefühl, die Mauer zwischen ihnen sei höher als je zuvor.

»Seltsam, dass er so fehlt, nicht wahr?«

Sie schrak auf, hatte nicht damit gerechnet, dass Trost das Wort ergreifen würde.

»Ja«, erwiderte sie mit belegter Stimme und setzte sich. »Suchst du immer noch jede Nacht nach ihm?«

Trost verzog seine Lippen. Die Arme hingen in seinem Schoß wie weggelegte Werkzeuge. Er hob die Schultern. »Nein, nicht jede Nacht.« Und nach einer Weile fügte er hinzu: »Eigentlich suche ich gar nicht mehr.«

Das war wieder so ein Moment. Einfach hingehen, ihn umarmen, vielleicht sogar mehr. Lemberg wurde rot bei dem Gedanken. Trost drehte sich wieder weg, und der Moment verflog.

Er starrte wieder auf den leeren Bildschirm und horchte in sich hinein.

Warum hatte er sie allein am Tatort zurückgelassen und war zu Fuß zurückgegangen? Antwort: weil er wie immer einer inneren Regung gefolgt war, ohne diese zu hinterfragen. In der Regel klärten sich die Ereignisse auf, wenn er einfach seinem Gefühl folgte. Oder seinem Instinkt. Einerlei.

Tatsache war allerdings auch, dass Trost seinen Instinkten oft hinterherstolperte. Er tat etwas, musste später aber um die Deutung seines Handelns ringen. Deshalb saß er manchmal stundenlang bewegungslos da und starrte vor sich hin. Was nach außen wie der Lethargie-Anfall eines professionell-psychologischer Hilfe Bedürftigen aussah, war tatsächlich das Ansehen eines Kinofilms, der vor seinem inneren Auge ablief. Er konnte ihn sogar vor- und zurückspulen. In Zeitlupe laufen lassen. Bilder aus verschiedenen Szenen miteinander vergleichen. Details heranzoomen. Zurück auf Gesamtansichten gehen. Auch jetzt spulte Trost die Ereignisse immer und immer wieder vor und zurück: Er sah Paul Reininger und seine Raserei vor sich. Wie er über sein Opfer herfiel und ihm das Herz herausschnitt. Er musste dabei gebrüllt haben, gestöhnt und getobt.

AAAHHHH! Gib her, gib her dein Scheißherz! AAAAHHH!

Er sah den Irren, wie er das Organ in der Hand hielt, warm und weich. Noch ein Blick auf die grausig entstellte Leiche, die in der eisigen Kälte der Nacht dampfte, dann öffnete Reininger seinen Mund und nahm einen Bissen. Die Zähne versanken in der saftig roten Masse. Die Zunge nahm den Geschmack von Blut auf. Es rann ihm die Speiseröhre hinab. Er beugte sich vornüber und schrie erneut.

AAAHHH! WÄÄÄHHH!

Und plötzlich war es mit dem Glauben an das Versprechen der Unsichtbarkeit vorbei. Der Unsterblichkeit. Des ewigen Glücks. Alles Schwachsinn. Funktionierte alles nicht. Das Herz schmeckte nur entsetzlich. Reininger ging weiter, das Organ noch immer in der Hand. Die Leiche hatte er im Straßengraben liegen gelassen, er dachte schon nicht mehr an sie.

Annette Lemberg war lange genug im Team, um zu merken,

dass sie ihn jetzt nicht stören durfte. Nicht einmal aufstehen, um die Tür abzuschließen. Wenn nur niemand hereinplatzte und seinen Gedankengang störte. Sie wusste, dass immer etwas dabei herauskam, wenn Trost so lange ohne zu blinzeln auf einen Fleck starrte.

So seltsam es auch aussah, wenn er mit halb offenem Mund und vorgeschobenem Kinn dasaß, so verführerisch wirkte der Anblick auf sie. Sein massiger Körper. Die breiten Schultern. Dieses animalisch Rohe an ihm machte sie fast verrückt. Nur mit Mühe konnte sie sich beherrschen, ihn nicht allzu lange zu beobachten. Er würde ihren Blick spüren. Also blätterte sie so geräuschlos wie möglich in irgendwelchen Akten, die ohnehin längst hätten bearbeitet werden müssen. Und kam sich dabei vor wie ein weggelegtes Stück Firlefanz. Wie bedeutungsloser Kram. Nutzlos. Das war das Schlimmste. Dieses Gefühl, Luft zu sein für jemanden, den man doch so sehr mochte.

Er dachte an den Professor, der seine Vorstellung abgespult hatte, und musste lächeln. Diese Arroganz, die allen anhaftet, die es gewohnt sind, mit ihrem akademischen Titel angesprochen zu werden. Herr Professor. Sonst nichts. Kein Name.

Wie schnell die Eitelkeit einen erfassen kann. Wie rasch die der Anstand gebietende Zurückhaltung einer schwärmerischen Hingabe den eigenen Leidenschaften gegenüber wich. Professor Tadelmanns Ausführungen über den Mordfall Reininger hätten genauso gut solche über die Libretti irgendeines Meisters sein können oder über die analen Duftnoten eines Hinterhofs einer Vorstadtdisco. Es war völlig einerlei, wovon Tadelmann sprach, er hörte sich immer gern dabei zu. Seiner nasalen Stimme. Seinen Gliedsätzen. Sicherlich hatte er es genossen, von Trost gefragt worden zu sein. Die Aufmerksamkeit hatte ihm gutgetan. War das das Motiv? Das Mordmotiv? Trost blinzelte, als er aus dem Gedankengang erwachte, der sich wie ein Echo in ihm ausbreitete. War das das Motiv? *Aufmerksamkeit?*

Aber noch wollte er sich seiner Intuition weiter hingeben. Er sah die Leiche von Frau König vor sich. Die Einstiche. Die Nebensächlichkeiten im Zimmer. Warum hatte sie sterben müssen? Welchen Zusammenhang gab es zwischen ihr und Alena Stadler, dem ersten Opfer? Hatte auch sie den Professor gekannt? Und wenn ja: Wäre das nicht zu einfach?

Er erinnerte sich daran, wie er den Tatort verlassen hatte. Wie er hinaus auf die Straße gegangen war, den Journalisten bemerkt hatte. Martin Anfänger. Und noch jemanden. Noch jemand war da gewesen. Die Gesichter flogen an seinem geistigen Auge vorüber, als würde er sich durch den Katalog einer Castingagentur blättern.

Wir brauchen ein Gesicht! Irgendein Gesicht!

Endlich ließ er es zu und wachte auf. Als er sich umdrehte, bemerkte er, wie Lemberg erleichtert aufatmete. »Hast du eigentlich gewusst, dass der Dorfpolizist, der in Stübing war, heute am Tatort auch aufgetaucht ist?« Seine Stimme war so dünn, als befürchte er, sie könne einen flüchtigen Gedanken vertreiben. Dennoch lächelte er. »War er etwa wegen dir dort?«

37

»Also gut, gehen wir es noch einmal durch. Ein Mord in Stübing, der an einen uralten Ritualmord erinnert. Der Mörder firmiert hier in der Steiermark unter dem Namen ›Herzerlfresser von Kindberg‹.« Balthasar Gierack hatte ab und zu die Anwandlung, sich indirekt vom Bundesland zu distanzieren, vor allem dann, wenn ihm ein steirisches Verbrechen allzu abartig vorkam – er stammte aus Linz. Dazu machte er eine unbestimmte Geste, als wolle er sagen: Mir sind eure Schauergeschichten ja scheißegal.

»Ein paar Tage später ein weiterer Mord, der aber keine Ähnlichkeiten zu sagenhaften Verbrechen in der Vergangenheit aufweist, oder?« Er grinste, doch niemand tat es ihm gleich. »An beiden Tatorten taucht ein junger Journalist auf. Das ist vielleicht eine Bemerkung wert, aber auch sein Job wird uns jetzt nicht sonderlich beunruhigen, nicht wahr, Armin?«

Trost starrte auf die Tischplatte und erwiderte nichts.

Wieder machte Gierack diese Geste. Diesmal schien sie auszudrücken: Außerdem ist es mir vollkommen egal, was dir durch die Birne geht. »Also gut, dann schweig dich eben aus. Es gibt da auch noch diesen Dorfpolizisten. Reinhard Maria Hinterher.

Wusstet ihr, dass er bis vor Kurzem Franz Gerber hieß und sich dann umbenannt hat? Dass so etwas geht! Und dass so etwas jemand überhaupt will! Na ja, egal. Jedenfalls arbeitet er bei der Dienststelle Frohnleiten. Ist wohnhaft in Laufnitzdorf. Wir haben noch nicht mit ihm gesprochen, aber seinen Kollegen, einen gewissen Dings, erreicht, na, wie heißt er doch gleich?« Gierack blätterte in den vor ihm liegenden Unterlagen. »Geh bitte, Landerdings … Landerdinger, stimmt, so ist's richtig. Der hat bestätigt, Reinhard Maria Hinterher sei zum Einkaufen nach Graz gefahren. Kaffeetrinken mit Kollegen. Bücher besorgen. Nichts, wofür wir ihn lebenslänglich hinter Gittern bringen können. Aber Armin Trost hat ihn gesehen, und damit sind wir auch hinter diesem Hinterher hinterher.« Er lachte über seinen Gag. Als er merkte, dass auch zwei, drei Kollegen grinsten, schlug er mit der flachen Hand auf den Tisch, und seine Stimme wurde um drei bis vier Nuancen lauter. »Ich bitte Sie jetzt alle, einen Zahn zuzulegen. Wir haben nichts. Gar nichts. Nur zwei Morde innerhalb so kurzer Zeit, dass alle wieder drohen narrisch zu werden. Eine Journalistin. Eine Witwe. Zwei Frauen. Und Medien, die von einer Bestie reden, Kruzifix noch einmal.« Gierack wischte sich eine Schweißperle von der Oberlippe. »Was tun wir jetzt? Haben wir es mit einem Frauenmörder zu tun? Einem Triebtäter? Einer Bande? Herr Trost? Armin? Wie machen wir weiter?« Sein Blick wanderte gefährlich erwartungsvoll über die Gesichter der Anwesenden in Richtung seines Chefermittlers.

Trost hob den Kopf und blickte dem Polizeichef direkt in die Augen. »Wir machen unsere Arbeit, was sonst? Schritt für Schritt. Bis wir den Mörder haben. So wie immer.«

»Aber geht das nicht ein bisschen schneller? Ein bisschen energischer?«

»Nein«, sagte Trost und stand langsam auf. »Es geht so, wie es eben geht. Das liegt außerhalb meines Einflussbereiches. Alles braucht so lange, wie es brauchen soll.«

Trost hatte den Besprechungsraum längst verlassen, als Gierack sichtlich verlegen die Sitzung für beendet erklärte.

38

Auf der Toilette begegneten sie einander wieder. Am linken Pissoir stand Trost, am rechten Gierack. Die Kabinen waren leer, der Geruch nach schlechter Verdauung hing in der Luft.

»Tut mir leid«, murmelte Trost. »Ich wollte vorhin nicht bamstig sein.«

»Schon gut. Ich hab's ja provoziert.«

Sekundenlang schwiegen sie. Nur das Plätschern ihres Urins in die Keramikschalen war zu hören. Beide starrten an sich hinab.

»Suchst du ihn immer noch jede Nacht?«

»Nein.«

»Schöne Sch–«

»Ja«, unterbrach ihn Trost, schüttelte sich ab, wandte sich um, wusch sich die Hände und ging zur Tür. Öffnete sie. »Ja, schöne Scheiße«, wiederholte er, dann fiel sie zu.

Es war das zweite Mal an diesem Tag, dass er seinen Boss stehen ließ. Diesmal jedoch war Gierack erleichtert darüber. Es ging leichter, wenn er allein war. Er schloss die Augen und entspannte sich.

39

Später ein Anruf. Tadelmann. Der Professor. »Ich hatte vergessen, etwas zu erwähnen.«

Trost wartete.

»Ich wusste natürlich, mit wem ich es zu tun habe. Ich meine, ich habe Sie erkannt. Nicht gleich vielleicht, aber dann wurde es mir bewusst.«

»Worauf wollen Sie hinaus?«

»Auf gar nichts. Nur dass Sie Armin Trost sind, der berühmte Polizist.«

»Berühmt ist wohl etwas übertrieben.«

»Ach, kommen Sie, unsere Stadt ist klein. Hier wird man oft schneller berühmt, als man es sich wünscht. Sozusagen weltberühmt in Graz.«

»Mhm. Wenn Sie es so sehen.«

»Ich hoffe, Sie werden mir verzeihen, wenn ich offen zu Ihnen bin.«

Trost horchte auf.

»Ich hatte Sie mir ehrlich gesagt anders vorgestellt.«

Das interessierte ihn jetzt doch. Das interessierte schließlich jeden Menschen. »Und wie?«

»Ich sage jetzt nicht größer, nein, aber wie soll ich mich ausdrücken, ohne dass Sie mich falsch verstehen? Ich finde Sie weitaus weniger verwirrend, als man Sie gemeinhin schildert.«

»Ich verstehe Sie nicht falsch, Herr Tadelmann, ich verstehe Sie überhaupt nicht.«

»Man sagt, Sie seien ein Wirrkopf, so wie ein verrückter Wissenschaftler. Eher so meine Art.« Er lachte über seinen Scherz, konnte die Koketterie dahinter aber nicht verbergen. »Ein wenig durch den Wind eben. In seiner eigenen Welt zu Hause. Dabei ist es in Wirklichkeit gar nicht so arg.«

»Nicht so arg.«

»Ja. Sie sehen ganz normal aus.«

»Normal.«

»Macht es Ihnen Spaß, zu wiederholen, was ich sage?«

»Nein.«

»Warum tun Sie es dann?«

»Vielleicht, um Ihnen zu zeigen, wie banal diese Unterhaltung ist.«

»Ach, kommen Sie, auch unsereiner braucht manchmal ein bisschen Banalität. Ich habe mich mit meinem Dozenten über Sie unterhalten. Sie werden sich sicher nicht mehr an ihn erinnern, er hat uns bei unserem Treffen vor meinem Büro verlassen. Aber er erinnert sich gut an Sie und ist derselben Meinung wie ich.«

»Nämlich?«

»Dass Sie schon wissen, wer der Täter ist.«

»Ach.«

»Ja. Und?«

»Was und?«

»Wer ist der Täter?«

»Ich bitte Sie.« Trost drückte das Gespräch weg und betrachtete sein Handy noch eine Weile, als beinhalte es Wahrheiten, die ans Licht kommen wollten, aber nicht konnten.

40

Die Welt auf den Kopf stellen, bis der Himmel unter Graz ist und die Hölle über der Stadt lodert.

Den Gedanken hatte er bei Schulmeisters Verschwinden zum ersten Mal gehabt, und jetzt dachte er ihn wieder. Genau das galt es zu tun. Und dennoch streifte Trost an diesem Abend ziellos durch die Kaschemmen der Stadt und verbrachte überall die Zeit, die er für ein Seidl Bier benötigte. Nach fünf Gläsern und ebenso vielen Lokalen stieg er auf Weiße Mischungen um.

Bier auf Wein, das lass sein – Wein auf Bier, das rat ich dir. Funktionierte der Spruch auch mit gespritztem Wein? Waren Spritzer auf Bier genauso ratsam?

Über diesem Gedanken nickte er ein. Wurde aufgeweckt, als der Kellner das Gasthaus schließen wollte. Gasthaus. Die Bezeichnung war ein Witz. Besser wäre Wettcafé gewesen. Die Gäste bestanden aus Spielsüchtigen, und der Kellner war kein Kellner, sondern ein türkischer Schwarzarbeiter. Ganz bestimmt. Er musste so denken, in seinem Metier begegnete man fast niemandem, der ehrlich war. Trost torkelte hinaus. Frischluftwatschn. Das Torkeln wurde stärker. Er tastete sich an schmutzigen Fassaden entlang, ähnelte immer mehr den Versagern, denen er berufsmäßig hinterherjagte.

Schulmeister war nirgendwo. Natürlich nicht. Was hatte er denn erwartet? Dass er plötzlich hinter einem Tresen hervorsprang und rief: »Hier bin ich, Armin. Danke, dass du mich gefunden hast!«?

Trotzdem hätte er es sich so sehr gewünscht. Nicht dass sie beide jemals ein Herz und eine Seele gewesen wären, aber es überstieg Trosts Vorstellungen, einen Kollegen zu verlieren. Wie konnte das sein, dass er immer alle fand, immer alle Täter zu fassen bekam und sich stets auf seinen Instinkt verlassen konnte, nur in diesem Fall nicht? Johannes Schulmeister war und blieb vom Erdboden verschwunden. Als hätte sich der Boden aufgetan und ihn verschluckt. Von Anfang an hatte Trost nichts gespürt.

Aber ich spüre doch sonst immer etwas. Verdammte Scheiße.

Und Charlotte blieb auch verschwunden. Sie holte ihn nicht ab, rettete ihn nicht.

Trost stapfte die Annenstraße Richtung Bahnhof. Warum war sie nur so stur, so gottverdammt stur?

Er hatte nun einmal diesen Job, was war denn so schlimm daran? Andere Männer waren langweilige ÖBB-Fahrscheinkontrolleure oder Zeitungsjournalisten. Letztere waren doch die Ärgsten. Wussten immer alles besser und kamen häufig erst mitten in der Nacht nach Hause. Nicht nur, wenn ein Mord geschah, die hatten auch zu tun, wenn plötzlich der Winter hereinbrach oder im Sommer der Regen ausblieb. Eigentlich hatten die immer zu tun, geregelte Arbeitszeiten gab es bei denen nicht.

»Ach, Charlotte, so viele sterben doch auch wieder nicht.« Trost jammerte vor sich hin. Er hasste sich, wenn er so war, so weinerlich, aber er konnte nicht anders. Spritzer auf Bier, das macht eine Heulsuse aus dir!

Auch die Lemberg war nirgendwo. Die hätte ihn sicher aufgefangen. Die war ein Kumpel. Ein Partner. Ein hübscher Partner.

Trost blieb stehen. Starrte auf die Straße. In den nachtschwarzen Himmel. Wie hübsch war sie eigentlich auf einer Skala von eins bis zehn? Zehn war Weltklasse. »Na, wie hübsch ist sie? Sag schon!«, rief er mitten auf der Annenstraße. »Acht!«, brüllte er als Antwort und kicherte sogleich. »Alter, acht ist nicht einmal, nicht einmal … Was weiß denn ich …? So eine im Film …« Zwei Schritte, dann wieder ein Lachanfall. »Okay, okay, dann eben neun, ich geb's ja zu: neun. Verdammt, sie sieht Weltklasse aus.« Zwei Schritte. »Weltklasse! Zehn!« Erneut musste er kichern, weil sie vor ein paar Stunden auf seine Frage hin, ob der Hinterher wegen ihr am Tatort aufgetaucht sei, noch ihre Augen verdreht hatte.

»Wer?«, hatte sie zuerst erwidert. Und dann: »Der?« Zungeschnalzen. Aufspringen. Wehender Pferdeschwanz. Durchs-Büro-Rennen. Tür auf, Tür zu. Weg. Und er war allein zurückgeblieben. Mit eingefrorenem Grinsen. Was war das denn jetzt?, hatte er sich gewundert. Hatte er einen Nerv getroffen oder ihn meilenweit verfehlt?

»Wir jagen hinter dem Hinterher hinterher«, sagte er leise vor sich hin.

Der ist gut, Gierack, das muss ich dir lassen. Der Gag ist richtig gut.

Er tastete nach der Bank in einem Haltehäuschen der Straßenbahn. Fand sie. Legte sich hin. Schlief einfach ein.

41

Es war ein Kinderspiel gewesen, am Kollegen unten am Eingang vorbeizukommen, ohne dass dieser gleich im Büro anrief, um seinen Besuch anzukündigen. Ein Zwinkern. Ein Lächeln. »Ich hol sie ab. Überraschung!« Wo er hinmüsse. Der Portier erklärte es ihm.

»Vielen Dank.«

Der Graf ließ sich nichts anmerken, auch wenn er den Blick auf seinem Rücken spürte.

Ja, ganz recht. Ich hol sie jetzt ab. Ich hab's geschafft, Alter.

Die meisten Gänge im zweiten Stock waren finster, aus den Büros hinter den Glaswänden drang kein Licht. Feierabend. Ab und an war ein Blick auf die abendliche Stadt durch die Fenster dahinter zu erhaschen.

Er hatte mit sich gerungen, ob er es wagen sollte, hierherzukommen. Wie sah das denn aus? Und noch dazu so spät. Selbst er musste zugeben, dass sein Auftritt doch etwas unheimlich anmutete.

Und wenn dieser Trost wider Erwarten noch da war? Ach was, dann würde er eben vorgeben, das Gleiche zu tun wie am Vormittag bei Leitner. Ein Besuch unter Kollegen. Und eigentlich war es ja auch wirklich nichts anderes. Nur ein Besuch. Sie waren doch Kollegen. Auch wenn Trost das vermutlich anders sah.

Unwillkürlich verringerte der Graf sein Tempo. Sein Herz begann wieder zu rasen. Der Versuch, kein Geräusch zu machen, verursachte ihm beinah körperliche Schmerzen. Vor ihm sah er einen Lichtkegel. Er strahlte aus einem der Büros auf den Gang. Jetzt war er ihr ganz nahe. Er näherte sich. Lautlos. Atemlos.

Bist du gelähmt!

Als er sie erblickte, streckte sie sich gerade. Ihr Pullover rutschte wirklich über den Bauchnabel, wie in seiner Phantasie. Trotzdem konnte er ihn nicht sehen, weil er schräg hinter ihr stand. Dafür immerhin ein bisschen Haut. Fast hätte er sein Sackerl mit den Büchern fallen lassen. Ausgerechnet in diesem Moment hatte er kommen müssen. Er konnte sein Glück kaum fassen. Zudem war sie allein. Ganz allein. Wie er es vermutet, wie er es gehofft hatte.

Sollte er jetzt nicht hineingehen? Es müsste ja nichts passieren, könnte ja wirklich nur ein unverfänglicher Besuch sein. Die späte Stunde ließe sich auch erklären. Irgendwie. Hauptsache, er würde dieser Frau gegenüberstehen. Mit ihr sprechen. Vielleicht sogar eine kleine Berührung, wie zufällig. Küssten sich die Grazer bei Begrüßungen nicht immer auf die Wange? Genau! Er würde einfach hineingehen und ihr einen doppelten Wangenkuss geben. Bussi links, Bussi rechts, alles ganz normal.

Reinhard Maria Hinterher, jetzt bist du auf der Überholspur.

Er legte die Hand auf den Türgriff.

42

Das Leben konnte unheimlich sein.

Manchmal bestand zwischen der Situation des Einschlafens und des Aufwachens ein dermaßen eklatanter Unterschied, dass man sich in zwei unterschiedlichen Leben hätte wähnen können.

Als Trost blinzelnd die Augen öffnete, konnte er wie in einem Zeichentrickfilm förmlich sehen, wie die Duftschwaden frischen Kaffees durch den Raum zogen. Im Hintergrund murmelten Stimmen. Teewasser kochte, Geschirr schepperte. Dann knarrten Holzdielen.

Eins bis zehn. Zehn ist Weltklasse.

Er fühlte sich wie eins. Am Leben, ja, aber nicht mehr.

Morgenlicht fiel schräg in den Raum, der groß, geräumig und ofenwarm war. Bunte Teppiche lagen auf dem Boden, Bücherregale standen vor den Wänden, eine Kredenz aus dem vorvorigen Jahrhundert verströmte wohltuende Heimeligkeit. Aus der offenen Tür des Nebenzimmers, der Küche, schimmerte Licht.

Natürlich war es hier heimelig. Es war schließlich sein Zuhause. Nicht das Baumhaus, sondern das richtige Haus. Das sie sich gekauft hatten, als Jonas noch klein gewesen war. Sie hatten von einem Bauernhof geträumt, mit einem Hund und Katzen, Pferden, Kühen und Apfelbäumen – mit allem Drum und Dran eben. Dann hatten sie es aber doch nicht getan. Weil er damals bereits zwei-, dreimal pro Woche kurz nach Mitternacht aus dem Bett geholt und weil gemordet worden war. So wie immer schon. Irgendwo ein Mord.

Der Schatten, der jetzt in der Tür auftauchte, war Charlotte. Das Leben konnte wirklich unheimlich sein.

»Charlotte?« Er schnellte hoch und stöhnte sogleich auf. Sein Schädel fühlte sich an, als hätte ihn jemand in eine Glocke gesteckt, die nun zum Schwingen gebracht wurde.

»Tut's wenigstens richtig weh?« Sosehr sie sich auch bemühte, richtig streng klang ihre Stimme nicht.

»Wie bin ich hierhergekommen?«

»Zum Glück haben dich ein paar Kollegen gefunden und nicht eine Truppe Ex-Häftlinge, die noch eine Rechnung mit dir offen hat. Und zum noch größeren Glück nicht solche Kollegen, die dich bei Gierack gemeldet hätten, sondern dieser Leitner der Dienststelle am Bahnhof. Er hat dich ins Auto gezerrt und heimgefahren. Du schuldest ihm etwas. Jonas hat mich angerufen, weil er sich mit einem sturzbetrunkenen Vater überfordert fühlte. Kannst du mir mal erklären, was das soll? Was ist los mit dir?«

Zu viele Fragen. Eindeutig zu viele Fragen.

»Ich habe Johannes gesucht.«

»In der Annenstraße?«

»Ja.«

»Auf der Bank einer Haltestelle? Mit drei Promille?«

»Sieht so aus.«

»Soll das vielleicht eine neue Ermittlungsmethode sein?«

Trost beendete die Unterhaltung mit einem Stöhnen.

43

Irgendwann später wurde es besser. Das Kopfweh und auch das Gespräch. Er konnte sich nicht erinnern, wann sie sich das letzte Mal so lange unterhalten hatten. Es musste Monate her sein.

Charlotte erzählte ihm, dass sie seit Kurzem selbst gemachte Marmeladen, Säfte und Gebäck im Hofladen einer Freundin verkaufe. Dass sie dem örtlichen Zumba-Club beigetreten sei. Dass sie mit Jonas und seinen Freunden einmal in der Woche zum Spieleabend zusammenkomme. Dass Fred meistens durchschlief. Dass Elsa sich in der Schule hervorragend mache. Dass sie wieder jeden zweiten Samstag auf dem Flohmarkt stehe. Und sie sagte, dass er ihr fehle. Ab und zu.

Trost wiederum berichtete ihr, dass es von Schulmeister noch immer keine Spur und kein Lebenszeichen gäbe. Dass sie mit zwei seltsamen Morden konfrontiert seien und sich Gierack anstrengend wie immer verhalte. Dass ihn schon lange niemand mehr Armenius genannt habe. Dass das Baumhaus kalt sei, er mit Jonas gestritten habe. Und er sagte, dass sie ihm fehle. Immerzu.

Sie sahen einander an. So lange, bis Jonas ins Zimmer kam und zum Bahnhof gefahren werden wollte. Trost stand wie Charlotte auf, schaffte es, ihr schnell einen Kuss auf die Wange zu drücken. Sie ließ es geschehen. Er hauchte ein schwaches »Bleib hier, bis ich wiederkomme« und erntete als Antwort ein unbestimmtes Schulterzucken.

Auf dem Weg zum Bahnhof sprachen sein Sohn und er lange kein Wort miteinander. Sie hatten die Station schon fast erreicht, als Trost Jonas am Oberarm packte und ihn zu sich drehte. »Hör zu, ich –«

»Schon gut«, unterbrach ihn Jonas. »Kümmer dich nur darum, dass Mama wieder zurückkommt.«

»Aber diese Sache zwischen uns letztens. Ich meine …«

»Ja?«

»Ich hätte dich nicht geschlagen, das weißt du, oder?«

»Nein.«

»Was?«

»Ich weiß es nicht. Ich bin mir nicht sicher, was ich denken soll.«

»Hättest du zurückgeschlagen?«

»Ganz sicher. Und ich hoffe, du weißt, dass ich gewonnen hätte.«

»Durch K.o.?«

»Na ja, vielleicht nur nach Punkten.«

Sie sahen einander an, lachten. Wenigstens diese Sache war jetzt aus der Welt. Mehr oder weniger.

44

Es machte einen höchst debilen Eindruck, wenn man tagsüber durch den Mund atmete. Als der Graf das Wachzimmer betrat und seinen Kollegen Eberhard Landerdinger solcherart vor dem Computer sitzen sah, wäre er am liebsten wieder umgedreht. Oder hätte ihn wenigstens darauf angesprochen. Nur wie? Sollte er sagen: »Morgen, mach den Deckel zu.«? Oder: »Morgen! Na, zieht's nicht?«? Die Sohlen der blank polierten Halbschuhe quietschten auf dem Linoleumboden, als der Graf sich entschlossen näherte. »Morgen! Na, zieht's nicht?«

Er hatte es tatsächlich getan. Heraußen war's! Nun galt es, die Reaktion abzuwarten. Vielleicht würden sich durch den offenen Schlagabtausch, der sicherlich folgen würde, endlich einmal ein paar Dinge zwischen ihnen klären.

Vieles an seinem Kollegen ging dem Grafen auf die Nerven, das musste einmal angesprochen werden. Der offene Mund war nur der Auslöser. Auch der Geruch war ein Thema. Immer wieder, wenn der Graf das Wachzimmer verließ und später zurückkehrte, fiel er ihm aufs Neue auf. Ein intensiver Körpergeruch, der sich olfaktorisch irgendwo zwischen altem Mann und Hund bewegte. Und dazu noch die Unart, dass Landerdinger, dessen Körper in den vergangenen Jahren zunehmend außer Form geraten war, die Hemden aus seiner Hose rutschten, er da und dort die Knöpfe nicht schloss und seine Frisur so aussah, als hätte er sich nach dem Aufstehen nicht einmal mit der feuchten Handfläche das Haar glatt gestrichen. Gar nicht zu reden vom Stoppelbart, den schlechten Zähnen, den schorfigen Ellbogen, den zu langen Fingernägeln, den wuchernden Augenbrauen, den Haaren aus den Ohren und – noch schlimmer – jenen aus der Nase. Und ganz und gar schweigen musste man über den Mundgeruch, schließlich versprach der Satz »Du stinkst aus deinem Mund« keine gute Stimmung, und es konnte auch nicht

Sinn der Sache sein, dass der Graf seinem Kollegen jeden Tag Kaugummis anbot.

Bestimmt stand Landerdinger morgens auf, spülte sich den Mund mit Wasser aus und genehmigte sich zwei Kaffee und zwei Extrawurstsemmeln zum Frühstück. Danach ging er ins Büro. Es folgten zwei Kaffee am Vormittag, eine Streichwurstsemmel zur Jause, zwei Kaffee am Nachmittag und manchmal noch zwei Faschingskrapfen – auch außerhalb der Faschingszeit. Gegen Dienstschluss reichte es schon, wenn sich der Graf ihm auf zwei Meter näherte: Landerdingers Mundgeruch ließ ihn würgen.

Es war wirklich Zeit, über all das und noch viel mehr zu reden. Und deshalb: »Morgen! Na, zieht's nicht?«

Landerdinger schloss nach ein paar Sekunden den Mund und starrte weiterhin auf den Bildschirm. Sonst passierte nichts. Nicht einmal mit einem Murren reagierte er auf die morgendliche Gemeinheit.

Enttäuscht setzte sich der Graf an seinen Schreibtisch. Der Stuhl quietschte. Schon wollte er mit einer spitzen Bemerkung nachsetzen, aber Landerdinger war schneller. Plötzlich drehte er sich um und fragte ihn grinsend, wie es denn in Graz gewesen sei. Und warum er seinen freien Tag überhaupt in der Stadt verbracht habe, wo er Städte doch nicht ausstehen könne. Ob er dieser Arielle über den Weg gelaufen sei oder er sich sogar mit ihr verabredet habe? Ein Tête-à-Tête? Ein Rendezvous?

Wie er die zwei Worte aussprach! So abfällig, als ob sie kärntnerisch und nicht französisch wären. Der Graf betrachtete den grinsenden Landerdinger und hatte dabei den Eindruck, als glänzten dessen Lippen feucht. Widerlich. »Sag mal, hast du dir heute schon die Zähne geputzt?«

Das hatte gesessen! Nun würden die Fetzen fliegen, und bei dieser Gelegenheit würden sie einander all das vorwerfen, was sie seit Jahren aneinander störte. Der Moment des Ausbruchs war gekommen.

Doch Landerdinger grinste noch immer. »Nein, brauch ich nimmer. Bin ja schon verheiratet. Und die Kinder sind auch schon aus dem Alter heraußen, in dem sie Bussis wollen. Aber du, mein Lieber, du solltest sie noch putzen – tagein, tagaus, morgens und abends. Und wie war jetzt die Arielle? Erzähl schon!«

Der Graf sprang auf. Seine Mundwinkel zuckten. »Jetzt hör aber auf!« Was wollte er noch sagen? »Hör auf, Arielle zu ihr zu sagen.« Nein, das war's nicht. »Sie heißt Annette, und das weißt du ganz genau.« Oder doch? »Und nein, ich hab sie nicht in der Stadt getroffen. Und selbst wenn, würde dich das nichts angehen! Bist du neidisch, oder was? Weil ich noch zu haben bin und sie auch? Und wir was haben *könnten*?« Durchatmen, tief durchatmen. Zum Streiten brauchte man Luft, und Landerdinger war diesbezüglich ihm gegenüber im Vorteil, weil er den Mund ja ohnehin nie schloss. Auch wenn er nicht sprach. »Du mit deiner Familie, deiner Frau, deinen Kindern. Weißt, wie mich das ankotzt? Ich bin allein, ja. Aber so lustig ist das auch nicht, dass ich mir jeden Tag deine Fragen anhören möchte, wie es mit der einen oder mit der anderen läuft. Und diese Arielle –«

Landerdinger lachte auf.

»Hör auf zu lachen, die Annette ist was Besonderes.«

»So besonders, dass du ihr nachstellst wie ein junger Hund, oder was?«

Der Graf hielt die Luft an.

»Hast geglaubt, ich weiß es nicht, nicht wahr? Dieser Trost hat mich angerufen. Er hat dich gestern gesehen. Am Tatort von einem Mord. Dich gesehen hat er, hörst du?«

Der Graf hielt immer noch die Luft an.

»Jetzt sagst nichts mehr, gell? Ist dir das eigentlich nicht peinlich? Fährst wegen einer feschen Maus aus dem Kriminaldezernat nach Graz, einer Deutschen noch dazu! Glaubst du etwa im Ernst, die könnte was von dir wollen?« Jetzt war es an Landerdinger, nach Luft zu schnappen. »Du stolzierst hier herein und willst mir erzählen, was dich an mir anzipft? Bist schnippisch wie eine Diva im Einkaufszentrum fünf Minuten vor Kassaschluss und führst dich auf, als wärst du weiß Gott wie klug und überhaupt.«

»Hör auf –«

»Nein, *du* hörst auf! Ich muss mir das nicht länger anhören!«

»Lass es –«

»Lass *du* es lieber. Ich hab doch gesagt, dass der Trost angerufen hat. Er will dich sprechen. Dich sehen. Ich sag dir, der hat so was Lauerndes an sich, dem entgeht nichts. Also, was es auch ist, das du vorhast, lass es lieber sein, Alter.« Landerdinger stand auf, setzte sich seine Schirmmütze auf, nahm die Jacke vom Kleiderhaken und verließ das Büro. Seine Körpersprache erinnerte dabei ein wenig an die eines Bergsteigers, der sich endgültig entschlossen hat, den Dachstein zu erklimmen.

Der Graf starrte ihm wortlos nach. Nun seinerseits mit offenem Mund.

45

Es war eine Eigenheit des Mürztals, dass die Fahrten dorthin immer länger dauerten als vorher berechnet. Zumindest dann, wenn man die Reise von Graz aus antrat.

Die Fahrt nach Kindberg zog sich, sie waren schon über eine Stunde unterwegs, dabei hatte Trost vermutet, es handle sich nur um einen Katzensprung. Schließlich mussten sie nur nach Bruck an der Mur, dort nach Osten, Richtung Wien, und hinter Kapfenberg kam dann auch schon Kindberg.

Der Professor saß am Steuer, und als sie Kindberg endlich durchquerten, zum Schloss abbogen und sich dann links am Waldrand hielten, fragte Trost sich immer noch, warum Tadelmann so leicht zu diesem Ausflug zu überreden gewesen war. Mehr noch: warum er sich sogar angeboten hatte, ihn mit dem eigenen Auto zu kutschieren, einer Limousine aus den Neunzigern, ähnlich der, die Schulmeister fuhr. Gefahren hat.

Schulmeister. Alter Sack, wir vermissen dich.

Die Nachdenklichkeit und das Misstrauen ließen Trost auch dann nicht los, als sie schließlich am Einstieg eines Hohlweges den Wagen am Waldrand parkten und ausstiegen. Er tastete von Tadelmann unbemerkt nach seinem Brusthalfter. Alles da. Die Kopfschmerzen auch noch. *Phantastisch.*

Als er auf seine Schuhspitzen blickte, stellte er fest, dass es hier kälter war als in der Stadt. Es lag der Hauch von einer Schneeschicht, gerade genug, um die Schuhe zu durchnässen. Auch Trosts Nasenspitze wurde augenblicklich kalt. Die Winter hielten hier oben stets etwas früher im Jahr Einzug als in Graz.

Während der Fahrt hatten sie kaum miteinander gesprochen. Es hatte fast so gewirkt, als wollten sie sich den Gesprächsstoff für den Spaziergang aufsparen, den Grund ihrer kleinen Reise. Professor Tadelmann hatte Trost lediglich zum wiederholten Male seine Anerkennung für die Idee gezollt, Morde dort zu besprechen, wo sie geografisch ihren Ursprung zu haben schienen. Er habe zwar nicht allzu lange Zeit, aber die Fahrt nach Kindberg tue ihm sicher gut. Stelle auch für ihn eine willkommene Abwechslung dar und diene hoffentlich der Wahrheitsfindung im gegenständlichen aktuellen Fall.

Zu zweit machten sie sich auf den Weg durch einen immer dichter werdenden Wald, gingen einen steilen Forstweg entlang. Ein Schild wies nach Troiseck, zum Schwammerlwirt und zum Maurerkreuz.

»Aber so weit werden wir nicht gehen«, stellte Tadelmann klar. »Unser Weg wird vorher enden.«

Trost fand, dass die zwei Sätze etwas Bedrohliches hatten. Beide wussten, dass die Kindberger diesen Trampelpfad eigentlich einem ihrer berühmtesten Söhne gewidmet hatten – jenem Mann, der vor zweihundert Jahren sechs Frauen ermordet hatte und als »Herzerlfresser von Kindberg« Unsterblichkeit erlangt hatte.

Schweigend stiegen sie den steilen Herzerlfresser-Weg hinauf. Bis Tadelmann schließlich schnaufend feststellte: »Paul Reininger war ein Versager.«

46

»Er wurde als unehelicher Sohn eines Hirten und einer Dienstmagd 1753 oder '54 geboren, so genau lässt sich das nicht sagen. Als er drei Jahre alt war, wurde er zu seinem Taufpaten abgeschoben, der den Kleinen wiederum seinen Dienstboten überließ. Von diesen wurde Reininger mehr oder weniger erzogen, erhielt nie so etwas wie eine Schulbildung. Bereits im Alter von fünf Jahren verdiente er sich sein Geld als Schafhirte, ab seinem dreizehnten Lebensjahr war er Knecht bei einem Bauern. In seinem Leben wechselte er sage und schreibe sechzehn Mal seinen Dienstplatz. Wenn ich mir seine Biografie in Erinnerung rufe, lese ich auch zwischen den Zeilen kaum so etwas wie Herzenswärme.« Er wandte sich Trost zu, schmunzelte, und dieser nickte kurz.

»Herzenswärme, ja«, sagte Tadelmann erneut. Wie ein Kabarettist, der seine Pointe wiederholt, um die Dauer der Publikumsreaktion zu verlängern.

Doch Trost reagierte nicht mehr. Er wartete. Die meisten Menschen redeten mehr, wenn man einfach nur wartete.

Nach einer kurzen Atempause fuhr Tadelmann denn auch fort: »Man kann heute davon ausgehen, dass Reininger kein sehr heller Kerl war, um es mal salopp auszudrücken. Er soff und verspielte das restliche Geld, das ihm blieb, beim Schnapsen. Benebelt von all dem Alkohol beging er schließlich die Mordtaten, die ich Ihnen ja bereits geschildert habe.«

Die zwei Männer schritten den Waldweg entlang. Kalte Luft, aber kein Wind. Tadelmann schaute auf, und Trost gab ihm ein Zeichen, weiterzumachen.

»Als sie Reininger schließlich erwischten und der gerichtlich beeidete Wundarzt den Mann untersuchte, stellte dieser fest – ich zitiere aus dem Gedächtnis –: ›Ich bezeuge, dass ich den beim Landesgericht Wieden wegen Verbrechen befängnisten Paul Reininger gehörig visitiert, und habe befunden, dass selber zweiunddreißig oder dreiunddreißig Jahre alt, langen und vollkommenen Angesichts, weißgrauer Augen mit einem falschen Blicke, schwarzer Haaren und Bart, gesetzten Gang und gerader Stellung, ohne Leibeszeichen und äußerlichen Gebrechen, derzeit dem Anscheine nach furchtsamen Gemüts, ziemlich guter Vernunft, cholerisch-sanguinischen Temperaments zur Wollust und Fröhlichkeit geneigt sei.‹« Tadelmann seufzte. »Ich liebe alte Texte wie diesen, die antiquierten Formulierungen.«

Trost bemühte sich, nicht zu zeigen, wie beeindruckt er davon war, dass der Mann soeben den Wortlaut eines mehr als zweihundert Jahre alten Gutachtens wiedergegeben hatte. Auswendig. Unglaublich, was sich die Leute alles merken konnten, wenn der Tag lang war.

Äußerlich blieb Trost so unergründlich, dass Tadelmann, fast beleidigt, keine Reaktion provoziert zu haben, weitererzählte: »Interessant daran ist die Beobachtung, dass der Mann«, Tadelmann hob Zeige- und Mittelfinger, um Anführungszeichen in die Luft zu malen, »›derzeit dem Anscheine nach furchtsamen Gemüts gewesen sei und von ziemlich guter Vernunft‹. Er war also vernünftig und beileibe nicht wahnsinnig, wie viele behaupteten. Obwohl er die Morde begangen hatte. Dennoch müssen wir uns vor Augen führen, dass das alles im 18. Jahrhundert stattfand, im Jahr 1786, um genau zu sein. Joseph II., der Sohn Maria Theresias, regierte das Land, der deutsche Astronom Wilhelm Herschel entdeckte eine ganze Reihe von Sternbildern, die Abenteuer des Freiherrn von Münchhausen wurden erstmals veröffentlicht, Goethes ›Iphigenie auf Tauris‹ und Mozarts ›Figaro‹ wurden uraufgeführt, der Mont Blanc wurde erstmals bestiegen, und in China starben bei einem Erdbeben mehr als hunderttausend Menschen. Der Märchenerzähler Wilhelm Grimm wurde geboren, der Polarforscher John Franklin, der amerikanische Nationalheld Davy Crockett und Persönlichkeiten wie der preußische König Friedrich der Große starben.«

Sie waren stehen geblieben, und Trost nutzte das kurze Innehalten des Professors zu einer Bemerkung: »Klingt, als hätten Sie den Wikipedia-Artikel zu dem Jahr auswendig gelernt.«

Die Folge war ein irritierter Blick von Tadelmann. Es hatte ganz den Anschein, als kenne der Professor das Online-Lexikon nicht. »Besonders wichtig ist«, fuhr er mit konzentriert zusammengezogenen Augenbrauen fort, »dass das Großherzogtum Toskana im selben Jahr als erster europäischer Staat sowohl Folter als auch Todesstrafe abschaffte. Dieses Ereignis beziehungsweise die ihm vorausgehende Stimmung und Kaiser Josephs aufklärerische, fortschrittliche Haltung beeinflussten das weitere Schicksal Paul Reiningers maßgeblich. Wenn man aus heutiger Sicht auch schwerlich sagen kann, dass es sich entscheidend zum Guten gewandelt hätte. Mancher in seiner Situation hätte sich vermutlich gewünscht, sofort hingerichtet zu werden.«

Bei diesen Worten rutschte Trost auf dem feuchten Waldboden aus und landete auf dem Allerwertesten. Als er sich wieder aufrichtete, reichte Tadelmann ihm seine Hand, um ihm behilflich zu sein. Er ergriff sie. Sie war feucht. Weich wie ein Schwamm. Und eiskalt. Trost erschauerte.

47

Tadelmann zog ein Stofftuch aus seiner Hosentasche hervor und reinigte damit seine Hand.

Trost betrachtete seine eigene, die durch den Sturz schmutzig geworden war. Unschlüssig schaute er sich nach einem größeren Blatt um, an dem er sie abwischen hätte können.

Tadelmanns Blick wechselte zwischen Trosts Hand und dem Taschentuch hin und her, das er ihm schließlich reichte. Er ließ die Geste unkommentiert, und Trosts Dank ging sogleich in einem neuerlichen Redeschwall unter. Tadelmann schien sich nicht ablenken lassen zu wollen. »Man warf dem sechsfachen Mörder Alkohol und Spielsucht als Motive für seine Taten vor, andere Leute machten vielmehr das Böse höchstselbst dafür verantwortlich. Das Böse habe alles verursacht, sagten sie. Reiningers Schuld liege also darin, diesem Bösen, dieser Macht, nicht widerstanden zu haben. Aus heutiger Sicht war es ein höchst merkwürdiger Prozess. Reininger selbst soll immer wieder betont haben, er habe zu wenig gebetet und werde deshalb nun sein Schicksal Gott überlassen. So jedenfalls steht es in den Vernehmungsakten.

Ich hingegen finde es überaus bemerkenswert, dass im Zeitalter der Aufklärung das Böse überhaupt noch als Ursache solcher Taten akzeptiert wurde. Wie aufgeklärt waren die Menschen also tatsächlich im Jahr 1786? Das frage ich Sie.«

Trost wusste nicht, was er darauf erwidern sollte, hatte aber auch nicht den Eindruck, zwingend etwas antworten zu müssen.

Nach vier, fünf Sekunden des gemeinsamen Schweigens setzte Tadelmann seine Erzählung mit vollem Eifer fort: »Am 24. April erging schließlich folgendes Urteil.« Er blickte in den stahlgrauen Himmel, der zwischen den Baumwipfeln hindurchschimmerte, schloss die Augen und zitierte wieder so, als könne er die Akten vor seinem inneren Augen sehen: »›Paul Reininger soll wegen an sechs Personen auf die grausamste Art verübten Straßen- und Meuchelmordes an die gewöhnliche Richtstatt geführt, am ersten Viertel Weg ihm ein Zwick mit glühender Zange in die rechte Brust, am halben Weg ihm ein Riem aus der linken Seite des Rückens geschnitten, am dritten Viertel Weg wiederum ein Zwick an die linke Brust gegeben, an der Richtstatt selbst abermals ein Riem an der rechten Seite aus dem Rücken geschnitten, hernach ihm allerorten seine Glieder durch den ganzen Leib von unten auf mit dem Rad abgestoßen und also vom Leben zum Tod hingerichtet, folgends der tote Körper in das Rad geflochten und darüber ein Galgen mit herabhangendem Strang aufgerichtet werden.‹« Er öffnete die Augen. »Klingt kompliziert und ziemlich brutal, nicht wahr? Vergessen Sie nicht: Wir befinden uns im Graz unserer Vorfahren. Jedenfalls schritt Joseph II. ein. Wenige Wochen bevor das Großherzogtum Toskana Folter und Todesstrafe abschaffte, passte sich der Habsburger der allgemeinen Strömung an und begnadigte den Mörder.« Tadelmann lachte auf.

»Nun, vielleicht ist ›begnadigen‹ angesichts der juridischen Kreativität jener Jahre der falsche Ausdruck. Der Kaiser wandelte das Urteil im Juni desselben Jahres nämlich in folgendes Schreckensszenario um: Reininger solle auf dem Richtplatz gebrandmarkt werden, und an drei aufeinanderfolgenden Tagen seien ihm jeweils hundert Stockhiebe zu verabreichen. Das muss man sich mal vorstellen: Schon ein einziger Schlag zerstört normalerweise Gewebe und hinterlässt ein tagelang sichtbares Hämatom. Der Mann muss also halb tot geprügelt worden sein. Als er die Tortur überstanden hatte, brachten sie ihn auf den Schlossberg und warfen ihn bei Wasser und Brot ins Gefängnis für Schwerverbrecher in die Kasematten der Stallbastei. In einem dieser unterirdischen Gewölbe wurde er in einem zweieinhalb mal zwei Meter großen und keine zweieinhalb Meter hohen Käfig angeschmiedet. An beiden Füßen wurden ihm vernietete Springer aus nur fünf Kettengliedern angebracht, die eisernen Fesseln wogen etwa fünfundzwanzig Kilogramm, jede Bewegung wurde dadurch schier unmöglich. Tagsüber mussten die Arrestanten Wolle spinnen, des Nachts war an Schlaf kaum zu denken, denn die Schmerzen müssen unerträglich gewesen sein. Dazu kam, dass Reininger alle drei Monate aus dem Verlies und auf einen Richtplatz gezerrt wurde, wo er vor den Augen aller

Häftlinge Prügel bezog. Vierteljährlich fünfzig Stockhiebe. Die Wunden, die aus dieser drakonischen Strafe hervorgingen, waren verheerend. Er überlebte seine Begnadigung nur zwei Jahre. Kein Wunder eigentlich, nicht wahr?«

»Kein Wunder«, wiederholte Trost. Er musterte den Professor. Dessen Wangen und Nase hatte sich vor Kälte gerötet, an seinem Stirnansatz bemerkte er Schweißperlen. Die Geschichte schien ihn aufzuwühlen.

Kein Wind wehte. Keine Geräusche waren zu vernehmen, als Armin Trost hinter Tadelmann einen Mann erblickte, der mit einem Messer auf ein Mädchen einstach.

48

Der Mann trug einen Hut und schaute ungerührt auf das ihn anflehende Mädchen zu seinen Füßen hinab. Sein dichter Oberlippenbart verbarg die schmalen, unerbittlich entschlossenen Lippen. Sein Blick ließ ihn wirken, als erfülle er seine Pflicht. Als sei das alles ein vorgezeichneter Weg, als wären sie beide nur die pflichterfüllenden Protagonisten des Plans einer höheren Macht.

Das Bild stammte von Otto Grabner und war erst im Jahr 2010 gemalt worden. Es war Teil des vom Österreichischen Kameradschaftsbund errichteten Herzerlfresser-Marterls.

Tadelmann drehte sich um. »Da, sehen Sie, da steht es auch: ›Knecht Paul Reininger, der lebte in dem Wahn, dass er sich unsichtbar machen kann‹.«

Obwohl es sich nur um einen Wanderweg wie viele andere handelte. Obwohl es helllichter Tag war. Obwohl Trost an seiner Brust den Halfter spüren konnte. Er blickte sich um. Wachsam. Als gelte es, sich zu wappnen vor dem, was kam.

49

Während die einen einen Waldspaziergang machten, spielten andere in der Stadt. Elfjährige Buben aus der ersten Klasse des

Lichtenfelsgymnasiums zum Beispiel. Sie rannten über die Leonhardstraße. Zogen einem Kollegen aus der Parallelklasse das Federpennal aus dem Rucksack und warfen es durch die zerstörte Tür eines ehemaligen Studentenlokals.

Die Gaststube, der »Girardikeller«, war bekannt für ihre Pizzen gewesen, bestand mittlerweile aber nur noch aus abblätterndem Putz an der Fassade und kaputten Fenstern. Als warte der Besitzer auf den völligen Verfall des Gebäudes, waren im Inneren nur noch schemenhaft Reste von Einrichtungsgegenständen und Unrat auszumachen. Der »Girardikeller« war nicht mehr als ein Schandfleck, den ab und zu ein aufgeregter Bürger in einem Leserbrief an eine Tageszeitung bekrittelte.

Als das Federpennal in weitem Bogen in den Innenraum des ehemaligen »Girardikeller« flog, war der Bub, dem es entwendet worden war, den Tränen nahe. Durch die scharf gezackten Glasscherben blickte er ins Zwielicht. Die Öffnung war viel zu schmal, um hineinzuklettern. Doch im Hintergrund entdeckte er einen Lichtschimmer. Auf der Rückseite musste eine weitere Tür oder ein Fenster offen stehen.

Mit klopfendem Herzen suchte der Bub die umstehenden Häuser ab. Irgendwie musste er in deren Hinterhöfe gelangen. Schnell blickte er auf das Display seines Smartphones, das er zu Schulbeginn von seinen Eltern bekommen hatte. Die Mutter wartete sicherlich schon mit dem Essen auf ihn.

Als sich seine Schulkollegen kichernd entfernt hatten, versuchte er sein Glück bei der nächstbesten Tür. Sie ließ sich öffnen, und auch im Hausinnern blieb ihm das Glück hold. Er lief durch das Hochparterre und gelangte auf der Rückseite des Gebäudes in einen Innenhof. Dort fand er eine weitere Tür, die einen Spaltbreit offen stand.

Er näherte sich ihr und stellte fest, dass rund ums Türschloss Holzspäne abgesplittert waren und abstanden, so als wäre es gewaltsam aufgebrochen worden.

Vorsichtig tastete er ums Türblatt und zog es so weit auf, dass er hindurchschlüpfen konnte. Er hatte ein Quietschen der Angeln erwartet, das die halbe Nachbarschaft auf die rückseitigen Balkone treiben würde, aber nichts geschah. Jemand musste die Scharniere vor Kurzem geölt haben. Sein Vater, dem die Hausarbeit sonst wenig bedeutete, liebte es, mit dem Fläschchen einmal im Jahr durchs Haus zu gehen und alles zu ölen, was quietschte – bis hin zu den Scharnieren der Hollywoodschaukel und einer rostigen Kette am Balkon, an der ein Blumentopf hing.

Der Bub wagte sich durch den Hintereingang des einst berühmten Lokals und hoffte, dass das einfallende Herbstlicht ausreichen würde, um sein Pennal zu finden. Er betrat den ehemaligen Schankraum, und sein Herz machte einen Sprung, als er das Pennal tatsächlich auf dem Boden liegen sah. Er lief hin, hob es auf und wollte sich schon wieder umdrehen, als er einen Schatten wahrnahm.

In der Bewegung hielt er inne. Fixierte das Objekt, dessen Konturen sich nur langsam manifestierten. Seine Augen brauchten eine halbe Minute, um sich an die Dunkelheit im Raum zu gewöhnen, dann geschah etwas Seltsames: Sein Herz begann, früher zu rasen, sein Körper, früher zu zittern, seine Stimme, früher zu schreien, und seine Beine, früher zu rennen – viel früher, als er realisierte, was er da vor sich sah.

Erst auf der Straße wurde es ihm bewusst. Als die ersten Leute um ihn herumstanden und er stotternd auf den »Girardikeller« zeigte. Erst da sah er das Bild vor seinem inneren Auge in aller Schärfe aufflackern. Das Bild von der Leiche, die auf einem morschen Tisch lag.

Der Fall Knabl

50

»Ein anderer Fall«, sagte Trost. Sie waren bereits wieder auf dem Weg zurück zum Wagen. »Was sagt Ihnen das: eine alleinstehende Frau, Witwe, Murgasse. Elf Messerstiche in den Rücken, dazu das Wort ›Gnade‹. Der Mord geschah in den Morgenstunden.«

»Wurde etwas gestohlen?«

»Ja, Schmuck, Geld. Ein Raubmord.«

Der Professor blieb stehen und musterte Trost lange. »Wollen Sie mich verarschen? Ich erforsche die Kriminalgeschichte unseres Landes, Sie können mir glauben, das ist eine schier unendliche Aufgabe, aber natürlich kenne ich den Fall: Der Täter hieß Ambros Joseph Richard Knabl. Um mehr zu sagen, müsste ich jedoch die dazugehörigen Akten studieren.«

Nach Tadelmanns überaus detailreicher Schilderung von Reiningers Schicksal fühlte Trost sich nun seinerseits auf den Arm genommen. Um ehrlich zu sein, war er davon ausgegangen, dass Tadelmann auch diesmal Teile der Akten aus dem Gedächtnis zitieren würde.

»Aber warum der Themenschwenk von Reininger zu Knabl?«

»Sie wissen, warum.«

Der Professor beobachtete den Ermittler, versuchte, seine Miene zu deuten. »Sie haben meine Vorlesungsunterlagen überflogen?«

Trost schüttelte den Kopf.

»Sie lagen auf dem Tisch, als Sie in meinem Büro waren. Zuoberst ein handgeschriebenes Blatt Papier mit berühmten Mordfällen. Ich weiß nicht, wie und wann, aber Sie haben die Notizen gelesen, stimmt's?«

»Nein, aber wir beide wissen, dass Sie mir diese Liste so bald wie möglich zukommen lassen müssen.«

Tadelmann machte ein beleidigtes Gesicht. »Mir bleibt wohl keine Wahl?«

»Nein. Und ein bisschen mehr als das, was Sie eben gesagt haben, werden Sie schon noch wissen, nachdem dieser Knabl ganz offenbar Teil Ihrer Vorlesungsreihe ist.«

»Nun ja, das ist er tatsächlich, aber ich habe mich mit ihm noch nicht allzu ausführlich beschäftigt. Aber gut, in aller Kürze kann ich so viel sagen: Knabl wurde bekannt, als man ihm im Jahre 1805 den Prozess machte. Sie wissen, 1805 war Napoleon in Graz und –«

Trost seufzte auf. »Bitte keinen Abriss über die damalige Zeit. Nur das, was Knabl konkret betrifft.«

»Meinetwegen. Also, der Mann war Gerichtsaktuar im Magistrat Graz. Eine gute Stelle, gesichertes Einkommen. Dann aber schwängerte er eine Kellnerin, was ihn in erhebliche Geldnöte brachte. Und jedermann wusste davon. Umso überraschender war es, dass Knabl plötzlich siebzig Gulden für den Unterhalt der Frau aufbringen konnte. Zur selben Zeit wurden einige Diebstähle im Magistrat aktenkundig. Natürlich fiel der Verdacht sofort auf ihn. Man durchsuchte seine Wohnung und auch jene seiner Geliebten und fand einen Teil des Raubgutes. Als man ihn damit im Magistrat konfrontierte, war Knabl sofort geständig. Allerdings gestand er nicht die Diebstähle. Sondern einen Mord. Einen besonders kaltblütigen, wenn ich das so sagen darf.«

51

Die Männer hatten den Wagen des Professors fast wieder erreicht. Tadelmann schnaufte, als strenge ihn auch das Bergabgehen über die Maßen an, andererseits war ihm sein Eifer anzusehen. Er genoss den Umstand, dass ihm jemand zuhörte. Sprach mit einem Lächeln um die Mundwinkel. Fuchtelte mit den Armen durchs Nebelreißen des Herbstnachmittags.

»Sie müssen sich das einmal vorstellen, Herr Trost, der Mann, dieser Knabl, hatte eine große Karriere vor sich, er hätte sogar Bürgermeister werden können, so sagte man. Und was tat er? Er ermordete jemanden des Geldes wegen.«

»Soll vorkommen.«

Tadelmann musste auf den Pfad achtgeben, rutschte einmal fast aus. Der Weg war auf seine Art genauso beschwerlich wie jener hinauf zum Marterl. »Gut, gut, dann kommen wir eben schnurstracks zum Mord. Knabl hatte also Schulden, die Gläubiger waren ihm auf den Fersen, und da nahm in ihm der Plan

Gestalt an, eine ihm bekannte Hauptmannswitwe zu berauben. Studenten, die sich mit derlei Fällen befassen, ziehen hier übrigens häufig voreilige Schlüsse. Doch es ist nicht in unserem Sinne, die Vergangenheit zu verfälschen. Dabei wird das Quellenstudium heutzutage immer mehr in den Hintergrund gedrängt, allzu viele Kollegen verlassen sich ausschließlich aufs Internet und derlei unzulängliche Plattformen.« Tadelmann räusperte sich. Er war vom Thema abgekommen. »Wo war ich?«

»Schulden, Hauptmannswitwe …«

»Ach ja, korrekt muss es also folgendermaßen heißen: Am 28. April 1805 wurde die Hauptmannswitwe Franziska von Kaiser in ihrer Wohnung in der Grazer Murgasse mit elf Dolchstichen ermordet und beraubt. Nach vorerst vergeblichen Fahndungen nach dem Täter fiel der Verdacht aus den zuvor geschilderten Gründen auf den Gerichtsaktuar Ambros Joseph Richard Knabl. Der Mann zeigte sich auch sofort geständig und händigte die noch vorhandenen Pretiosen, also den Schmuck, unaufgefordert aus. Eine Fußnote sei an dieser Stelle aber noch gestattet: Der zwanzigjährige Knabl stammte aus gutbürgerlichen Verhältnissen. Sein verstorbener Vater, Dr. Ambros Knabl, war Magistratsrat in Graz, der Sohn hatte Philosophie und Jus studiert, 1802 die Stelle beim Magistrat erhalten und wurde 1805 als Kriminalaktuar mit einem Taggehalt von dreißig Kreuzern eingesetzt. Doch die Entlohnung war ihm für seinen offenbar sehr aufwendigen Lebenswandel zu gering. Er hatte sich bereits mit zweihunderteinunddreißig Gulden verschuldet, und die Gläubiger verlangten ihr Geld immer vehementer zurück. Die Schulden und den Unterhalt der von ihm geschwängerten Kellnerin konnte er mit seinem Gehalt nicht begleichen, daher fiel der Entschluss, die mit der Familie bekannte Hauptmannswitwe, von der er wusste, dass sie Schmuck besaß, zu berauben und wenn nötig auch zu ermorden. Diesen vorsätzlich geplanten Raubmord setzte Knabl am 28. April in die Tat um. Bei einem Besuch der Witwe fügte er ihr, während diese sich von ihm abgewandt hatte, elf Stiche mit dem Stilett zu. Die Leiche muss einen entsetzlichen Anblick geboten haben, der vielleicht sogar beabsichtigt war. Knabl wollte die Ermittler in die Irre führen und sie auf die Spur eines Verrückten setzen. Er hoffte, sie würden glauben, dass nur rasender Zorn jemanden dazu bewegen könne, elf Mal brutal zuzustechen.«

»Messerstiche sind immer brutal«, unterbrach ihn Trost staubtrocken und erntete einen irritierten Seitenblick.

»Wie dem auch sei, Knabl raubte nach der Tat das vorhandene Bargeld sowie den Schmuck der Witwe. Der Magistrat fällte das Urteil der Todesstrafe durch den Strang und forderte gleichzeitig, dass Knabl der Tochter der Ermordeten die Auslagen und den zugefügten Schaden erstattete. Das Appellationsgericht bestätigte das Urteil, schickte – und das ist das Interessante an diesem Fall – allerdings ein Gnadengesuch an den Kaiser, da Knabl erst vor etwas mehr als fünf Monaten zwanzig Jahre alt geworden war. Zuvor hätte er aufgrund seines jungen Alters nicht zum Tode verurteilt werden können. Aus Rücksicht auf seine Mutter und seine Geschwister erging Gnade vor Recht, und die Strafe wurde auf zwanzig Jahre Kerker herabgesetzt. Doch schon die Formulierung des Gnadengesuchs lässt heute noch erkennen, dass dieses nur widerwillig verfasst wurde und man dem Täter die Todesstrafe gegönnt hätte. Ich werde Ihnen das Original beizeiten zeigen, wenn Sie wollen. Das war die Zusammenfassung des Falles Knabl. Und wieder einer, der mit einer Begnadigung endete.«

»›Gnade‹«, flüsterte Trost den Titel der »Tatort«-Folge, die in der TV-Zeitschrift im Wohnzimmer des Opfers eingekreist worden war.

»Ganz recht, beide Male wurden die kaltblütigen Mörder begnadigt. Es erging Gnade vor Recht.«

52

»Wie viele Leute haben von dem Fall Knabl Kenntnis?«

»Sie meinen, heutzutage? Kaum jemand, möchte ich behaupten.«

Trost brummte etwas Unverständliches.

»Unsereins arbeitet quasi inkognito. Meine Arbeit wird von der Öffentlichkeit kaum wahrgenommen. Sehen Sie sich nur einmal die Berichterstattung der Presse an. Darin geht es fast ausschließlich um die Gegenwart, niemand nimmt sich mehr die Zeit, sich den Dingen in ihrer Entwicklung zu widmen. Der Vergangenheit. Nehmen Sie nur mal die Journalistin, die gestorben ist, meine ehemalige Studentin. Bitte halten Sie mich nicht für pietätlos, wenn ich das sage, aber diese Frau hatte nicht nur keinen Sinn für Geschichte, sie ignorierte sie schlichtweg. Und damit ignorierte sie auch mich. Keine Zeile schrieb sie über den Inhalt meiner Arbeit, machte sich nur mit Phrasen lächerlich darüber.« Er schaute Trost unverwandt an. »Macht mich das jetzt verdächtig?«

»Das sind Sie schon längst.«

Tadelmann sog hörbar Luft ein. »Tatsächlich?«

Trost zuckte mit den Schultern und blieb dem Professor eine Antwort schuldig.

Plötzlich änderte sich Tadelmanns Blick. Als kehre er in die Gegenwart zurück. Er musterte den Wald, als würde er ihn zum ersten Mal sehen. Die dünne Schneeschicht auf den Ästen. »Sagen Sie, was machen wir hier eigentlich?«

»Wir reden. Über Sie. Warum macht es Sie so zornig, wenn niemand über Ihr Fach, über Ihre Arbeit spricht? Steckt da nur unbefriedigte Eitelkeit oder doch mehr dahinter?«

»Eitelkeit? Papperlapapp! Wäre ich auf Aufmerksamkeit aus, hätte ich Alena Stadlers Beruf gewählt. Dann würde jeden Tag mein Name in der Zeitung stehen. Nein, Herr Trost, mir können Sie kein Motiv unterjubeln. Auch wenn es natürlich ein offenes Geheimnis ist, dass die Studenten alle nur ihrer Scheine wegen studieren. Ihrer Zeugnisse wegen. Damit sie mit ihnen herumwedeln und behaupten können, sie würden studieren. Aber was heißt das schon, wenn man nur wegen der Prüfungen in einem Hörsaal sitzt? Da fehlt die Leidenschaft. Die Aufmerksamkeit. In meiner Branche bekommt man davon extrem wenig.«

»Von der Aufmerksamkeit.«

»Ja. Was ich tue, interessiert quasi nur eine Handvoll Leute.«

»Und darunter leiden Sie?«

»Natürlich. Würden Sie das denn nicht tun? Ich sag das ganz offen unter uns: Natürlich leide ich. Streben wir nicht alle nach Aufmerksamkeit und Anerkennung? Danach, dass wenigstens ein Mensch erkennt, wie großartig man ist? Oder auch zwei, drei, ein Dutzend, vielleicht sogar – mit nur ein bisschen Glück – ein paar hundert. Anerkennung. Ein herrliches Wort, nicht wahr? Sie können es ruhig zugeben, Herr Trost! Gefällt es Ihnen denn nicht, dass die Leute Sie verehren? Jetzt schauen Sie halt nicht so, und bitte enttäuschen Sie mich nicht, indem Sie falsche Bescheidenheit heucheln. Ich kann es nicht ausstehen, wenn Menschen sich in peinliche Floskeln flüchten, weil Sie zu spontaner Eloquenz nicht imstande sind. Nur ›Aber ich bitte Sie!‹ stottern. Oder: ›Das ist doch zu viel der Ehre.‹ Glauben Sie vielleicht, ich merke es nicht, wie Sie es in Wahrheit genießen, wenn jemand zur Seite schleicht, sobald Sie die Bühne betreten? So ist es doch, oder? Wenn hinter Ihrem Rücken getuschelt wird? Sie sind ein Großer Ihrer Zunft. Einer, den man kennt. Schätzt. Fürchtet. Vielleicht klopfen Ihnen die Leute nicht jeden Tag auf die Schulter, aber Sie und ich wissen, dass Anerkennung nur derjenige vorgeblich verachtet, dem sie schon zuteilgeworden ist. Deshalb verachten Sie Ihresgleichen. Und wahrscheinlich nicht nur die, sondern gleich die Welt. Die gesamte Welt. Weil Sie der irrigen Annahme unterliegen, Sie verstünden aufgrund Ihres Berufs, der Sie tief in die Abgründe der menschlichen Seelen blicken lässt, mehr vom Leben als andere. Sie sitzen einem Irrglauben auf, dem alle anheimfallen, die so viel Anerkennung bekommen wie Sie. Ja, Sie tun mir leid, Herr Trost. Auch wenn Sie haben, was andere – mich eingeschlossen – so sehr begehren: Anerkennung.«

53

Atemlos standen sich die beiden Männer gegenüber. Ferdinand Tadelmanns Stirn glänzte im Licht der jetzt zwischen den Bäumen hindurchstrahlenden Herbstsonne.

Trost suchte nach einer Antwort, aber ihm fiel keine ein. Er suchte weiter.

Tadelmanns Atem wurde lauter.

Trost gab die Suche auf und sagte etwas, um dem Gespräch eine Wendung zu geben. Er musste es wieder in eine Richtung lenken, die er vorgab, nicht der Professor. »Wir haben einen Mord in der

Murgasse. Elf Messerstiche. Das Opfer ist eine Witwe. Sie heißt Sieglinde König.«

»König?«

»Ja.«

»Lustig.«

»Was soll daran lustig sein?«

»Der Name. 1805 hieß das Opfer Franziska von Kaiser, heute heißt es Sieglinde König. Das ist doch lustig, oder etwa nicht?«

»Lustig ist wohl der falsche Ausdruck. Wir fanden in einer Zeitschrift das mit einem Stift eingekreiste Wort ›Gnade‹. Wie in ›Gnade vor Recht ergehen lassen‹, Sie erinnern sich? Zuerst schlägt also der Herzerlfresser zu, dann passiert dieser relativ uninteressante Mord. Was glauben Sie, warum?«

»Uninteressant?«

»Ja, uninteressant.«

»Das ist doch unerhört«, brauste der Professor auf. »So geht das nicht, Herr Trost. Erst lotsen Sie mich hierher, dann beschuldigen Sie mich, und nun machen Sie auch noch meine Arbeit herunter. So lasse ich nicht mit mir reden. Ich werde mich über Sie beschweren.«

»Tun Sie das. Und jetzt kommen Sie wieder herunter von Ihrem hohen Ross und erzählen mir von den Inhalten Ihrer Vorlesungsreihe. Ich will alles über die von Ihnen behandelten Morde erfahren. Von sämtlichen angekündigten Gewalttaten. Und dann sagen Sie mir bitte noch, wo Sie die letzten Abende verbracht haben.«

Tadelmanns Augen wurden so schmal wie seine Lippen. »Ich werde Ihnen die Antworten gerne liefern. Aber nicht hier. Denken Sie mal darüber nach, wie Sie mit den Leuten umspringen.«

»Dann eben morgen um zehn bei mir im Büro.«

»Da habe ich Vorlesung.«

»Falsch, da haben Sie eine Vorladung. Vorgelesen werden Ihnen bestenfalls Ihre Rechte.« Die beiden musterten einander so lange, bis Trost knurrte: »Und jetzt fahren Sie.«

Verunsichert blickte der Professor zwischen seinem Wagen, den sie mittlerweile erreicht hatten, und Trost hin und her. »Und Sie?«

»Ich bleibe.«

»Allein im Wald?«

»Es ist nur ein Wald. Da ist die Straße, da unten ist eine ganze Stadt.« Trost deutete ins Tal.

Tadelmann nestelte in seiner Jackentasche nach seinem Autoschlüssel.

»Verraten Sie mir jetzt noch, wo Sie gestern Abend waren, Herr Professor?«

»Zu Hause. So wie jeden Abend. Zuerst im kleinen Raucherzimmer, später in der Bibliothek. Danach in der Infrarotkabine, unter der Dusche und schließlich im Bett. Reicht Ihnen das?« Er hatte den Schlüssel gefunden und steckte ihn ins Türschloss.

»Gibt es jemanden, der das bezeugen kann?«

»Nein.«

»Dachte ich mir fast.«

»Was soll der süffisante Tonfall? Glauben Sie vielleicht, jemand wie ich kann keine Partnerin haben? Das glauben Sie doch, oder?« Er riss die Fahrertür auf.

»Morgen, Herr Professor. Wir streiten morgen weiter. Bei mir im Büro. Um zehn. Dann werden wir auch Ihre Aussagen protokollieren.«

»Protokollieren Sie, was Sie wollen«, blaffte Tadelmann. »Vielleicht sollte ich ja einfach Sie ermorden. Irgendein historischer Mord wird mir schon einfallen, der sich hier so auf die Schnelle nachstellen lässt.«

Unbewusst tastete Trost nach seiner Pistole am Brustgurt. Er wollte noch etwas sagen, doch Tadelmann stieg ins Auto, startete den Motor und fuhr davon.

Stoisch beobachtete Trost, wie sich das Fahrzeug entfernte. Er verlor es aus den Augen, aber erst viel später verklang auch das Motorengeräusch.

54

Es war zum Brüllen. Ausgerechnet er, Trost, der gezwungen werden musste, ständig erreichbar zu sein. Der alles hasste, was einen dazu zwang, sofort reagieren zu müssen – abheben, antworten, zurückschreiben, posten –, ausgerechnet er ärgerte sich über den schlechten Empfang. Wie konnte es so etwas heutzutage noch geben? Ein Funkloch? Wie rückständig war dieses Land nur?

Doch es half alles nichts, der Handyempfang stellte sich erst nach einer Viertelstunde Fußmarsch ein. Nur ein Balken, aber immerhin.

Er wählte Charlottes Nummer, brach den Anruf aber ab, bevor sie abheben konnte. Was hätte es schon gebracht, jetzt mit ihr zu reden? Er steckte das Handy weg, als es zu läuten begann, holte es wieder hervor. Charlotte.

»Ich bin's.«

»Ich weiß.«

»Und?«

»Was und?«

»Hast du deine Mörder schon?«

»Ich hatte sie.«

»Du hast sie laufen lassen?«

»Nein, sie mich.«

»Das musst du mir erklären.«

»Bei einem Abendessen?«

Zwei Sekunden Pause.

»Meinst du das ernst?«

»Heute um sieben im ›Schlossbergrestaurant‹.«

»Ist das nicht ein bisschen teuer?«

»Ja eh, aber trotzdem.«

»Trotzdem?«

»Ja.«

»Gut.«

»Gut.«

»Bis dann.«

»Ich freu mich.«

Aufgelegt.

Warum war er allein zurückgeblieben? In der Windstille schienen ihn die Bäume des Nadelwaldes zu beobachten. Vielleicht drehten sich da und dort sogar Eichhörnchen und anderes Getier nach ihm um. Genau aus diesem Grund: Er musste die gewohnte

Umgebung verlassen, sein Aufenthaltsort durfte nicht zur derzeitigen Aufgabe passen. Nur so konnten ihm Dinge einfallen, die ihm sonst nie in den Sinn gekommen wären. Ein Abendessen mit seiner Frau vorzuschlagen zum Beispiel. Wann hatte er das zum letzten Mal gemacht? Vor wie vielen Jahren?

Nur so konnten Dinge passieren, die sonst nie passierten. Man musste den Schritt nur wagen. Sich bewegen. Eine Tür öffnen, die normalerweise geschlossen war. Allein in einem Wald zurückbleiben, obwohl dafür eigentlich keine Zeit war. Ungewöhnliches tun.

Er war einen halben Kilometer gegangen, als das Läuten abermals einsetzte: Lemberg. Er drückte sie weg. Jetzt nicht. Jetzt keine andere Stimme. Und schon gar nicht diese.

55

Der Wagen schaukelte über die Forststraße. Immer wieder zwangen ihn Schlaglöcher, seine Geschwindigkeit auf Schritttempo zu reduzieren. Die Haltung des Fahrers ließ darauf schließen, dass er nicht ortskundig war. Seine Nase klebte förmlich an der Windschutzscheibe. Eine Hardrock-Hymne von Skunk Anansie dröhnte. Eine heulende Frauenstimme, die mit einem gesungenen Vokal mehr Leiden ausdrückte, als es ein einzelnes geschriebenes Wort je vermocht hätte. Der Mann hinter dem Steuer dachte an alles, nur nicht an die Möglichkeit, dass er mitten im Wald aufgehalten werden könnte. Von der Polizei. Doch genau das geschah.

Plötzlich stand ein Mann vor ihm. Ein bärtiger, bulliger Kerl im grünen Parker. Er hatte sich eine Mütze bis zu den Augenbrauen ins Gesicht gezogen und winkte ihm aufgeregt zu.

Es blieb ihm nichts anderes übrig, als stehen zu bleiben, wollte er den Fremden nicht über den Haufen fahren. Auszuweichen war keine Option, der Weg war zu schmal.

Der Mann näherte sich und presste etwas an die Seitenscheibe. Eine runde Marke mit gold-rotem Rand. In der Mitte der Bundesadler umrahmt von den Worten »Bundespolizei« und »Kriminaldienst«. Die Kokarde eines Behördenvertreters. Irgendwo hatte er einmal gelesen, dass sich immer wieder Betrüger erdreisteten, sich mit gefälschten Polizeiausweisen zu identifizieren. Auf ihnen stand meist »Security«, oder es waren einfach nur goldene Plaketten ähnlich der Sheriffsterne aus alten amerikanischen Western. Doch das Ding, das an seinem Fenster klebte, sah ziemlich echt aus. Zumindest gut gemacht. Er drehte die Musik leiser, öffnete die Seitenscheibe einen Spaltbreit und vernahm sogleich die Stimme des Mannes.

»...en Sie bitte aus. Ich bin Polizist. Das Auto ist beschlagnahmt.«

»Aber das ist ein Leihwagen. Der ist sicher in Ordnung. Wieso wollen Sie den beschlagnahmen?«

»Es hat nichts mit Ihrem Auto zu tun.«

»Aber ich bin nur Schritttempo gefahren. Ich muss hoch zur Hütte. Ich habe sie gemietet, und das hier ist der einzige Weg dorthin.«

»Es hat auch nichts mit Ihnen oder der Hütte zu tun.«

»Aha.«

»Es hat etwas mit mir zu tun.«

»Mit Ihnen? Sie brauchen mein Auto, um jemanden zu verfolgen? Wie im Film?«

»So was in der Art, richtig.«

»Dann steigen Sie ein, ich fahre Sie.«

56

Armin Trost hatte es vorher noch nie getan. Einen Wildfremden angehalten und sein Auto beschlagnahmt. Nun war er erleichtert darüber, dass der Typ am Steuer sich erboten hatte, ihn zu fahren. Auch wenn die Verfolgung eine Notlüge gewesen war, er wollte einfach nur zurück in die Stadt.

Der Mann wendete an einer Ausweiche. »Wohin müssen Sie?«

»Nach Graz.«

»Graz? Aber bis dahin brauchen wir über eine Stunde.«

»Vielleicht steige ich auch vorher aus. Muss aber erst darüber nachdenken. Und jetzt fahren Sie los.«

Sie verließen den Wald und erreichten die Landesstraße. Kurz darauf die Autobahn Richtung Kapfenberg. Trost holte das Handy hervor. »Darf ich?«

Der Fahrer warf ihm einen verwunderten Blick zu.

»Es ist Ihr Wagen. Ich bin quasi Ihr Gast. Also ist es ein Gebot der Höflichkeit, dass ich frage.«

»Nur zu, tun Sie sich keinen Zwang an. Hauptsache, wir erwischen den Mörder.«

»Den Mörder?«

»War nur so dahergesagt. Im Film jagen sie doch immer einen Mörder.«

Trost wählte Lembergs Nummer. Nachdem er es fünfzehnmal klingeln hatte lassen, gab er auf. Sie hob einfach nicht ab. Er steckte das Handy zurück in die Tasche. »Was wollen Sie eigentlich auf dieser Hütte? Sie sind nicht von hier, oder?«

Der Mann lachte auf. Ein wieherndes Lachen, das unter seinen Bekannten ständig Fremdschämen auslöste, davon war Trost sofort überzeugt. »Hört man das? Aber Sie haben recht, ich bin aus Wien. Ein waschechter Wiener. Aus dem Vierten. Wieden. Belvedere und so. So oft es geht, fahr ich raus aufs Land. Auf die Rax. Semmering. Oder hierher. In die Waldheimat. Das taugt mir. Da hab ich eine Ruh. Ich schreibe Bücher.«

»Bücher?«

»Ja, die Dinger, die's heute kaum noch gibt. Trotzdem kann ich davon leben. Nicht gut, aber ich hab ja auch keine Kinder, keine Frau. Also, keine richtige, Sie verstehen, was ich meine? Und für mich allein reicht's allemal.«

»Und was schreiben Sie da so?«

»Alles Mögliche. Derzeit arbeite ich an einem Buch zum Thema Hexenverfolgung. Die war hier in der Gegend ganz besonders weit verbreitet. Ein verrückter Mönch aus der Südoststeiermark ließ die Leute reihenweise verbrennen. Ein Irrer.« Er wieherte wieder. »Aber für das Buch ein klasser Typ, weil er ein richtiger Bösewicht war. Der ist mit seinem Kruzifix auf die Leute losgegangen, als wär's ein Schwert.«

Sie schwiegen eine Weile. Passierten Kapfenberg. Erreichten Bruck an der Mur. Trost stellte sich das Kruzifix in der Hand des Mönchs vor. Wie es im Sonnenlicht blitzte. Wie er es den armen Seelen auf die Lippen drückte. Wie der Mönch lateinischen Quatsch brüllte und dann vom Scheiterhaufen zurücktrat. Die Brennenden beim Sterben beobachtete. Wie sie vor Schmerzen schrien. Wann würden sie verstummen, wann waren sie tot? Wann überschritten sie die Grenze vom Hier ins Jenseits?

»Und Sie? Was machen Sie in Wirklichkeit?«

Trost schreckte auf. Er musste eingenickt sein. »Ich … ich bin bei der Mordgruppe.«

»Geh, Sie müssen mich nicht beeindrucken.« Der Mann am Steuer bekam einen Lachanfall. Verriss dabei seinen Wagen und wäre beinah mit der Leitplanke kollidiert. »Entschuldigung, aber das ist wirklich zu großartig. Dann ist also alles wahr? Dann befinden wir uns wirklich auf einer Verfolgungsjagd?«

»Mehr oder weniger, ja.«

»Ein Wahnsinn. Wie in einem Agententhriller. Darf ich Sie im nächsten Buch einbauen?«

»Wenn Sie meine Figur nicht ein Kruzifix küssen und dann auf dem Scheiterhaufen verbrennen lassen.«

»Wie?«

Bruck lag hinter ihnen.

»Es gibt also einen Mord, und Sie haben eine Spur? Einen Verdacht? Mir können Sie ruhig alles verraten, bis mein Buch fertig ist, ist der Fall sowieso längst gelöst.« Er lachte wieder. Wartete. Der Motor surrte.

Trost blickte aus dem Fenster. Und dachte laut nach. »Wir haben einen Mord, der an eine Tat erinnert, die sich vor über zweihundert Jahren zugetragen hat. Verschiedene Indizien deuten darauf hin, dass der Täter genau das beabsichtigt hat. Zudem gibt es einen zweiten Mord, der ebenfalls einer historischen Tat ähnelt. Die historischen Bezüge sind die Gemeinsamkeiten. Und dann sind da noch ein paar Leute, die bei beiden Morden eine Rolle spielen.«

»Also gibt es schon Verdächtige?«

»So etwas in der Art. In Graz lehrt ein Professor, der in diesem Semester eine Vorlesungsreihe mit exakt diesen Morden als Thema hält.«

»Das kann kein Zufall sein.«

»Vielleicht. Vielleicht aber auch nicht. Allerdings verhält er sich auffallend seltsam.«

»Eitle Wissenschaftler tun immer geheimniskrämerisch, ich weiß das aus meiner Unizeit. Aber in Wahrheit warten sie nur darauf, ihr Wissen an jemanden weitergeben zu können. Meist an ihren Assistenten oder an ihre Sekretärin, die sie beeindrucken wollen. Aber sind nicht in gewisser Art alle Leute gleich? Alle wären doch gerne interessant. Ich nehme mich davon gar nicht aus. Was wär ich auch für ein Schriftsteller, wenn ich nicht wollen würde, dass die Menschen mir zuhören?«

Laufnitzdorf zog an ihnen vorüber. Bald würde Frohnleiten auftauchen.

»Was haben Sie eben gesagt?«

»Dass ich eigentlich auch will, dass Menschen mir zuhören.«

»Nein, nicht das. Davor. Wem erzählt der Professor sein Wissen, bevor er es in der Vorlesung seinen Studenten präsentiert?«

Der Fahrer machte ein nachdenkliches Gesicht. »Jeder hat jemanden, dem er seine Geheimnisse anvertraut. Wussten Sie eigentlich, dass ganz in der Nähe von meiner gemieteten Hütte ein Wanderweg verläuft, der einem historischen Mord gewidmet ist?«

»Was Sie nicht sagen.«

57

Der Graf hatte sich alles zurechtgelegt. Wort für Wort. So brauchte ihm Landerdinger nicht zu kommen. Dieser Fisch mit seinem offen stehenden Mund.

Die Tür ging auf, er drehte sich im Sessel, strich sich in der Bewegung mit den verschwitzten Handflächen über das Revers und wollte gerade zu einer Tirade ansetzen, die sich gewaschen hatte. Bis er aber realisierte, wer der Besucher war, stand auch ihm für ein paar Sekunden der Mund offen. Landerdinger war es jedenfalls nicht.

»Herr Kollege«, hob Trost an, »wären Sie so freundlich, mich nach Graz zu fahren? Bei dieser Gelegenheit könnten wir auch ein wenig plaudern. Denn es gibt ja eine Menge zu plaudern, nicht wahr? Aber schließen Sie doch bitte endlich Ihren Mund, das ist ungesund und sieht nicht gut aus.«

Wieder saß Trost in einem fremden Wagen. Diesmal in einem VW Sharan der Polizeidienststelle Frohnleiten. Der Graf hinter dem Steuer war, seit er den Mund geschlossen hatte, überaus wortkarg geblieben. »Sie sahen überrascht aus, als ich zur Tür hereinkam. Wen hatten Sie erwartet?«

»Ich? Niemanden. Wieso?«

»Nur so.«

Hinterher schien an keinem Gespräch interessiert zu sein. Also wählte Trost erneut Lembergs Nummer, und erneut hob sie nicht ab. Er würde mit ihr reden müssen. So ging das nicht. Wenn er schon mit einem Handy herumrennen musste, um erreichbar zu sein, dann sollten alle anderen Kollegen es genauso tun.

Er versuchte es bei Gierack.

Der Chef nahm so schnell ab, dass Trost nicht hätte sagen können, ob es überhaupt geläutet hatte. »Wer stört?«

»Ich bin's, Chef. Haben Sie Lemberg gesehen?«

»Trost? Endlich melden Sie sich! Wollte Sie auch schon anrufen. Ich finde es nämlich gelinde gesagt etwas befremdlich, dass wir hier in Graz zwei Mordfälle haben und Ihr Büro verwaist ist. Natürlich sollen Sie ermitteln und nicht Däumchen drehend Löcher in die Luft starren, aber irgendjemand sollte doch auch Auskunft über den Ermittlungsstand geben können. Wissen Sie, was hier los ist? Alle bestürmen uns mit Fragen. Jeder x-Beliebige taucht in meinem Büro auf und fordert Ergebnisse. Von der Presse ganz zu schweigen.«

»Wir sind wieder per Sie?«

»Was? Ich versteh Sie kaum.«

Trost legte auf. Er hatte verstanden. Jemand musste während des Telefonats mit Gierack im Raum gewesen sein. Ein hohes Tier. Sonst hätte er nach Monaten der vertrauten Anrede nicht plötzlich wieder das »Sie« bemüht. Oder hatte er es getan, weil die Dinge nicht so glattliefen, wie sie sollten? Weil ihm das »Du«

zu freundlich geworden war, weil er nicht zu eng mit Versagern sein wollte?

Wieder wählte Trost Lembergs Nummer. Wieder keine Antwort. Er schrieb ihr eine SMS. »Was ist los? Wo bist du? Ruf mich bitte zurück!« Als er aufschaute, hatten sie Graz erreicht und reihten sich bereits in den Kolonnenverkehr ein. »Ihr Name«, sagte Trost. »Warum haben Sie den geändert?«

Verwundert hob der Graf die Brauen. »Woher wissen Sie das?«

Trost erwiderte nichts, musterte nur das Profil des Grafen. Dessen Mundwinkel zuckten, an seinen Augen Krähenfüße, auch wenn er nicht gerade den Eindruck eines fröhlichen Menschen machte. Sein Kinn wie auch seine Nase waren spitz. Trost fand, das Profil war durchaus filmwürdig. Vielleicht hätte es auch dem Schriftsteller als Vorlage für einen Protagonisten dienen können.

Verdammt, ich habe den Mann nicht einmal nach seinem Namen gefragt.

Jedenfalls besaß der Graf ein einfaches Gesicht. Einfach zu zeichnen. Einfach zu beschreiben. Mit einem kantigen, straffen und strengen Profil. Etwas verhärmt. Man spürte, dass er seine wirkliche Persönlichkeit hinter einer Maske verbarg. Hinter der Uniform. Hinter Regeln. »Warum Hinterher? Reinhard Maria Hinterher statt Franz Gerber. Das müssen Sie mir erklären.«

»Es war nur so eine Laune.«

»Blödsinn«, unterbrach Trost ihn. »Sie wollten aus sich etwas Besonderes machen. Wenigstens aus Ihrem Namen, wenn es sonst schon nicht gereicht hat.«

Der Graf schnappte nach Luft, sagte aber nichts.

»Und warum nennen Sie alle ›Graf‹?«

»Weil ich Manieren habe und die anderen nicht?«

Trost lachte. »Und Selbstvertrauen haben Sie auch. Ich glaube ja eher, man nennt Sie so, weil Sie gerne einer wären. Ein Graf. Vielleicht benehmen Sie sich deshalb auch so, aber in der Essenz könnte es nicht um Ihre Manieren, sondern um Ihre Manien gehen.«

»Wollen Sie aussteigen?«

»Ach, kommen Sie. Ich meine das nicht beleidigend. Ich analysiere nur gern. Menschen. Charaktere. Das ist mein Job.«

»Ich weiß.«

»Wissen Sie auch, wie man mich hinter meinem Rücken nennt?«

»›Armenier‹.«

Trost hob staunend die Brauen. »Sie wissen es tatsächlich! Aber es sind ja auch Leute wie Sie, die mich so bezeichnen. Wissen Sie denn auch, warum ich den Namen bekommen habe?«

»Weil Sie sich wie ein Armenier benehmen?«

»Wie benimmt sich denn ein Armenier? Blödsinn. Nein, die Leute nennen mich so, weil es eine Anspielung auf meinen Vornamen ist. Er lautet eigentlich ›Armenius‹ und ist eine andere Bezeichnung für ›Fremder‹. Und für die meisten bin ich ein Fremder. Suspekt. Keiner von ihnen. Keiner von euch. Manche haben Angst vor mir, kaum jemand kennt mich wirklich, und die meisten mögen mich nicht. Für die Römer war Armenius ein Fremder. Für die Germanen ein Held. Er führte seine Anhänger siegreich in die Varusschlacht. Im Jahr 9 nach Christus metzelte sein Heer in drei Tagen fünfzehntausend römische Soldaten nieder.«

»Warum erzählen Sie mir das?« Dem Grafen wurde unbehaglich zumute. Er rutschte auf dem Autositz hin und her, seine Hände hielten sich mehr am Lenkrad fest, als dass sie damit den Wagen steuerten.

»Weil ich will, dass Sie mir auch etwas von sich erzählen. Ich von mir, Sie von sich. Ein fairer Deal, oder nicht?«

»Was wollen Sie wissen?«

»Warum waren Sie an beiden Tatorten?«

»Bitte?«

»Ich habe Sie auch in Graz gesehen.«

Der Graf blickte jetzt starr geradeaus auf den Straßenverkehr. Kein Hin- und Herrutschen mehr. »Gut möglich. Nachdem ich einkaufen war, bin ich zufällig auf die Menschenmenge gestoßen. So ein Zufall, dachte ich mir.«

»Mir ist etwas aufgefallen. Schon in Stübing.«

»Ja?«

»Meine Kollegin hat es Ihnen angetan.«

»Welche Kollegin?«

Trost lachte auf. »Der war gut. Aber schon in Ordnung, es geht mich nichts an. Trotzdem habe ich gesehen, wie Sie sie angestarrt haben.«

»Sind Sie vielleicht eifersüchtig?«

»Ich habe Familie.«

»Das beantwortet nicht meine Frage: Sind Sie's?«

Trost lachte wieder. Aber es war ein sonderbares Lachen. Eines, das er von sich nicht kannte. »Nein, ganz und gar nicht. Nein.«

Warum gleich zwei Neins?

Der Graf hatte die Oberhand in dem Gespräch gewonnen, und Trost hatte keine Ahnung, wann genau er das Heft abgegeben hatte.

Hinterher nickte, schaute jetzt lässig aus dem Seitenfenster. Ein überhebliches Lächeln spielte um seine Mundwinkel, wahrscheinlich kamen daher seine Krähenfüße. »Wie ist sie denn so als Kollegin? Als Frau können wir beide uns ja offenbar ihre Vorzüge ausmalen, aber als Kollegin? Ist sie gut als Ermittlerin? Ich meine, so richtig deutschgut?«

»Deutschgut?«

»Sie wissen schon, was ich meine. Perfekt. Akribisch. Bissig.«

»Bissig?«

»Ja.«

Trost überlegte einen Moment. Der Verkehr war zäh. Wie üblich in der Stadt schaltete fast jede Ampel auf Rot, sobald sie nur noch wenige Meter von ihr entfernt waren. »Sie mag keine Leichen.«

»Wirklich?«

»Ja. Aber sie arbeitet viel. Mehr als ich und mehr als die meisten anderen. Sie ist tatsächlich akribisch, der Ausdruck ›deutschgut‹ dafür gefällt mir, den werde ich mir merken.«

»Sie merken sich alles, stimmt's?«

Wieder betrachtete Trost Grafs Profil. »Ja, ich denke, damit haben Sie recht. Ich merke mir alles. Wo waren Sie gestern Nacht, Herr Hinterher?«

Der Graf zögerte. »Zu Hause?«

»Fragen Sie mich, oder wissen Sie es?«

»Zu Hause.«

»Zeugen?«

»Nein, keine Zeugen.«
»Dachte ich mir doch.«

58

In Wetzelsdorf, nur noch zwei Ampeln von der Polizeidirektion entfernt, wieder ein Anruf. Trost legte auf und wandte sich an den Grafen. »Wollen Sie auch am dritten Tatort dabei sein?«

59

In seiner Jugend hatte er viel Zeit im »Girardikeller« verbracht. Billiges Essen, dazu Spritzer, bis das Geld ausgegeben war. Danach angeheitert durch die Leonhardstraße und den Stadtpark in die Stadt, lachend, lallend, immer mit Gedanken an irgendein Mädchen. Aus der zeitlichen Entfernung von fast drei Jahrzehnten kam es ihm so vor, als hätte er die gesamte Jugendzeit an nichts anderes gedacht als an Essen, Trinken und Mädchen, und vielleicht war das sogar die Wahrheit.

Er grinste, was Dietrich zu einem gefühllosen Blick veranlasste. »Irgendwann wird man pietätlos, nicht wahr?«

Trost erwiderte nichts. Er sah sich so oft mit Leichen konfrontiert, dass er es als durchaus gerechtfertigt empfand, zwischendurch seinen eigenen Gedanken nachzuhängen.

Dietrich baute sich indes wie üblich vor ihm auf und zog seine Show ab. »Ich denke, es war so ...« Er tänzelte einmal mehr um eine Leiche herum wie ein Schauspieler.

Und das ist pietätvoller?

Bewegte sich ausdrucksstark. Expressiv. Manieriert. Es schien sich um ein Ein-Personen-Stück zu handeln, denn die zweite anwesende Person hatte eigentlich keine richtige Rolle, lag nur passiv da. Auf einem Tisch, so wie sie der Schulbub aufgefunden hatte. Bäuchlings, mit auf den Rücken gebundenen Armen. Kein Blut. Dafür Erbrochenes, das vom Tisch auf den Boden gelaufen war und dort eine stark riechende Lacke gebildet hatte. Aufgeschlagene Knie und Ellbogen. Ein Kleid, das hochgerutscht die Oberschenkel entblößte. Kot an den Beinen.

»Nein«, stellte Dietrich fest, »keine Vergewaltigung. Nicht einmal sonderlich viel Gewaltanwendung. Die Frau ist am Knebel, der ihr im Mund steckt, erstickt. Der Täter hat ihr wohl beim Sterben zugesehen.« Dietrich deutete auf zwei Zigarettenstummel auf dem Boden.

Trosts Blick wanderte wieder über die Leiche. Über das gelbe Knäuel zwischen den Zähnen. Die aufgeblähten Nasenlöcher. Das verklebte Haar. Und über die Leichenaugen, die ihn anstarrten, als ob sie ihn warnen wollten.

60

Lemberg würde diesen Anblick kaum ertragen. Er wandte sich ab und wählte zum x-ten Mal in den letzten Minuten ihre Nummer. Wie erwartet: keine Reaktion.

Alles geht schief.

»Soll ich mich darum kümmern, wo die Kollegin steckt?«

Der Graf war plötzlich hinter ihm aufgetaucht, und Trost fuhr herum. Er brauchte eine Sekunde, bis er antwortete. Ein Gedanke war ihm kurz gekommen, aber sofort wieder entwischt. »Danke, aber das müssen Sie nicht. Sie können nach Hause fahren. Ich komme hier schon klar.«

»Aber ich –«

»Nein, wirklich. Fahren Sie.« Ohne eine Antwort abzuwarten, drehte Trost sich zu Dietrich um, der schon darauf wartete, sein Stück weiterzuspielen. Ganz Ohr und Auge, hatte er den Grafen praktisch schon wieder vergessen, als dieser durch eine Tür im hinteren Zuschauerraum aus dem Theater schlich.

61

»Ich denke, der Täter liefert uns bewusst Hinweise. Oder er macht Fehler, weil er in Eile ist.« Trost hatte sich die Plastikhandschuhe übergestreift und betrachtete nun das kleine Fläschchen, das neben den Zigarettenstummeln auf dem Boden stand. Das handgeschriebene Etikett ließ keine Zweifel zu: Hittrach.

»Wenn unser Labor die naheliegende Vermutung bestätigt, dass die Frau eine Überdosis Hittrach intus hatte, dann muss sie an ihrem Erbrochenen erstickt sein. Wahrscheinlich hatte sie auch heftige Kopfschmerzen, dazu Krampfanfälle, Durchfall und starke Übelkeit. Erst versagte ihr Kreislauf, dann die Nieren und das Herz. Ein qualvoller Tod.«

»Hittrach ist der alte Ausdruck für Arsenik, oder?«

»So ist es«, erwiderte Dietrich. »Sie wurde mit Arsen vergiftet. Ich weiß noch nicht, wie viel der Täter ihr verabreicht hat, aber anfangs dürfte sie nichts davon gemerkt haben. Das weiße Pulver lässt sich überall beimengen, es ist geruchs- und geschmacksneutral. Ihr wurde schlecht, danach lockte er sie irgendwie hierher, knebelte und fesselte sie und überließ sie ihrem Schicksal.«

Trost stellte es sich vor. Wie der Täter zugesehen und dabei geraucht hatte. Wie sie sich entleert, gestöhnt und gewimmert hatte. Und schließlich gestorben war.

»Es müssen etwas mehr als hundert Milligramm gewesen sein. Ein Milligramm pro Kilogramm Körpergewicht der Arsen-Sauerstoff-Verbindung reicht aus, um jemanden zu töten. Vermutlich hat der Täter etwas mehr verwendet, um sicherzugehen. Eigentlich eine dumme Art, jemanden umzubringen. Das Halbmetall lässt sich heutzutage mit Leichtigkeit nachweisen, da es nicht abgebaut wird. Am ehesten in Haaren und Fingernägeln.«

»Ich wiederhole: Der Täter wollte, dass wir wissen, wie er getötet hat. Auf welche Weise. Und er wollte, dass wir es schnell erfahren.«

»Als dränge die Zeit?«

»Ja, als dränge die Zeit.« Trost starrte auf die Leiche.

Wie passt das zusammen? Hat sie etwas mit den letzten beiden Toten zu tun?

Indes redete Dietrich weiter. »Es ist schon interessant, dass gerade hierzulande so gerne Arsen verwendet wird. Erst letztes Jahr flog ein Fall in Wien auf. Vor vierzig Jahren dann die Sache mit dem Tanzlehrer und dem vergifteten Verhackertbrot in Graz.

Vor hundert Jahren in Peggau, vor zweihundert Jahren in Rein. Überhaupt«, Dietrich fixierte Trost, »war die Steiermark früher für ihre Arsensüchtigen bekannt. Arsenfresser, so wurden sie genannt. Die Bauern und Bergleute nahmen das Mittel gern, weil es die Leistungsfähigkeit steigerte, man spürte keine Müdigkeit mehr. Auch den Pferden wurde es verabreicht, denn es brachte deren Fell zum Glänzen. Und es war leicht zu besorgen. Man bekam es zum Beispiel auf dem Kaiser-Josef-Markt.«

»Woher wissen Sie das alles?«

»Ich habe mein Hobby zum Beruf gemacht.« Dietrich grinste breit.

»Wissen Sie mehr über die Fälle, die sich in der Umgebung zugetragen haben?«

»Natürlich. Der vom Tanzlehrer ist ja bekannt, an dem Fall arbeiten wir praktisch immer noch.«

»Erzählen Sie mir von einem älteren, einem historischen.«

»Im 18. Jahrhundert wurde ein Mann in Rein gerädert, weil er seine dreißig Jahre jüngere Frau mit Arsen umgebracht hatte. Weil er so alt war, wurde er sozusagen begnadigt, indem die Prozedur geändert wurde. Ihm wurden nicht angefangen von den Füßen die Beine gebrochen, sondern andersrum. Das ging ruck, zuck, er hatte die Folter schneller hinter sich – wenn man das so sagen kann.«

»Aha.«

»Und Ende des 19. Jahrhunderts wurde in Peggau eine Frau überführt. Sie hatte ihrem Mann das Hittrach in einer sehr hohen Dosis verabreicht, weil er schon danach süchtig war. Auch eine tragische Geschichte.«

Trosts Blick schweifte noch einmal über den Leichnam. »Der Fall in Rein. Also wieder Gnade für den Mörder.«

»Wie?«

»Der Herzerlfresser: statt Vierteilen Peitschenhiebe. Der Fall Knabl: keine Todesstrafe. Der Hittrach-Fall: ein schnellerer Tod als üblich.«

»Jetzt, wo Sie es sagen. Interessant, ja.«

»Wie lange liegt sie schon hier?«

Dietrich runzelte die Stirn. »Ich würde sagen, das Gift wurde ihr vor zwei, drei Tagen verabreicht. Auf dem Tisch liegt sie mindestens seit einem halben Tag. Man muss nur zurückrechnen: Nach ein bis zwei Stunden erstarren die Augenlider, nach zwei bis vier Stunden die Kaumuskeln, vom Hals abwärts kann es dann bis zu zwölf Stunden dauern, bis der gesamte Körper steif wird. Laut Nysten'scher-Regel. Auf die ist aber nicht immer zu hundert Prozent Verlass, der gute Mann, dieser Nysten, lebte ja auch schon im 18. Jahrhundert, das –«

»Stopp.« Trost hatte die Hand gehoben. »Mein lieber Kollege. Ich habe in letzter Zeit genügend Vorlesungen beigewohnt. Kommen wir also zur Sache: Ich schätze, aufgrund des Kots und des Erbrochenen, an dem keine Verkrustungen sichtbar sind, kann die Leiche tatsächlich erst in der Nacht auf heute hierhergebracht worden sein. Und sie muss auch auf dem Tisch gestorben sein. Korrekt?«

Beleidigt presste Dietrich die Lippen aufeinander und zuckte mit den Schultern. »Ja, das war aber auch einfach. Aber jetzt lassen Sie mich meine Arbeit machen, und machen Sie Ihre. Alles Weitere steht dann ja im Bericht. Berichte schreiben, Berichte lesen, das ist alles, was wir noch machen. Geredet wird nicht mehr, aber es will einem ja auch keiner mehr zuhören und überhaupt …«

62

Während Dietrich sich schimpfend entfernte, stand Trost allein bei der Leiche und achtete ganz bewusst darauf, keinen falschen Schritt zu machen, um ja nicht irgendwelche Spuren zu verwischen.

Die anderen Kollegen hielten Abstand zu ihm, beobachteten ihn nur dann und wann, wie er murmelnd und sich an der Nasenwurzel reibend dastand. Als hielte er Zwiesprache mit einem unsichtbaren Partner.

Im Hintergrund stiegen die Mitglieder von der Tatortgruppe in ihren weißen Plastikanzügen vorsichtig über Gerümpel und steckten winzige Dinge in durchsichtige Tüten. Fußabdrücke wurden fotografiert. Auf Balken und am Boden wurde nach Resten von Stoff und nach Haaren gesucht, die dann mit einer Pinzette aufgenommen wurden. Scheinwerfer erhellten lichtkegelweise das Innenleben des abbruchreifen Hauses, das fast wie ein Kunstwerk wirkte. Wie eine Kulisse.

Trost konnte es vor sich sehen. Das wunderschöne, in eine Häuserzeile eingebettete Häuschen, das seit dem 16. Jahrhundert an Ort und Stelle stand. Das Geburtshaus des Volksschauspielers Alexander Girardi. Denkmalgeschützt. Davor der abgesunkene Gehsteig und manchmal die vorüberrumpelnde Straßenbahn. Drinnen der Duft, der dem Pizzaofen entwich. Selten ein freier Tisch, immer Stimmengewirr, das sich als Geräuschkulisse der Ausgelassenheit durchs Haus zog. Warum hatte so ein Gasthaus je zugesperrt? Warum hatte man das zugelassen? Das musste doch eine Goldgrube gewesen sein.

Gewesen, richtig.

Mittlerweile stand das Haus seit Jahren leer. Überall Spinnweben. Staub. Und das Warten seiner Besitzer auf den Moment, an dem Wasser ins Gemäuer drang. An dem es zu bröckeln begann und zur Gefahr für Nachbarhäuser wurde. Bis dann auch das Bundesdenkmalamt einsehen musste, dass es nicht mehr zu retten war. Auf diesen Moment musste man warten. Erst dann konnte man die Abrissbirne in die Fassade donnern lassen. Und etwas Neues bauen. Etwa die normierte Wohnschachtel einer erfahrenen Genossenschaft mit dem kreativen Potenzial eines Kartenhauses aus Bierdeckeln. Deren Schächtelchen dann so teuer waren, dass sie auf ewig leer standen. Eine Anlegerwohnung mehr oder weniger, wen juckte das schon?

Trost seufzte. Fürs Erste würde es jedenfalls nichts mit der Abrissbirne werden. Fürs Erste war Girardis Geburtshaus ein Tatort.

Er drehte sich um, wollte an die frische Luft. Doch auch daraus wurde nichts. Balthasar Gierack kam auf ihn zu, die pochende Ader auf seiner Stirn verhieß keine guten Nachrichten.

63

»Verdammte Sauerei!«, schimpfte Gierack. »Was haben wir?«

Trost schilderte, was er bisher wusste.

»Ist die Fahndungsgruppe schon unterwegs? Zeugen befragen, die Nachbarn, Passanten et cetera. Irgendwer muss doch was gemerkt haben.«

Trost nickte. »Ich glaube, der Täter will gefasst werden. Wir haben jede Menge Spuren.«

»Reine Spuren oder Mischspuren?«

»Wir hoffen natürlich auf reine, dann wüssten wir übermorgen schon Bescheid. Ansonsten kann es noch Wochen dauern.«

»Armin, bitte!«

»Wir sind kurz vor dem Durchbruch, glaub mir, ich spüre das.«

»Du spürst das? Dann kann ja nichts mehr schiefgehen.« Er stöhnte auf. »Und Lemberg? Ist sie endlich aufgetaucht? Hat ausgeschlafen?«

»Ja, sie recherchiert bereits«, log Trost und wollte sich an seinem Chef vorbeischieben, als der ihn an der Schulter packte.

»So geht das nicht, Armin. Draußen wartet schon der Staatsanwalt. Dann noch die Presse. Die Gaffer. Alle sind sie ungeduldig, und wir kommen nicht weiter. Wenn sich daran nichts ändert, wird das BKA den Fall übernehmen. Dann schicken die jemanden aus Wien. Wenn wir es mit einer Mordserie zu tun haben, mischen die sich auf jeden Fall ein. Könnte ja auch andere Bundesländer betreffen.«

Die beiden Männer sahen einander im Zwielicht des Abbruchhauses an.

»Ist es eine Serie, Armin?«

Trost zuckte mit den Schultern. »Drei sind immer eine Serie, oder?«

Gierack besaß die Gabe, sein Gesicht in ein versteinertes Antlitz verwandeln zu können. Ohne Blinzeln. Ohne Zucken der Mundwinkel. Die Verwandlung hielt gemeinhin so lange an, bis seine Frage beantwortet war.

»Na gut, auch unter anderen Gesichtspunkten ist es wahrscheinlich eine Serie«, gab Trost zu. »Aber ich glaube wirklich, dass sie bald ein Ende hat.«

Gieracks Gesichtsausdruck änderte sich noch immer nicht.

Trost löste die Hand, die immer noch auf seiner Schulter ruhte. Nicht beruhigend, eher so, als wolle sie ihn kleiner machen.

Unterdrücken. Festhalten. »Die Wiener sind längst unterwegs, stimmt's?«

Gieracks Brustkorb hob und senkte sich. Er steckte die Hände in die Jackentasche.

»Wie lange habe ich Zeit?«

Der Polizeichef saugte die Lippen ein und schüttelte resigniert den Kopf. »Wie lange braucht man von Wien hierher? Zwei Stunden?«

»Und wann sind sie los?«

»Beeil dich, Armin.«

Annette Lemberg

64

Wieder ein Tag vorüber. Und wieder kein Ergebnis. Stattdessen eine Leiche mehr. Trost rief Lemberg erneut an, ließ es aber nur dreimal läuten. Sie würde nicht abheben – egal wie lange er es klingeln ließ. Er spürte es.

Gierack winkte ihn noch einmal zurück, und Trost machte ein Flehen in dessen Augen aus. »Finden Sie sie, Trost«, raunte er. »Bitte, finde sie.«

Der Wechsel zwischen förmlicher und vertrauter Anrede war ein klares Zeichen dafür, dass Gierack den Boden unter den Füßen zu verlieren drohte.

Vor der Absperrung stahl Trost sich am Staatsanwalt vorbei und entdeckte den Grafen. Er stand immer noch inmitten der Schaulustigen und musterte ihn. Trost versuchte, in seinem Gesicht etwas zu lesen. Ein Zeichen der Reue oder der Belustigung. Ein Zeichen des Hasses oder der Lust. Doch er konnte nichts davon erkennen. Nur verwirrte Gefühle.

Er wusste, dass er Hinterher endlich um seine Fingerabdrücke bitten müsste. Dass er ihn vorladen müsste. Aber einen Kollegen? Ohne richtige Beweise?

Schließlich nickten sie einander zu und verließen, als hätte jeder von ihnen das Nicken als stumme Abmachung übersetzt, miteinander den Tatort in Richtung Wagen. Hinterher, der Graf, und Trost, der Armenier.

Ein paar Minuten später stoppte Reinhard Maria Hinterher den VW am Glacis. »Und ich soll Sie nicht bis vor die Haustür bringen?«

»Die Haustür ist gleich ums Eck. Fahren Sie nur weiter, immer geradeaus, dann kommen Sie auf die Autobahn.«

»Ich weiß schon. Ich komm immerhin aus GU, nicht aus dem Burgenland.«

Trost entschuldigte sich und lächelte über den etwas veralteten Scherz. Als Kind hatten sie sich oft Burgenländer-Witze erzählt, aber heute machte man das kaum noch. Er stieg aus dem Wagen, rief noch, bevor er die Tür zuwarf: »Und halten Sie sich in nächster Zeit von Tatorten fern. Das wird langsam auffällig.«

Der Graf lächelte ein kurzes, gezwungenes Lächeln, bis Trost aus seinem Blickfeld verschwunden war. Er schaute in den Rückspiegel, doch im Abendverkehr musste er einige Sekunden warten, ehe sich eine Lücke auftat und er losfahren konnte. An der Kreuzung riss er den Wagen herum und bog in dieselbe Straße ein, in die Trost soeben gegangen war. In die Zinzendorfgasse.

Er sah gerade noch, wie der Leiter der Mordgruppe in ein Mehrparteienhaus eintrat, parkte, schaltete den Motor aus und richtete den Rückspiegel dann auf die Eingangstür. Wartete. Eine unbestimmte Melodie pfeifend.

65

Es verwunderte ihn immer wieder, wenn Eingangstüren sich öffnen ließen. Gerade im Univiertel, jener Gegend, in der sich des Nachts ganze Horden von Betrunkenen herumtrieben, sollte man ein bisschen weniger leichtsinnig sein. Noch dazu, wenn man als Polizeibeamtin in diesem Haus wohnte. Dann sollte man es wirklich besser wissen.

Das Stiegenhaus duftete nach Putzmittel und frischen Blumen. Pflanzen auf den Fensterbänken der Zwischenstöcke rahmten den Blick in einen jetzt nachtschattigen Innenhof, das Licht war gelblich warm. Vor den Holztüren lagen bunte Fußmatten, je höher Trost stieg, umso stärker wurde der Geruch nach Essen. Es war heimelig.

Im dritten Stock klopfte er an eine weiße Tür, an der auf einem Schild die Buchstaben A. D. L. prangten.

Wofür steht das D.?

Von einem zweiten Vornamen hatte Trost noch nie etwas gehört. Wie er wohl lautete? Deborah? Dörthe? Dort, wo sie herkam, waren solche Namen durchaus üblich. Ein kleiner Ort zwischen Leipzig und Dresden. Er konnte sich den Namen nie merken. Aus Deutschland. Das hatte ihm bisher immer genügt.

Er läutete, hatte aber wenig Hoffnung auf eine Reaktion aus dem Inneren der Wohnung. Dafür wurde das Gefühl, etwas sei ganz und gar nicht in Ordnung, immer stärker. Sein Herzschlag pochte in den Ohren. Gänsehaut auf seinen Armen.

Nicht Lemberg. Nicht nach Schulmeister auch noch Lemberg.

Trost wurde wütend, raufte sich die Haare.

»Überleg, verdammt. Denk nach«, murmelte er.

Das kann nicht sein. Das darf nicht sein. Nicht auch noch sie. Nicht gerade jetzt.

Er biss sich in die Faust. Rüttelte an der Tür. Sie war verschlossen. Natürlich war sie das.

Mit über den Kopf gestreckten Armen stemmte er sich dagegen, drückte gleichzeitig mit dem Fuß gegen das Türblatt. Alte Flügeltüren ließen sich auf diese Weise meist recht einfach öffnen – selbst wenn sie versperrt waren. Doch in diesem Fall funktionierte die Technik nicht. Er musste es anders versuchen.

Trost tastete seine Jackentaschen ab, suchte nach einer Büroklammer, einer Kreditkarte, nach irgendetwas.

Nicht nach Schulmeister jetzt auch noch Lemberg. Nicht beide.

»Frau Lemberg ist nicht da.«

Trost fuhr herum.

66

Zwei helle, wässrige Augen blickten ihn amüsiert an.

»Hab ich Sie erschreckt, junger Mann? Das tut mir leid, das wollte ich nicht. Ich hab mir nur 'dacht, weil Sie da so in Ihren Taschen herumg'sucht ham und vorher den Lärm veranstaltet haben, da hab ich mir 'dacht, Sie woll'n doch sicher net einbrechen, oder? Sie schauen jedenfalls net so aus, als wären Sie ein Pleambl.«

Trost neigte den Kopf. »Und wenn doch? Haben Sie keine Angst vor Einbrechern?«

»Geh, hören S' doch auf. Ich schau mir jeden Tag Krimis an. ›Der Alte‹, ›Tatort‹, ›Soko Donau‹. Da lernt ma, die Bösen schon von Weitem zu erkennen. Sind Sie der Freund von der Frau Lemberg?«

»Nein, ich –«

»Das wär nämli' sehr nett. Wenn sie einmal einen Mann hätt, mein ich. Das würd ich ihr wünschen. Eine junge Frau, noch dazu so hübsch, sollt doch einen Mann ham.«

»Ich bin aber ihr Arbeitskollege, nicht ihr Freund«, sagte Trost jetzt ein bisschen lauter.

»G'fallt sie Ihnen denn net? Is doch ein hübsches Mädl, oder?«

»Da haben Sie recht. Aber ich sagte schon, ich bin –«

»Ah!«, rief die Alte. »Da ham wir's. Ich hab's grad gesehen. An Ihrer Nasenspitzen. Sie g'fallt Ihnen doch, net wahr? Geben Sie's ruhig zu. Aber keine Angst. Sie is sicher net bei einem andern. Sie is nur in da Kirchn.«

»In der Kirche?«

»Jaja, immer in da Kirchn. Is ja auch schön, die Leechkirchn. Schön und schön ruhig. Obwohl, wenn Sie mich fragen, es geht mi ja nix an, aber junge Mädls sollten weniger in die Kirchn geh'n und mehr drauf schau'n, einen Mann abzukriegen. Wenn sie den dann ham, dann können s' von mir aus schnö' in die Kirch'n mit ihm geh'n.« Sie kicherte, als Trost sich an ihr vorbeischob.

»Ich seh's Ihnen an der Nasenspitzn an!«, rief sie ihm vergnügt hinterher. »Sie g'fallt Ihnen!«

Die Stimme der alten Frau verklang erst, als die Eingangstür hinter ihm ins Schloss gefallen war und er bereits die Zinzendorfgasse überquerte. Die Leechkirche war nur einen Steinwurf entfernt, er konnte sie schon sehen.

Er stieg die Treppen auf der anderen Straßenseite hoch und öffnete das unverschlossene Tor des Holzzauns. An ihm war eine Tafel angebracht: »Herzlich willkommen am Kirchhügel der Leechkirche, dem ältesten Sakralbau von Graz, über einer vorchristlichen Grabstätte.«

»Na bravo«, murmelte Trost. Sein Herz klopfte lauter in seinem Brustkorb. Ihm war schlecht, seine Schritte wurden immer verhaltener, je näher er der Kirche kam. Endlich stand er vor dem Eingangsportal.

Er betrachtete seine Handflächen. An den Fingerkuppen war die Haut runzlig, aber das war es nicht, was ihn beunruhigte. Das Zittern seiner Hände war weitaus besorgniserregender. War er wirklich im Begriff, eine Kirche zu betreten?

Ein Schritt. Noch einer. Er griff nach der Klinke am Tor. Erwartete Widerstand, wurde enttäuscht. Es ließ sich überraschend leicht öffnen, und dann stand Trost in einer Kirche.

Von all dem, was er an diesem Tag bereits erlebt hatte, war dies wohl das Verrückteste. Und wenn er sich den Herzerlfresser-Weg, das Allein-Zurückbleiben im Wald, den wildfremden Chauffeur, die Fahrt mit dem Grafen, die vergiftete Leiche und die nahenden Wiener Kollegen in Erinnerung rief, dann hatte der Tag bereits eine ganze Menge an Verrücktheiten aufgeboten.

67

Er sah sie sofort. Sie saß in der ersten von zehn Bankreihen. Das Licht, das durch die bunten Altarfenster fiel, zeichnete den Raum diffus weich.

Trost stand noch im Dunkeln unter einem Balkon im Eingangsbereich. Er näherte sich Lemberg langsam. Hatte keine Eile mehr. Vermutlich hatte sie seine Schritte auf dem Kirchenboden, die laut hallten, sowieso schon vernommen.

Die Kirche war überschaubar und verlassen. Außer Lemberg war niemand anwesend. Trost drehte sich einmal im Kreis und erkannte die Orgel, die hinter ihm auf dem Balkon stand. Die Wände waren überraschend nüchtern, der Innenraum war wenig prunkvoll. Der Betrachter sollte sich wohl auf den Altarbereich konzentrieren, der von den Bankreihen aus gesehen links von jener Gestalt flankiert wurde, deren Gegenwart in solchen Gebäuden unvermeidlich war. Trost konnte nicht anders, als hinzusehen.

Der Künstler hatte den Heiland als ausgehungerte Figur gestaltet. Die Rippen traten hervor. Ein blaues Tuch bedeckte die Scham. Durch die Handflächen wie auch durch die übereinandergelegten Fußschaufeln waren Nägel getrieben. Trosts Blick fiel auf die anderen Gestalten nahe dem Altar. Gewaltige Figuren, die Unsägliches taten. Die muskelbepackt, in Weiß und mit Tüchern bedeckt, über Wolken hinwegflogen. Mit Flügeln am Rücken. Die in seltsamen Bewegungen festgefroren schienen. Die ihre Arme einander in geheimnisvollen Gesten zuwandten. Trosts Augen wanderten immer wieder zu der schrecklich zugerichteten Gestalt. Zu dem leidenden Kerl, der erbarmungslos an ein Holzkreuz genagelt worden war. Über und über mit Blut besudelt. Er starrte ihn an. Er klagte ihn an.

Trosts Knie wurden weich. Er spürte Blicke. Dutzende überirdische Blicke. Und er bekam Höhenangst, obwohl seine Füße doch den Boden berührten.

Annette Lemberg. Er war sicher, dass sie es war. Auch wenn er die sitzende Person in der ersten Reihe nur von hinten sah.

Er versuchte, seinen Blick starr geradeaus zu halten. Versuchte, nicht auf den Gekreuzigten zu schauen. Das Bild war schlimmer als alles, was er je gesehen hatte. Schlimmer als der Clown in »Es«, als Batmans Joker und William Peter Blattys »Exorzist«. Die bittere Wahrheit war, dass Jesus Christus für Armin Trost das Schreckgespenst schlechthin war.

Geh weiter! Bleib nicht stehen, blick nach vorn, ohne etwas zu sehen.

Je näher er dem Altar kam, umso langsamer wurde er. So als würden ihm bei einer Bergtour kurz vor dem Gipfel die Kräfte schwinden. Er bekam keine Luft mehr. Wie in der Todeszone.

Genau das ist eine Kirche für mich. Eine Todeszone.

»Annette?«, flüsterte er. Dann etwas lauter. »Annette?«

Doch die Gestalt vor ihm drehte sich nicht um. Sie hatte sich die Kapuze ihres Sweatshirts über den Kopf gezogen, braunes Haar quoll an den Seiten hervor. Die schmalen Schultern. Sie musste es einfach sein.

Er hätte sie mit der ausgestreckten Hand fast berühren können, überlegte es sich aber anders und beschloss, sich in die Reihe hinter sie zu setzen. Er wollte sie nicht stören. Wobei auch immer. Beim Beten. Beim Zwiesprachehalten.

Oder ist das dasselbe?

Die Holzbank machte einen Höllenlärm, als er sich auf ihr niederließ.

Einen Höllenlärm! Der falscheste Ausdruck in dieser himmlischen Umgebung. Nicht aufsehen! Schau nicht Richtung Altar! Schau nirgendwohin, denn sie haben ihn sicher überall aufgehängt!

Aus jeder Ecke starrte er die Kirchgänger an. Der Gepeinigte. Der Blutende. Der Gekreuzigte.

»Annette?«, wisperte er wieder. »Lass uns gehen. Es ist etwas passiert.«

Die Gestalt vor ihm regte sich. Was, wenn es gar nicht Annette Lemberg ist?, schoss es ihm plötzlich durch den Kopf. Was, wenn es eine Fremde war? Vielleicht nicht einmal ein Mensch, sondern nur eine Kleiderhülle, die Unmenschliches verbarg. Plötzlich waren die Zweifel so stark, dass Trost sich schon wieder erheben, aus dem Gebäude rennen wollte.

Die Gänsehaut zerrte an seinem Hinterkopf, spannte seine Stirn, ließ ihn erschauern.

Würde er schnell genug entkommen? Nicht der Gestalt, sondern dem Anblick der vor ihm sitzenden Person. Was verbarg sich unter der Kapuze? War es nicht besser, es nie zu erfahren? Und wenn es der Gekreuzigte selbst war? Eine gepeinigte, anklagende, blutbespritzte Fratze? Wie sollte er das Bild je wieder aus seinem Gedächtnis löschen?

Er war schon halb aufgestanden, als sich die Person vor ihm umdrehte. Ihm ihr Gesicht zuwandte, das so bleich war, dass es den Anschein hatte, als werde es beleuchtet. Trost erschrak und hätte fast aufgeschrien.

68

Es war die Kälte ihrer Hand, die ihn beruhigte, als sie mit ihr nach ihm griff.

Annette Lemberg sah schrecklich aus. Blass, mit schwarzen Augenringen und einer triefenden roten Nase. Mit rissigen Lippen. Und eingefallenen Wangen.

Sie hat tatsächlich erschreckende Ähnlichkeit mit …

Nein, daran wollte er nicht denken. »Annette, um Gottes willen, wie siehst du aus? Was machst du hier? Du gehörst ins Bett.«

Ihre Mundwinkel deuteten ein Lächeln an. »Ich wusste gar nicht, dass dein Wortschatz ›um Gottes willen‹ beinhaltet. Im Übrigen schaust du gerade aus, als hättest du ein Gespenst gesehen.«

Er druckste herum, ohne etwas zu sagen.

Mit dem Vergleich liegt sie gar nicht mal so daneben.

Sie ließ sich ohne Gegenwehr von Trost an der Hand in Richtung Ausgang führen. Ihre Schritte hallten klagend von den Wänden wider, und mit jedem Meter, den sie sich der schweren Tür näherten, wurde in Trost das Gefühl stärker, dass sich eine dunkle Macht von hinten auf ihn zubewegte.

Was, wenn der Gepeinigte plötzlich die Augen aufgeschlagen hat und vom Kreuz heruntergestiegen ist? Warum auch nicht? Wenn das einer kann, dann er.

Trost malte sich aus, wie er sich aufgeschreckt von den Schritten umdrehen würde. Der Anblick würde schlagartig einen anderen Menschen aus ihm machen. Wahrscheinlich würde er nie wieder aufhören können zu schreien. Der Mann mit der Dornenkrone würde ihn nur ungerührt mustern, während ihm das Blut über die Stirn lief, und schließlich den todbleichen, hölzernen Arm nach ihm ausstrecken.

Sie hatten die Tür erreicht, und Trost streckte die Hand nach dem Griff aus. Drückte dagegen, zog daran, aber nichts geschah. Die Tür ließ sich nicht öffnen.

Erst als er auch die zweite Hand benutzte, die Lembergs gehalten hatte, und mit beiden Händen heftiger an dem Griff zog, bewegte sich die Tür.

Die Hand. Die hölzerne Hand. Sie ist ganz nah.

Ein Lichtstrahl fiel in das Zwielicht unter dem Eingangsbereich, traf auf Lembergs Gesicht unter der Kapuze. Einen Moment lang sah sie aus wie die heilige Maria. Trost starrte sie an, sie erwiderte seinen Blick. Eine Sekunde. Zwei. Ihm war, als würde er in ihren Augen versinken.

Wieder ihr Versuch eines Lächelns. »Wollen wir?«

»Was?«

»Gehen.«

69

Auf den Stufen des Kirchenportals wäre er beinahe auf die Knie gesunken. Eine enorme Last war von seinen Schultern genommen worden, schon kam es ihm lächerlich vor, vor fünf Sekunden noch Todesangst gehabt zu haben. Todesangst vor nichts. Höchstens vor einem Trugbild. Vor einer Ahnung davon.

Auf unsicheren Beinen begleitete er Lemberg über die Straße. Spürte durch ihre Jacke hindurch die Hitze ihres Fiebers. Er öffnete die Haustür, ging mit ihr langsam die Stiege hinauf. Öffnete ihr die Wohnungstür mit dem Schlüssel, den sie ihm zitternd gereicht hatte. Schob sie in ihren Flur. Auf der Schwelle wollte er umdrehen, doch sie hielt seine Hand fest. Trotz des Fiebers war sie noch immer kalt.

»Wärst du so nett und machst mir einen Tee?«

Also tat er den nächsten Schritt und stand in ihrer Wohnung. Hörte, wie die Tür hinter ihm leise klickend ins Schloss fiel.

70

Die Schrecken dieser Nacht entblößten viele Fratzen voll von schlummerndem Hass.

Was für ein dämlicher Trottel. Alle sind sie Trottel. Der Professor. Dieser Inspektor. Die Journalisten. Die Studenten sowieso. Niemand hat wirklich eine Ahnung von den Dingen. Von keinem ist so etwas wie Wertschätzung zu erwarten.

Der graue Mann war froh, als er das Büro des Professors endlich verlassen durfte. Professor Tadelmann hatte sich aufgeführt – sagenhaft! Er hatte gebrüllt und dabei Trosts Stimme nachgeäfft. So fürchterlich geschwitzt, dass sich Schweißflecken groß wie Weltmeere unter den Achseln auf seinem Hemd abgezeichnet hatten.

»Was bildet der Kerl sich eigentlich ein?«, hatte er immerzu gerufen. »Meine wertvolle Zeit zu verschwenden. Sich an meinem Wissen zu bedienen. Und mich dann zu beschuldigen, mich zum Täter zu machen! Meine Reputation aufs Spiel zu setzen. Mich hineinzuziehen!« Auch vor Phrasen und Beschimpfungen hatte der Professor nicht haltgemacht. Etwa vor: »Prolet der rechten Murseite«, »Strohdummer Beamter« oder – völlig unpassend für ihn und vielleicht gerade deshalb fast hochdeutsch – »Arschloch«.

Der Graue verstand sich in vielerlei Hinsicht als Professor Tadelmanns rechte Hand. Auch wenn er in dieser Situation eher sein rechtes Ohr gewesen war. Woher der Professor wissen wollte, dass

Inspektor Trost ein Bewohner der rechten Mur-Seite war, entzog sich seiner Kenntnis, aber es war nur allzu deutlich geworden, dass der Professor keine große Liebe für die Stadthälfte jenseits des Flusses hegte. Diese seit jeher von Prostituierten bevorzugte Gegend, wo es außer ihnen nur Arbeitervolk, Ausländer, schlechte Zähne, billige Anzüge und kaputte Häuser gab. Lend. Gries. Eggenberg. Wetzelsdorf. Bezirke, deren Namen Professor Tadelmann verwendet hatte wie Schimpfwörter.

Der graue Mann, der die Schimpftirade des Professors über sich hatte ergehen lassen, kannte diesbezüglich keine Befindlichkeiten. Er stammte aus Kärnten. Aus Lölling, um genau zu sein. Das kleine Dorf lag in einem schroffen Tal ganz in der Nähe jenes Ortes, in dem der Bergsteiger Heinrich Harrer aufgewachsen war, der Freund des Dalai Lama.

Auch schon tot.

Schleich hatte sich immer gewünscht, weit zu reisen. Abenteuer zu erleben. Aber es war ihm nicht vergönnt gewesen. Ohne reiche Eltern im Hintergrund, ohne ein bisschen Glück – und ohne ein Quäntchen Mut, aber diesen Grund wollte er sich nicht eingestehen – ging es eben nicht. Also verrichtete er seine Arbeit in Graz und verlegte sich aufs Kopfreisen.

Unzählige Nächte hatte er schon mit dem Studium von Büchern verbracht, die ihn in irgendwelche Zeiten an irgendwelche Orte führten. In Schreibstuben. In Bibliotheken. In Archiven und Kellern hatte er gelesen. Die spärlichen, unnatürlichen Lichtquellen. Das alles hatte ihn grau gemacht. Und bleich.

Er folgte seinem Schatten, den die Straßenlaterne ihm vor seine Füße warf. Es war ein matter Schatten. So als wäre sein Körper keine feste Masse, die das Licht aufhielt. So als sei er kaum noch existent.

Er zog an den Häuserblöcken aus der Renaissance vorüber, die ihn stumm anglotzten. Nicht einmal im Studentenviertel war heute viel los. Seit Minuten war er keiner einzigen Menschenseele begegnet. Auch das Rauschen des abendlichen Verkehrs schien von weit her an sein Ohr zu dringen, als versuche die Stadt, einen Bogen um ihn zu machen. Bitterkeit legte sich auf sein Gemüt.

Sogar in der Nacht wenden sich alle von mir ab. Was ich auch bin, was ich auch tue, alles an mir scheint widerlich und uninteressant zu sein. Uninteressant.

Auch ihm stieß die Bemerkung Trosts nun bitter auf.

Was kann an einem historischen Mord bloß uninteressant sein?

In diesem Punkt konnte er den Professor gut verstehen, konnte seinen Zorn nachfühlen.

Uninteressant. Wie kann etwas uninteressant sein, das Geschichte atmet?

All diese Fälle atmeten Geschichte. Im Gegensatz zu der Leiche, die in der Stadt aufgefunden worden war. Die hatte nicht mehr geatmet. Elf Messerstiche. Dieselbe Wohnung. Dasselbe Motiv. Dieselben Umstände. Was bitte schön war daran uninteressant? Der Fall Knabl hatte zu seiner Zeit die Aufmerksamkeit der großen Öffentlichkeit erregt. Auch weil der Täter jemand gewesen war, der es doch eigentlich gar nicht nötig gehabt hätte. Ein junger Bursch mit guten Aussichten. Und dann war die Gnade ins Spiel gekommen. Gnade war vor Recht ergangen. Man hätte ihn aufhängen müssen, natürlich, aber er war so ein junger Bursch gewesen. Uninteressant? Was wusste Trost denn schon?

Seine Schritte wurden schneller. So schnell, dass er schließlich lief. Dass er rannte. Die Häuser flogen an ihm vorüber. Die Renaissancefassaden wichen historistischen Villen aus dem 19. Jahrhundert, deren Gärten durch schmiedeeiserne Tore von der Straße abgegrenzt wurden. Löcher im Gehsteig. Kameras vor den Hauseinfahrten.

Er rannte auf den Hilmteich zu. Die feinere Gegend. Die bessere Welt.

Uninteressant. So ein Trottel, der Trost!

»Trottel!«, schrie er laut. Seine Stimme klang heiser. Und kalt wie die Nacht, die sie verschlang. Echolos. Trostlos.

Noch bevor er den Hilmteich erreichte, hielt er inne. Stumm rang er um Atem. Seine Hände auf die Knie gestützt, die Finger zu wütenden Fäusten gekrümmt. Ein bisschen so wie die Leute, denen man riet, sich vom Arzt ihres Vertrauens besser wieder einstellen zu lassen.

Nach ein paar Minuten richtete er sich wieder auf und machte sich auf den langen Weg zurück.

71

Auch Professor Tadelmann warf einen Schatten, als er die Eingangsstufen zu seinem Haus in Geidorf hochstieg. Ehemals hatte das vierstöckige Gebäude ebenso viele Mieterparteien beherbergt, dann hatte er es gekauft und in sein Zuhause umgebaut. Im Parterre drei Wohnzimmer, ein Esszimmer, die Küche und der Ausgang zum Innenhof, den er als Parklandschaft mit Marmorfiguren und Pavillon gestaltet hatte und im Sommer gerne Freunden und Bekannten der wissenschaftlichen Gesellschaft präsentierte.

Der erste Stock diente ausschließlich als Repräsentationsfläche. Die Räume waren gefüllt mit Bücherregalen, Musikinstrumenten und imposanten Gegenständen, die wie in einem Museum platziert waren. Man war verleitet, stets zwei, drei Schritte zurückzumachen, um den Anblick auf sich wirken zu lassen. Auch ein Flügel, ein Billardtisch und eine frei stehende Badewanne, die als Topf für eine gewaltige Yucca diente, waren darunter. Den zweiten Stock bildeten seine Privatgemächer mit der Bibliothek und der Infrarotkabine. Dazu Schlaf-, Bade- und Umkleidezimmer sowie ein Panicroom, der sich von innen verschließen ließ. Der dritte Stock wirkte vernachlässigt. Hier gab es Zimmer, die einst als Kinderzimmer gedient hatten. Als Spielzimmer. Dann natürlich ein weiteres Badezimmer. Mittlerweile war das Stockwerk unbewohnt. Staub hatte sich auf sämtliche Flächen gelegt, Stille sich ausgebreitet. Wie überhaupt das gesamte Haus eine beklemmende Ruhe ausstrahlte, die man auch als Lärm definieren konnte. Eine im Ohr schmerzende Lautlosigkeit. Sämtliche Familiengeräusche fehlten.

Sie waren schon vor Jahren ausgezogen. Seine Frau war mit einem Wiener abgehauen, der eine Stelle als Botaniker in den USA bekommen hatte. Die Kinder hatte sie mitgenommen.

Anfangs hatte es noch Postkarten gegeben und lange Briefe. Später kurze.

Zwei-, dreimal war er hinüber in die Staaten geflogen. Hatte sich von den Kindern, sie waren damals zwölf und dreizehn gewesen, das Weiße Haus, das Kapitol und die breiten Straßen und den weiten Himmel über Washington, D.C., zeigen lassen. Dann waren die Briefe, die Anrufe und schließlich auch seine Reisen ausgeblieben. Er war einer Sekretärin am Institut für Germanistik nähergekommen, hatte seine Kinder mitunter fast vergessen. Die Erinnerung an sie verdrängt. Bald gab es von ihnen nur noch Karten zum Geburtstag, zu Weihnachten. Heute waren sie erwachsen. Und er allein im Haus. Die Beziehung mit der Sekretärin hatte kein halbes Jahr gehalten.

Ohne das Licht einzuschalten, saß er in einem der Wohnzimmer im Erdgeschoss und zog an einer Zigarre. Der Qualm war in der Nacht unsichtbar. Seine Gedanken hingegen manifestierten sich im Dunkel, wurden zu zornigen Gedankenwolken.

Uninteressant! Wie kann ein Mord uninteressant sein, noch dazu, wenn er historisch ist? Ein historischer Mord?

Er nahm einen tiefen Lungenzug, ließ den Rauch wieder entweichen.

Warum nur ist Geschichte für die meisten Leute uninteressant? Was läuft in meinem Leben falsch?

72

Und Martin Anfänger? Er trat aus dem Bürogebäude, Stöpsel in den Ohren, telefonierend, verfolgt von den Blicken des Portiers.

»Ein junger Gasgeber«, grinste er ihm verächtlich nach. »Ehrgeizling«, murmelte er, ehe er wieder in seinen kleinen tragbaren TV-Apparat schaute, den er sich zur Nachtschicht immer mitbrachte.

In hundert Metern Entfernung riss Anfänger sich die Stöpsel aus den Ohren und atmete durch. Lehnte sich an die Hausmauer, zündete sich eine Zigarette an und hoffte darauf, dass das mulmige Gefühl in seiner Magengrube verschwand.

Etwas läuft falsch.

Der Gedanke ließ ihn schon seit Stunden nicht mehr los.

Er war gut gewesen, doch seit Armin Trost in der Redaktion gewesen war, tat er sich immer schwerer, die richtigen Worte zu finden und zügig zu arbeiten. Kollegen hatten die besseren Formulierungen, waren schneller. Die Witze über seinen Namen häuften sich. Die Leute begannen, sich über ihn lustig zu machen, weil er so ehrgeizig war, alles allein machen wollte.

Heute hatte einer über zwei Tischreihen hinweg gerufen: »Wir haben zwei Termine, die gleichzeitig stattfinden. Übernimmst du beide, Anfänger? Natürlich machst du das! Das schaffst nur du.«

Dieser Schmäh wird mir bleiben. Tagelang. Wochenlang. Wird immer wieder aufgewärmt werden. Bei Jubiläen, Zigarettenpausen.

Anfänger atmete tief durch. Er würde sich etwas für diesen Typen einfallen lassen, der ihm das eingebrockt hatte. Eines Tages. Rache. Er würde es ihnen zeigen. Allen.

Er warf die Zigarette mit Nachdruck in den Gully, setzte sich seinen Motorradhelm auf und stieg auf seine BMW 1200. Eine Straßenmaschine. Schwarz. Wie die Nacht. Er fuhr los und folgte seinem Schatten.

73

Klatsch! Die Ohrfeige hatte gesessen. Aber viel mehr als die Wange schmerzte das darauffolgende Gelächter. Verächtlich starrte der graue Mann die Frau an, ein verblühtes Wesen mit verschmiertem Lippenstift und zerzaustem Haar, an deren Bluse der oberste Knopf abgerissen war. Zitternd griff er nach seiner Jacke und verließ das Lokal. Er schwitzte immer noch. Vom Dunst des Wirtshauses und von der Hitzewelle, die nach der Scham der Ohrfeige seinen Körper flutete.

Das war schon die dritte Frau, bei der es nicht funktionierte. Bei der ersten hatte ihm eine Handvoll Jungs klargemacht, dass es besser sei, zu gehen, bei der zweiten hatte der ekelhafte Ausschlag am Hals der Dame ihn bei näherer Betrachtung abgeschreckt und nun die Ohrfeige. Er hatte kein Glück bei den Frauen. Heute nicht. Und auch sonst eigentlich nicht. Und das, obwohl das Studentenviertel groß war. Mit vielen Lokalen. Und vielen Frauen. Die in vielen Nächten auf der Suche waren.

Der Mann stand auf dem Gehsteig und wischte seine schwitzenden Handflächen am Oberschenkel trocken. Irgendwie hatte sich die Ohrfeige auch gut angefühlt. Die Frau hatte nicht mit voller Kraft geschlagen, eher halbherzig, als wäre die Gegenwehr nur vorgeschoben. Vielleicht sollte er zurückgehen und sich die Dame einfach nehmen. Vielleicht war das ein Hinweis gewesen, vielleicht wollte sie es mit Gewalt.

Der Gedanke erregte ihn, doch als ein Windstoß ihm durch sein Haar fuhr, trug er ihn mit sich fort.

Er blickte auf seine Armbanduhr. Für einen Film war es noch nicht zu spät. Und Filme hatte er zu Hause genug. Gute Filme. Erregende Filme.

Als er aufsah, bemerkte er den Mann im Auto. Er starrte auf den Eingang eines Hauses. Oder starrte er auf das beleuchtete Fenster im dritten Stock? Wie auch immer, der Mann erinnerte ihn an einen Agentenfilm. Seine Neugierde war geweckt, und so lehnte er sich im Schatten der Fassade an die Wand und wartete.

Er war ein geduldiger Mensch, ein sehr geduldiger.

74

Er hatte sich einen Stuhl herangezogen. Sie lag im Bett und musterte ihn aus glasigen Augen. Der Tee in ihrer Hand dampfte. Sie hielt ihn nahe an ihr Gesicht, inhalierte die Inhaltsstoffe, nippte daran.

Das Schlafzimmer war winzig. Auf dem Doppelbett befanden sich mehr Laken als nötig, auf dem Boden weiche Teppiche. An den Fenstern des Altbaus dicke Vorhänge, an der Wand ein riesiges Bild, außerdem ein Fernseher und Bücher und Zeitschriften, die zwischen Kleidungsstücken auf dem Boden lagen. Es roch ein wenig nach Mensch, man hätte mal lüften müssen, aber Trost mochte diesen Duft. Er machte ihn schläfrig.

»Ich hab dich angerufen, aber du hast nicht abgehoben.« Sie stöhnte, als hätte sie der Satz unendlich viel Kraft gekostet.

»Tut mir leid, ich konnte gerade nicht. Aber später hab ich dich zurückgerufen. Mehrmals.«

»Da konnte ich wiederum nicht. Lag im Bett.«

»Eine SMS hätte gereicht, dann hätte ich Bescheid gewusst.«

»Tut mir leid, aber ich war total fertig. Ist ganz plötzlich gekommen. Typisch für die Übergangszeit.«

»Aha, da spricht die Ärztin, oder was? Warst du schon beim Hausarzt?«

»Ich hab keinen.«

»Okay, und deshalb bist du in die Kirche gegangen? Hast du dir vielleicht vom Heiland Heilung versprochen?«

Sie nippte am Tee und zuckte mit den Achseln. »Weiß auch nicht, warum ich dort war. Ich hatte einfach das Bedürfnis. Hab ich in letzter Zeit öfter.«

»Du bist öfter in der Kirche?«

»Warum denn nicht? Da kann ich mich sammeln. Meine Gedanken ordnen. Ich hab gedacht, das täte mir ganz gut.«

Trost schüttelte den Kopf. »Was für eine schwachsinnige Geschichte. Und was ist die Wahrheit?«

»Das war sie, ehrlich. Ich dachte mir, in der Kirche kann ich besser nachdenken als im Bett.«

»Und worüber wolltest du nachdenken – in der Kirche?« Er betonte das letzte Wort, drückte damit all seine Verachtung aus für das, was es beinhaltete.

»Ach, da gibt es vieles. Ist doch auch egal. Jedenfalls war es eine blöde Idee. Ich glaube, jetzt hab ich auch noch Fieber.«

Trost seufzte. »Ich hab mir Sorgen gemacht. Hab gedacht, du tust es Schulmeister gleich und verschwindest. Kannst du dir vorstellen, wie es mir ging?«

»Sorgen?«

Er zögerte. »Ja, natürlich.«

Während sie die Teetasse abstellte, nutzte er den kurzen Augenblick, um sich neuerlich umzusehen. Das Foto auf ihrem Nachttisch zeigte eine Berglandschaft, keinen Mann.

Sie griff nach seiner Hand.

Er wollte sie wegziehen, ließ sie dann aber doch in der ihren liegen. Sah auf ihre beiden Hände und blickte dann auf. Sie war ihm jetzt sehr nahe. Zu nahe. Er spürte ihre Lippen auf seinen, ihr Gesicht strahlte fiebrige Hitze aus. Nur ihre Nasenspitze war kalt. So wie ihre Hand. Er erwiderte ihren Kuss.

75

Kurz darauf fand sich Armin Trost auf der Straße wieder. In einem Zustand, den er nicht mochte. Verwirrt und durcheinander.

Er hatte sich nach dem Kuss sofort von ihr gelöst, ihre Hand aber nicht losgelassen. Irgendwann war ihm aufgefallen, dass er es war, der ihre Hand hielt, nicht umgekehrt. Sie hatten einander angesehen. Fast traurig.

»Scheiße«, hatte er gesagt.

»War's so schlimm?«

»Nein.« Er hatte sich zögernd erhoben, den Parker von der Stuhllehne genommen. »Nein.« War zur Tür gegangen. Hatte sich noch einmal umgedreht. Zum dritten Mal: »Nein.«

Wieder so viele Neins.

In der Kühle der Nacht war ihm, als tanze sein Schatten vor ihm her. Als mache er sich über ihn lustig. Er wandte sich nach links Richtung Stadtpark, ging dann aber doch nach rechts zur Bushaltestelle vor der Universität, als er innehielt. Vor ihm stand eine Gestalt, die aus einem finsteren Winkel aufgetaucht sein musste. Sie schien genauso erschrocken über seinen Anblick wie er über den ihren. Sekundenlang standen sie sich wie versteinert gegenüber.

Endlich formulierte Trost den Gruß wie eine Frage: »Guten Abend?«

»Guten Abend«, erwiderte die Gestalt.

»Interessant, dass wir uns treffen. Wollten Sie nicht heimfahren? Oder folgen Sie mir?«

Die Gestalt schien um eine Antwort verlegen und warf dann einen Blick zu Lembergs Wohnung.

»Sie folgen ihr?«

»Hören Sie, es ist nicht so, wie es aussieht. Ich bin kein Verrückter oder ein Stalker. Sie sind doch auch verheiratet und sind bei ihr. Ist das etwa in Ordnung?«

Trost brauchte zwei Sekunden, um zu verstehen. Der Kerl drohte ihm. Gab vor, etwas zu wissen.

Der Graf wechselte das Standbein und hob in einer seltsam unschuldigen Geste die Schultern. »Ich bin halt ihr Beschützer.«

76

Im Zwielicht der Nacht wirkte Hinterher größer, als er in Wirklichkeit war. Breiter. Würde Trost leichtes Spiel mit ihm haben? Oder gar kein Spiel, sondern bitteren Ernst?

»Sie meinen also, ich hätte eine Affäre mit meiner Kollegin, die krank im Bett liegt? Leider muss ich Sie der Illusion berauben. Ich habe ihr nur Medizin gebracht. Weil sie Fieber hat, Husten, Halsweh. Das ganze Programm.«

Das Antlitz des Grafen schien sich ein wenig aufzuhellen. Vielleicht hatte der Eindruck aber auch nur damit zu tun, dass er nun etwas weiter in den diffusen Lichtkegel der Straßenlaterne trat.

Trost wich automatisch einen Schritt zurück in den Schatten vor der nächsten Lichtinsel.

»Das mit der Krankheit wusste ich nicht. Sie meinen also, da läuft nichts zwischen Ihnen?« In Reinhard Maria Hinterhers Stimme schwang nun Hoffnung mit. Eine vor Überraschung stolpernde Euphorie.

»Ich weiß nicht, was Sie das eigentlich angeht«, blaffte Trost. »Verschwinden Sie von hier, sonst …«

»Sonst was?« Die unschuldige Hoffnung in der Stimme des Grafen war der Aggression gewichen. Einer unausgesprochenen Drohung.

Ein Wort ergab das andere, es ging so schnell, dass Trost sich später darüber wunderte, wie es überhaupt dazu gekommen war. Plötzlich hörte er den Aufschrei des Grafen. Dieser hatte ihn mit einem gezielten Faustschlag außer Gefecht setzen wollen, doch Trost bewegte sich so flink zur Seite, dass der Schlag ihn verfehlte und die Fingerknochen von Hinterhers Hand gegen die Fassade krachten. Es knackte, und Trost deutete das Geräusch als das, was es war: das Brechen von kleinen, filigranen Fingerknochen.

Der Graf brüllte vor Schmerz.

Trost packte ihn, zog ihn am Revers zu sich heran. »Und jetzt zisch ab, bevor ich mich vergesse.«

»Aber ich beschütze sie doch!«

»Das hab ich schon gemerkt. Aber die Frau ist selbst Polizistin, falls das in deinen Schädel geht. Sie braucht keinen Schutz.«

»Tut sie doch.«

Trost suchte im schmerzverzerrten Gesicht seines Gegenübers nach einem Hauch von Arglist. »Wie meinen Sie das?« Wieder der Wechsel zwischen »Du« und »Sie«, diesmal von ihm, er merkte es selbst.

»Ich hab's gesehen. Als ich ihr gefolgt bin. Da ist noch jemand, der hinter ihr her ist. Also, ich mein, ich verfolg sie ja nicht. Ich bin nur da. Ich hab Sie da vorn abgesetzt und bin bis jetzt hier geblieben. Au, meine Hand ...«

Trost ließ ihn los.

»Was soll das heißen, da ist noch jemand? Wie sieht er aus? Und wie lange geht das schon so?«

»Woher soll ich das wissen? Und wie er aussieht, kann ich auch nicht genau sagen. Er war zu weit weg. Eine Gestalt halt. Ist ihr gefolgt, als sie zu Fuß vom Präsidium weg ist. Da sah ich ihn, wie er ihr von Litfaßsäule zu Hauseck zu Busch und immer weiter hinterher ist. Ihr immer dicht auf den Fersen. Sie ist den ganzen Weg von Wetzelsdorf bis hierher zu Fuß gegangen. Ziemlich weit.«

»Sie meinen, ihr Verfolger weiß, wo sie wohnt?«

»Ja.«

Trost überlegte. »Und Sie wussten es auch, als Sie mich hier absetzten?«

»Ja.«

»Und Sie waren wann im Präsidium?«

»Gestern.«

»Warum?«

Die Augen des Grafen huschten über Trosts Gesicht. »Ich bin selbst Polizist. Da kennt man viele Leute. Auch in der Zentrale. Ist das verboten?« Damit verschwand der Graf fluchend und jammernd in der Dunkelheit.

Trost stand noch eine gute halbe Stunde an Ort und Stelle und beobachtete die Zinzendorfgasse. Immer wieder torkelten Studentengruppen vorüber, ab und zu ein verliebtes Paar, doch nichts und niemand, das oder der ihm ungewöhnlich erschien. Und doch beschloss er, den Rest der Nacht hier zu verbringen. Er setzte sich auf die Stufen, die auf den Vorplatz zur Leechkirche führten, und schlang sich den Parker enger um seinen Körper. Über ihm die Tafel, die wie vor einer guten Stunde noch immer darauf hinwies, dass er sich unmittelbar vor einer uralten Grabstätte befand. Aber seither hatte sich vieles geändert.

Das Abendessen mit Charlotte hatte er zu diesem Zeitpunkt längst vergessen. Den Schatten, der sich irgendwann aus dem Dunkel einer Nische löste, bemerkte er nicht. Die Kälte, die in seinen Körper kroch, nahm seine gesamte Aufmerksamkeit gefangen.

77

So geduldig war er nun auch wieder nicht.

Zunächst war es ja noch aufregend gewesen. Wie sich die beiden Männer fast in die Haare kriegten, ihre Stimmen lauter wurden. Doch dann verschwand der eine, und der andere blieb. Ausgerechnet der Schnüffler.

Der Schatten presste sich in die dunkle Nische und wagte keine Bewegung, keinen tiefen Atemzug.

Wie dämlich das war! Und wie langweilig! Das Ganze konnte nur schlecht für ihn ausgehen. Er nahm all seinen Mut zusammen, zog den Kopf so tief wie möglich zwischen seine Schultern und unter die Kapuze seines Sweatshirts und trat auf den Gehsteig. Raschen Schrittes entfernte er sich, glaubte aber, die Blicke des Ermittlers auf seinem Rücken zu spüren. Rechnete jeden Moment damit, dass er ihm etwas hinterherrief.

Doch mit jedem zurückgelegten Meter nahm die Gewissheit ab, verfolgt zu werden. Bis er sich sogar überwand, einen Blick über seine Schulter zu werfen. Niemand verfolgte ihn. Der Ermittler saß immer noch auf den Stufen, ein kleiner dunkler Fleck. Wahrscheinlich war er eingenickt.

Eine seltsame Nacht mit seltsamen Gestalten.

78

Wieder eine Frau, die nicht abhob, wenn er anrief. Charlotte hatte ihm mehrere SMS und WhatsApp-Nachrichten geschrieben, die er erst in der Früh gesehen hatte. Die Lektüre vermittelte ihm eine Ahnung von der Größe der Lawine, die auf ihn zurollte. Seine Frau war stinksauer.

Und wer konnte es ihr verdenken? Aus den Nachrichten ging hervor, dass sie sich am vergangenen Abend allein an einen Tisch des Restaurants gesetzt hatte, die Lichter der Stadt vor sich. Irgendwann hatte sie sich ein Glas Wein bestellt und begonnen, die ersten SMS an ihn zu senden. Und schließlich war der Moment gekommen, an dem sie sich sicher gewesen war, vergessen worden zu sein. Von ihrem eigenen Mann.

Die Haustür war verschlossen, als er in den Morgenstunden nach Hause kam. Er verkroch sich eine Stunde lang im Baumhaus, aber ihm wurde immer kälter. Er stieg die Leiter hinunter, doch das Haus war immer noch versperrt. Innen steckte der Schlüssel. Er rief, klopfte an verschiedene Fenster, erhielt aber von drinnen keine Reaktion. Sie hatten sich eingesperrt. Nein: Sie hatten ihn ausgesperrt.

Er fror erbärmlich. Seine Glieder schmerzten.

Resigniert schleppte er sich irgendwann zum Bahnhof, die Luft roch nach modriger Feuchte, nach Wald und Moos, und fuhr zurück in die Stadt.

Auf der Toilette eines Fast-Food-Restaurants am Hauptbahnhof putzte er sich die Zähne. Bürste und Pasta hatte er sich im Drogeriemarkt gekauft. Sein Spiegelbild erinnerte ihn an einen Penner, der beschlossen hatte, sein Leben in den Griff zu bekommen. Und Zähneputzen war der erste Schritt. Eine Dusche und frische Kleidung hätten eigentlich der nächste sein müssen, aber gut, man musste Kompromisse eingehen. Immerhin war ein Frühstück drin.

Wenige Minuten später saß Trost auf einem Plastikstuhl in der Bahnhofshalle, nippte an einem Verlängerten im Pappbecher und kaute an einer Extrawurstsemmel mit Käse.

Der Bahnhof weckte Erinnerungen an alte Fälle in ihm. An das Tohuwabohu, das er oder besser: verrückte Mörder in dieser Stadt schon so oft ausgelöst hatten.

Ob Graz verrücktere Menschen hervorbrachte als andere Städte vergleichbarer Größe? Er hatte keine Ahnung, kannte keine Statistik, die darüber Auskunft gegeben hätte. Fakt war: Jeder Mord sicherte ihm seinen Job. Über diesen Gedanken musste er lachen. Er war zu absurd.

Er blickte an sich hinab.

Was tue ich hier? Was ist aus mir geworden? Wohin soll das alles führen?

Die Fragen prasselten plötzlich und unangekündigt auf ihn ein. Eine seltsame Schwere bemächtigte sich seiner. Eine Gedankenschwere. Eine Seelenschwere.

Was für ein erbärmlicher Kerl ich doch bin.

Und obgleich er wusste, dass derlei Gedanken wenig dazu beitrugen, dem Tag konstruktiv zu begegnen, konnte er sie nicht stoppen.

Trost. Wer war Trost? Ein Mann, der in einem Baumhaus lebte. Der eine Familie hatte, die ihn aber nicht in sein Haus ließ. Weil er sich zu wenig um sie kümmerte. Weil er merkwürdige Dinge tat. Sich seinem Leben hingab, als befände er sich auf einem Egotrip. Dabei nicht auf die Gefühle seiner Mitmenschen achtete. Sich selbst in Gefahr begab. Und nun sogar andere Frauen küsste.

Nein, es war ja nur eine und auch kein Kuss gewesen. Eine Berührung, ja. Aber kein richtiger Kuss, kein Fall. Kein richtiger Fall. Eher Zufall. Eine zufällige Berührung.

Trost. Was tat Trost? Er saß am Bahnhof. Äußerlich schon abgerissen und weit entfernt von einem Menschen, den man gemeinhin begehren würde. Und trotzdem war er Subjekt des Verlangens. Lemberg wollte etwas von ihm. Er schüttelte den Kopf. Unfassbar eigentlich. Er hatte gedacht, diese Situationen wären mit dem Alter gegessen. Diese Frauensituationen. Aber nein, und dann noch ausgerechnet seine Kollegin.

Und Charlotte? Sie hatte auf ihn gewartet, hatte einen Schritt auf ihn zugemacht, beinah wäre alles wieder in Ordnung gewesen. Aber er hatte es verbockt. Wegen einer anderen Frau.

Trost. Wie wollte Trost die Fälle lösen? Ach ja, die Fälle. Er schüttelte erneut den Kopf. Passanten, die an ihm vorübergingen, betrachteten ihn mit Befremden. Umso mehr, als er plötzlich aufsprang und aus der Halle stürmte. Er konnte hier nicht länger hocken bleiben, er brauchte die Bestätigung. Die Anerkennung. Anerkennung!

Die Lösung des Falles! Er hatte sie. Er war dran. Ganz nah dran. Aber zuerst brauchte er noch eine Dosis Geschichte. Tödlicher Geschichte.

79

Graz hatte die kritische Größe einer Kleinstadt, das hieß, man konnte immer jemandem begegnen, dem man nicht begegnen wollte.

So erging es auch Trost, der in der Uni genau so einen Menschen traf, auf dessen Anblick er gern verzichtet hätte.

»Sie brauchen sich gar nicht erst in den Hörsaal zu bemühen. Die Vorlesung fällt heute aus.«

»Wie?« Mehr fiel Trost auf die Schnelle nicht ein. Was zum Teufel machte dieser Kerl hier? Und woher wusste diese bleiche Nervensäge mit den Pickeln am Kehlkopf, dass er auf dem Weg in eine Vorlesung gewesen war? Nein, er wusste nicht nur das, Martin Anfänger wusste anscheinend sogar ganz genau, in welche Vorlesung Trost gewollt hatte.

Als der Reporter ihm mit seinem breitesten Lächeln entgegenstrahlte, hatte es den Anschein, als schimmerten seine Augen feucht. Freudentränen? »Ich hab's geschafft!«, rief er viel zu laut und deutete mit dem Zeigefinger auf Trost. »Ich hab's geschafft. Stimmt's nicht? Sagen Sie es, sagen Sie endlich: ›Er hat's geschafft!‹«

Eine Gruppe Studentinnen drängte sich an ihnen vorüber, musterte die Männer mit Argwohn. Trost blickte sich zweimal nach den jungen Damen um. Mit ihren Jeansjacken und den lockigen langen Haaren waren sie mehr als durchschnittlich attraktiv. Was seinen Zorn noch steigerte. Darüber, dass Anfänger zu laut war. Entschieden zu laut. Auch seine ständigen Wiederholungen gingen Trost auf die Nerven. »Hören Sie auf damit.«

»Aber Sie müssen es zugeben.« Anfänger deutete wieder auf ihn.

»Geben Sie's zu, dass ich es geschafft habe, Sie zu verunsichern. Ich habe Sie doch verunsichert, stimmt's?«

»Ich sagte, Sie sollen aufhören. Was tun Sie hier?«

»Ich recherchiere, Herr Trost. Genau wie Sie. Ich wette, Sie waren auf dem Weg zu Professor Tadelmann. Dem Experten schlechthin für Grazer Geschichte. Außerdem gilt er als Fachmann für historische Kriminalfälle. Da liegt es doch nahe, sich mit diesem Herrn etwas ausführlicher zu unterhalten. Für ein langes Interview. Vielleicht wird sogar eine morbide Reportage daraus. Der Mann genießt schließlich eine internationale Reputation, von der hierzulande kaum jemand etwas weiß. Aber wir werden das jetzt ändern. Morgen ziert sein Konterfei eine Doppelseite.«

Tadelmanns Blatt schien sich also zu wenden. Endlich wurde ihm die Anerkennung zuteil, nach der er sich all die Jahre so sehr gesehnt hatte. Man musste kein Sherlock Holmes sein, um den Zeitpunkt interessant zu finden.

»Aha. Und was wird in dem Artikel stehen? Was ist so erwähnenswert daran, wenn ein Wissenschaftler sich über sein Fachgebiet auslässt?«

»Der erste Mordfall erinnert in seiner Grauslichkeit doch ganz markant an den Herzerlfresser von Kindberg. Da gibt es sicher allerhand Gesprächsstoff, der die Öffentlichkeit interessiert. Sie sollten mal in diese Richtung recherchieren.« Anfänger fuhr sich gespielt überrascht mit einer Hand an den Mund. »Oh, oder tun Sie das etwa längst?«

Anfänger war jung und unerfahren, aber man musste ihm lassen, dass er die wichtigste Voraussetzung eines Journalisten mitbrachte: Er konnte mit Leuten umgehen. Es war beeindruckend, wie er Trost bereits seit Minuten in ein Gespräch verwickelte.

»Sind Sie jetzt der neue Mordfall-Schreiber, der neue Schauerer, wie ihr bei der Zeitung sagt?«

»Nicht wirklich, aber eigentlich gibt es da keine Direktive. Ich war halt gerade vor Ort, und ich beabsichtige sicher nicht, mich wieder zurückzuziehen. Jetzt, wo es gerade interessant wird.« Er grinste wieder.

Dummerweise fand Trost den Jungen zunehmend sympathisch.

»Ehrgeiz ist nichts, wofür man sich schämen muss«, fügte Anfänger fast entschuldigend hinzu, als hätte er Trosts Gedanken erraten. »Er ist das Einzige, was ich vorweisen kann. Vielleicht auch Talent, aber das kann ich selbst nicht beurteilen. Diese Mordserie ist die beste Chance, die ich kriegen konnte. Ich weiß, dass ich Ihnen auf die Nerven gehe, aber Sie müssen mich auch verstehen. Sie müssen versuchen, die Situation aus meiner Perspektive zu sehen.«

»Ich muss gar nichts. Woher wussten Sie, dass ich auf dem Weg in eine Vorlesung war?«

»Wusste ich das wirklich?« Der Reporter schmunzelte.

Trotz der plötzlich gestiegenen Sympathiewerte gefiel Trost die Antwort nicht. »Hör mal gut zu, Freundchen. Wenn du mir nachspionierst, haben wir ein ernstes Problem. Verstanden? Das werde ich mir nicht gefallen lassen.« Trosts Zeigefinger zielte auf Anfängers Brust.

»Schon gut, schon gut. Ich tu ja nur meine Arbeit.«

»Und jetzt raus mit der Wahrheit. Woher weißt du, dass ich zu Tadelmann wollte und die Vorlesung ausfällt?«

»Ich wusste nicht, dass Sie zum Professor wollten. Hab's nur geraten. Ich war selbst auf dem Weg zu ihm, aber die Sekretärin sagte mir, man habe ihn abgeholt. Leute in Zivil. In Lederjacken. Und was sagt das jedem, der sich ein bisschen im Krimi-Genre auskennt? Natürlich, der Professor ist bei euch.«

Trost fiel ein, dass er selbst es gewesen war, der den Professor für zehn ins Büro bestellt hatte. Aber das konnte doch niemand anderes wissen. »Bei uns?«

»Na, bei der Polizei. Ihr habt ihn vor einer halben Stunde abgeholt, weil er irgendetwas mit den Mordfällen zu tun hat.« Er lehnte sich ein wenig Trost entgegen. »Ist er der Hauptverdächtige? Ist er vielleicht sogar der Täter? Ein Professor, der historische Morde verübt? Lassen Sie mich Ihre Einschätzung wissen, Herr Trost: Wie groß sind die Chancen, dass er es war?«

Trost drehte sich um, lief zum Ausgang.

»Noch etwas, Herr Trost!«, rief Anfänger. »Wenn Sie nicht wissen, dass der Professor einvernommen wird, haben Sie dann noch die Kontrolle über den Fall?«

80

Johannes Schulmeister war weg. Annette Lemberg krank. Balthasar Gierack mit seinen Nerven am Ende. Und Armin Trost noch mehr in sich gekehrt, als man es von ihm gewohnt war.

Kein Wunder, dass etwas geschehen musste. Kein Wunder, dass das Innenministerium reagiert hatte. Kein Wunder – und doch eine Katastrophe.

Bitte nicht die Wiener!

Trost betrat das Konferenzzimmer. Natürlich wusste er, dass sie es waren, die auf ihn warteten, schließlich hatte Gierack ihren Besuch abgekündigt. Zwei Männer mit Oberlippenbart und zurückgegeltem Haar. Rattengesichter. Kalte Augen. Der eine dünn, der andere dick. Klassisch. Und einfach auseinanderzuhalten. Zwei Kerle in Lederjacken, die sich die Arme in die Hüften stemmten und ihr Kinn beim Reden vorreckten.

Was Trost hingegen nicht wusste, war, dass der Dünne deshalb so ausgezehrt war, weil er sich mit illegalen Drogen befasste. Und zwar nicht nur theoretisch und in seinem Arbeitsalltag. Und dass der Dicke eher muskulös als korpulent war und eine Vorliebe für Fitnessstudios hatte. Zudem hatte Trost keine Ahnung davon, dass die beiden ihn nicht unterstützen sollten, sondern bereit waren, das Kommando zu übernehmen.

»Oiso«, sagte der Ausgezehrte. Schon das erste Wort entlarvte ihn als Hauptstädter. »Langsam scheint's so, als hätten wir hier in der Provinz ein Problem. Drei Morde, keine Spuren. Ihr wissts net weiter, stimmt's oder hob i recht?«

Der Zweite, Einbauschrankähnlichere, schlug sich mit dem Handrücken in die offene andere Hand. »So geht das nicht. Bis nach Wien macht man sich schon Sorgen. Und mir ham sicher a bisserl die schwereren Fälle wie ihr und lösen die auch.«

Trost hatte das Gefühl, den beiden Agenten aus »Men in Black« gegenüberzustehen. Allerdings waren diese hier sprachlich weniger versiert.

Der Bullige deutete mit dem Zeigefinger auf die versammelte Mannschaft im Raum. Gierack hatte ein gutes Dutzend Leute zusammengetrommelt. Fahndungsgruppe, Tatortgruppe, Mordermittler. »Mir übernehmen das jetzt. In spätestens einer Woche liegen die Fakten auf dem Tisch, und der Täter is im Häfen, klor?«

Der Ausgezehrte begann, auf und ab zu gehen. »Mir haben diesen Professor schon mal in die Mangel genommen. Ruck, zuck ham mir den aufg'macht. Wussten Sie, Herr Chefinspektor, dass das Opfer in der Murgasse, diese Frau König, nicht nur im Betrieb ihres Mannes gearbeitet hat? Stellen Sie sich vor, wir haben den Geschichtsprofessor nach ihr gefragt, und er hat uns als Antwort gegeben, dass er sie früher gut gekannt hat. Sie war Sekretärin am Institut für Germanistik. Er war ganz außer sich, als er erfuhr, dass sie ermordet worden ist. Oder besser gesagt: Er war erschüttert. Wir wollten wissen, warum ihn die Nachricht so treffe, und er hat etwas von einem Techtelmechtel erzählt! Na, was sagen Sie jetzt? Das ist bei unserer Einvernahme rausgekommen. Nach circa einer«, er blickte unnötigerweise auf seine Armbanduhr, »knappen Viertelstunde. Nicht schlecht, was?«

Gierack saß zusammengesunken an einem Besprechungstisch, das Gesicht in den Händen verborgen.

»Jetzt werden wir Folgendes machen, Herr Chefinspektor … Herr Chefinspektor?« Der Ausgezehrte schnipste mit den Fingern, als könne ihm das helfen, sich an Trosts Namen zu erinnern.

Trost stand auf und ignorierte Gieracks beschwichtigende Handbewegungen.

»Sie werden uns einen kompletten Bericht mit allen bisherigen Ergebnissen liefern. So dürftig die auch sind. Sie ham nämlich fast gar nichts, stimmt's oder hab ich recht?«

Trost drehte sich um und ging zur Tür.

»Hallo? Wo gemma hin?« Die beiden Wiener stemmten wieder die Arme in die Hüften, rührten sich aber nicht. »Mir sind noch nicht mit Ihnen fertig! Was glauben S' denn, dass Sie sich erlauben können? So geht das nicht. Das hier ist kein Kindergeburtstag. Wenn S'aufs Klo müssen, dann halten S's zurück, bis wir fertig sind.«

Doch Trost stand schon auf dem Gang und ließ die Tür hinter sich zufallen. Er wartete noch zwei, drei Sekunden, ob sie sich abermals öffnen und ihm einer der beiden wutentbrannt folgen würde, aber nichts dergleichen geschah. Niemand war hinter ihm her. Er wählte Gieracks Nummer.

»Armin, komm sofort wieder zurück«, meldete der sich flüsternd. »Das eskaliert hier.«

»Es gibt zwei Möglichkeiten«, sagte Trost, ohne auf Gieracks Anweisung einzugehen, »entweder sind die beiden Kerle verschwunden, ehe ich das Gebäude verlassen habe, oder ich verlasse das Gebäude.«

»Was soll das heißen? Willst du mir drohen?«

»Das soll heißen, dass ich nicht weiterarbeite. Burn-out, Grippevirus, so etwas geht schneller, als man sich gemeinhin vorstellen kann. Mir ist jetzt schon ganz schwindlig. Lemberg liegt übrigens auch flach. Und ja: Ich will dir drohen.«

Gierack legte auf.

81

Trost tastete seine Manteltaschen ab, stellte fest, dass er alles, was er brauchte, bei sich trug, und nahm den Lift ins Erdgeschoss.

Die König und der Tadelmann? Und ich fahr mit ihm in den Wald, geh mit ihm spazieren und finde das nicht heraus? Was ist los mit mir?

Im Foyer war ihm schon viel leichter zumute, und er malte sich aus, wie er die plötzlich gewonnene Freizeit nutzen würde. Natürlich würde er sich weiterhin auf die Suche machen. Nach Schulmeister. Und nach den Mördern der Frauen. Aber das alles ganz ohne Besprechungen mit Kollegen, ohne irgendjemandem Rechenschaft abzulegen. Die Vorstellung war herrlich.

Fast beschwingt näherte Trost sich dem Portier. Und dann, als er fast schon Frischluft atmete, drehte dieser sich um und rief: »Ah, Herr Trost. Wie geht's?«

Mist, wie heißt der Mann noch gleich?

»Gut, danke, und Ihnen?«

»Kann mich nicht beklagen«, lachte er.

Trost machte eine freundliche Miene. Das war es dann wieder mit der Unterhaltung. Wie geht's, wie steht's? Tschüss und ciao. Er wandte sich um, wollte weiter.

»Sagen S', Ihre Kollegin, die Fesche«, der Portier zwinkerte verschwörerisch mit den Augen, »wissen S', dass die jetzt schon Verehrer hat, die in der Nacht kommen?«

Das Fragezeichen in Trosts Augen war weithin sichtbar.

»Na, weil sie neulich zu nachtschlafender Zeit ein Kollege besucht hat.«

»Aha? Nein, ich hatte keine Ahnung.«

»Ja, ganz ein steifer Kerl im Anzug. Schien einer anderen Zeit entsprungen. Sah aus wie ein Graf.«

»Ein Graf.«

»Ja, ein Graf.«

Trost verdrehte die Augen, zuckte dann mit den Schultern. »Na, vielleicht wird sie jetzt eine Adelige«, sagte er und erntete dafür schallendes Gelächter.

Dann endlich verließ er das Gebäude.

Soso, der Graf.

82

Die Fragen wiederholten sich und sollten ihn in die Enge treiben. Immer wieder gab er dieselben Antworten mit dem gleichen Wortlaut, aber die Schweißperlen konnte er nicht vermeiden. Würden die ihn verdächtig machen? Witterten diese Wölfe ihre Chance? Als hätte er die Befürchtung laut ausgesprochen, prasselten die Fragen neuerlich auf ihn ein.

»Ist es nicht so, dass …?« Und: »Nicht wahr, es war doch so …?« Er sollte einfach alles zugeben, dann würde die Fragerei auch aufhören. Das bisschen Gefängnis. Nur ein paar Jahre, dann wäre alles vorbei.

Doch nein, nicht mit ihm! Er war schließlich Professor. Seinen Gegnern an Intellekt im Allgemeinen und Eloquenz im Speziellen um ein Vielfaches überlegen.

Nicht mit mir!

Und deshalb erinnerten seine Antworten auf die Fragen an das dauernd sich wiederholende Lied eines Leierkastens: »Nein. Ich war es nicht. – Nein, ich habe sie nicht ermordet.« Und leider auch: »Nein, ich habe kein Alibi.«

»Was ist mit Ihrem Verhältnis mit Frau König?«

»Ist Jahre her.«

»Wie viele?«

»Fünfundzwanzig, dreißig, was weiß denn ich?«

Hatte es Eifersucht gegeben? War er zurückgewiesen worden? Hatte er Rache nehmen wollen?

»Nein. Das war nur eine flüchtige Sache.«

»Flüchtig?«

»Die Affäre war flüchtig. Anschließend haben wir uns noch gut zwanzig Jahre gut verstanden. Sieglinde ist ja erst vor zwei, drei Jahren in Pension gegangen.«

»Und die letzte Leiche?«

»Welche letzte Leiche?«

»Sie wissen genau, welche Leiche. Die vergiftete. Vom ›Girardikeller‹. Gestern Vormittag gestorben. Vielleicht früher.«

»Für die Zeit habe ich ein Alibi. Ein ziemlich gutes sogar.«

»Ach was, wir hören?«

»Ich war im Wald.«

»Wald?«

»Ja, im Wald.«

»Interessant. War jemand dabei, der das bezeugen kann?«

»Ja, Ihr Kollege.«

»Welcher Kollege?«

»Chefinspektor Armin Trost.« Zum ersten Mal während des Verhörs lächelte der Professor.

83

Gierack tobte. Dem Staatsanwalt waren die Beweise zu wenig. In den beschlagnahmten Vorlesungsunterlagen des Professors waren die Morde Reiningers und Knabls sowie eine Abhandlung zu mit

Arsen begangenen Mordtaten zwar zu eruieren gewesen, aber auch viele andere Gewalttaten. Beispielsweise war vom geköpften Bauernkämpfer Baumkirchner, vom Häfen-Poeten Unterweger, von einer Räuberbande im 19. Jahrhundert, dem Bolzen-Georg und von Franz Fuchs zu lesen gewesen. Die Aufzeichnungen waren ein Kompendium der Gewalt, eine Schlachtplatte, serviert für Splatterfans und Horrorfetischisten.

Freilich konnte man Tadelmann aufgrund dieses Umstandes nicht festnehmen, immerhin war er *die* österreichische Koryphäe auf dem Gebiet der Kriminologie. Seit Jahren schon hielt er Vorlesungen über derlei Themen. Und nur weil er kein Alibi hatte – zu Hause lebte er seit Jahren allein –, war er noch lange kein Mörder. Überhaupt, beim letzten Mord hatte er ja sogar ein Alibi, ein denkbar gutes sogar.

Dazu die vielen Ungereimtheiten. Er hatte Alena Stadler gekannt, ja, und allen Grund dafür gehabt, nicht gut auf sie zu sprechen zu sein, aber warum hätte er sie durch das Freilichtmuseum tragen sollen? Auf den ersten Blick machte Tadelmann nicht den Eindruck, so etwas körperlich bewerkstelligen zu können.

Und Sieglinde König? Das Nahverhältnis war viel zu lange her. Außerdem war Tadelmann Linkshänder, laut Gerichtsmedizin waren die Taten aber in den beiden ersten Fällen eindeutig von einem Rechtshänder verübt worden. Fingerabdrücke? Viele, aber nicht die von Tadelmann. Gewebeproben? Noch ausständig.

Und dann zu guter Letzt noch die beiden Anwälte, die mittlerweile bei Tadelmann im Vernehmungszimmer saßen. Die absehbaren Scherereien, die es mit der Presse geben würde. Die noch nicht einmal festgestellte Identität des letzten Opfers. Nein. Es war zu wenig. Alles war zu wenig.

Und so war Tadelmann auf freiem Fuß, noch bevor die Sonne zu Mittag ihren höchsten Stand erreichte.

84

Ferdinand Tadelmann stand auf dem Gehsteig. Er schob seine Brille mit dem Zeigefinger hoch, sog die abgasgeschwängerte Luft mit geschlossenen Augen ein, als bestünde kein Zweifel an ihrer lebensverlängernden Wirkung, und fasste den Entschluss, endlich wieder jemanden kennenzulernen. Ein verrückter Gedanke, der eher daher rührte, künftig ein Alibi haben zu wollen, als das Alleinsein zu bekämpfen. Er musste schmunzeln. Diesmal sollte es keine Sekretärin mit Hundefaible sein, nein, überhaupt niemand aus dem universitären Umfeld. Gott behüte. Nein.

Er malte sich aus, wie er vorgehen würde. Mit kriminalistischem Gespür. Taktisch. Strategisch. Oder sollte er eine Agentur in Anspruch nehmen? Das wäre wohl das Einfachste. Einfach monatlich eine bestimmte Summe auf ein Konto überweisen und dafür Vorschläge von Damen bekommen. Aus Osteuropa. Aus Asien. Woher die Frauen stammten, wäre ihm egal. Und vielleicht passierte dann ja tatsächlich etwas. Nur wer sich bewegte, dem konnte schließlich etwas passieren. Im Guten wie im Schlechten. Aber dafür war eben Bewegung nötig.

Am Bahnhof gab es noch Münztelefone. Er wählte eine Nummer, erzählte, was passiert war. Sagte, er sei es nicht gewesen, aber er kenne jetzt den Täter.

Stille am anderen Ende der Leitung. Dann die Frage, seit wann er es wisse.

Seit einiger Zeit schon.

Wie er darauf gekommen sei?

Das sei nicht schwierig gewesen, nach allem, was er jetzt in Erfahrung gebracht hatte. Der ganze Fall stelle sich so dar, dass er, Tadelmann, naturgemäß verdächtigt werde, und das könne kein Zufall sein.

Nein, das könne es nicht. Warum er nicht schon früher etwas gesagt habe?

Weil er sich erst jetzt sicher sei.

Und nun?

Jetzt wolle er ihn zur Rede stellen.

Er allein?

Ja. Dies sei sein Fall, der Fall, den er aufklären werde. Der größte von allen. Er müsse nicht nur darüber Vorlesungen halten, sondern selbst tatkräftig mithelfen. Aufklären. Und im Mittelpunkt stehen.

Stille. Dann: ob Tadelmann die Identität des letzten Opfers kenne?

Nein.

Wieder Stille. Dann der Name des Opfers.

Der Professor blickte ungläubig auf den Hörer. Er verstehe das nicht. Das könne doch nicht sein.

Doch, das könne es. Schließlich wisse er ja so einiges von ihm. Kenne einige seiner Geheimnisse. Mehr noch. Er wisse etwas, was Tadelmann nicht wisse. Nämlich dass seine Frau zurückgekehrt war. Aus Amerika. Vor langer Zeit. Dass sie sich aber nie bei ihm gemeldet hatte, weil sie seine Nähe nicht wollte.

Tadelmann ging in die Knie. Schwitzte. Weinte.

Unbarmherzig fuhr die Stimme im Hörer fort: dass die Polizei nun endgültig auf seiner Spur sei, da er alle drei Opfer gekannt hatte. Vor allem das Letzte böte ein großartiges Motiv. Dieses Biest von seiner Ehefrau, das sich ihm entzogen hatte. Die Stimme lachte. Gut, oder? Das sei doch ein gutes Motiv? Ein großartiges.

Tadelmann erhob sich. Er müsse das alles jetzt beenden. Ein für alle Mal. Ob er bereit dazu sei, Manns genug.

Sie verabredeten sich.

Für das Ende.

Wenig später marschierte Tadelmann wieder los. Diesmal Richtung Gösting. Mit raumgreifenden Schritten. Noch immer heftig transpirierend. Aber hin und wieder laut auflachend. Verrückt. Alle waren verrückt, aber er selbst am meisten. Dann wieder schluchzend. Er musste Distanz zwischen sich und das Polizeihauptquartier mit seinen Verhörzimmern bringen. Musste dorthin, wo es um diese Jahreszeit still war. Angemessen ruhig für eine Unterredung der geplanten Art, wenn auch unangemessen für einen Wissenschaftler. Aber wenigstens war ein Ende in Sicht.

85

Gieracks Nachrichten auf Trosts Mailbox:

»Armin, wo bist du? Was soll das? Komm sofort zurück. Die

Jungs aus Wien sind doch nur zur Unterstützung hier. Du bist der Leiter der Sonderkommission. Bist du immer gewesen und wirst es immer sein. Melde dich!«

»So geht das nicht, Herr Trost. Sie haben eine Pflicht, eine gottverdammte heilige Pflicht. Ich schmeiße Sie hochkant raus. Das sag ich Ihnen. So etwas lasse ich mir nicht gefallen. Wie wir in Graz mit Ihnen dastehen. Wie Sie uns alle aussehen lassen. Wie einen Sauhaufen. Ein Provinznest!«

»Mach keinen Blödsinn, Armin. Wir brauchen dich. Wir brauchen dich wirklich. Den Professor mussten wir laufen lassen, die Beweise waren viel zu dürftig. Wir untersuchen jetzt sein Umfeld. Von diesem Polizisten gibt es auch keine Spur. Diesem Hinterher. Keine Ahnung, was mit dem los ist. Und dieser Journalist, dieser Anfänger, ist auch nicht zu erreichen. Der Professor ist anscheinend untergetaucht. Wahrscheinlich weil wir jetzt wissen, wer die letzte Leiche ist. Seine Frau, stellen Sie sich das vor. Seine Frau. Seine Exfrau. Eine krasse Geschichte, oder? Er kannte alle drei Opfer, ist somit wieder dringend tatverdächtig. Reden wir darüber. Jetzt kommen Sie. Lassen Sie uns darüber reden. Warum sind Sie nicht mehr zu erreichen? Was ist hier los, Trost? Wo stecken alle? Wo sind Sie? Ich werde hier noch wahnsinnig. Komm bitte zurück!«

86

Trost konnte hören, dass Gierack so verzweifelt war wie nie zuvor. Immer wieder der Wechsel zwischen »Du« und »Sie«. Dazu seine Stimme, hektisch und zunehmend drängender. Alles schien ihm aus dem Ruder zu laufen.

Aber Tadelmann? War der Täter wirklich Tadelmann?

Vor ihm auf dem Tisch lag der Chronikteil der »Großen Tageszeitung«. Wie so oft in den letzten Wochen fand sich in ihm eine kleine Meldung darüber, dass Johannes Schulmeister nach wie vor vermisst wurde. Dazu ein Bild von ihm und eine Personenbeschreibung. »Sachdienliche Hinweise erbeten an …«

Trost nippte am Kaffee. Er saß im »Café Ritter«, schaute in die

Runde. Es war gut besucht. Viele junge Menschen, Studenten, aber auch einige Leute, die er zu kennen glaubte. Aus der Zeitung. Es war bekannt, dass sich die Hautevolee hier gerne blicken ließ.

Amüsiert beobachtete er die Gäste, die so taten, als wüssten sie nicht, dass sie angestarrt wurden. Als sei ihnen das gleichgültig, als würden sie sich nicht insgeheim in der Aufmerksamkeit suhlen. Wie sie zu laut lachten. Sich die Damen die Haare in den Nacken warfen. Jemand putzte affektiert seine Brille. Ein anderer raschelte betont lässig mit einer großformatigen textlastigen deutschen Zeitung.

Trost wandte sich ab. Starrte auf seine zitternden Finger.

Wie soll ich mich in meiner Situation verhalten? Was ist überhaupt meine Situation?

Er zahlte. Ging hinaus. Sammelte sich vor der Leechkirche stehend und blickte ihre Fassade hinauf bis zu den beiden Türmen. Er würde dieses Gebäude mit Sicherheit nie wieder betreten. Keine Kirche mehr.

Er wählte Lembergs Nummer, und diesmal hob sie sofort ab. »Wie geht's dir?«

»Besser.«

»Du bist aber nicht zufällig in der Kirche, oder? Ich steh gerade davor.«

Sie lachte. »Würdest du denn tatsächlich noch einmal hineingehen, wenn ich drinnen wäre?«

Er lachte auch. Viel zu laut. Wie die Leute im Café. »Nein. Ich glaub nicht. Aber ich würde irgendwie die Glocken läuten lassen, damit du rauskommst.«

»Das würdest du tun?«

Schweigen folgte.

Nach einigen langen Sekunden: »Moment mal, was machst du jetzt vor der Kirche? Hast du schon wieder Feierabend?«

»Das ist eine lange Geschichte.«

»Was soll das heißen? Warte, ich bin gleich da.«

»Was? Nein, untersteh dich. Du musst im Bett …«

Doch die Leitung war bereits tot.

87

Minuten später stand sie vor ihm und sah noch immer fürchterlich aus. Fürchterlich und attraktiv. Ihr Haar war nicht so streng zurückgekämmt wie üblich, fiel in losen Strähnen an ihrem Hals entlang.

Eine weitere halbe Stunde später – und einen Kaffee für ihn und eine Tasse Kräutertee für sie im Café, in das er mit ihr zurückgekehrt war – wusste sie über alles Bescheid. Über den Spaziergang mit Tadelmann, die neue Leiche, die Wiener Kollegen und auch darüber, dass der Professor nun dringend tatverdächtig war.

Lemberg hustete zwar ständig und gab zu, dass ihre Beine noch ein wenig schwach waren, dennoch weigerte sie sich beharrlich, zurück ins Bett zu gehen. »Wir lösen jetzt diesen verdammten Fall, indem wir Tadelmann finden. Anschließend kann ich krank sein, so lange ich will. Das schaffen wir auch zu zweit.«

»Zu viert.«

»Was?«

»Ach, das weißt du ja noch gar nicht: Wir sind zu viert.«

88

Trost lehnte sich über den Tisch. Ihr Gesicht war nur noch wenige Zentimeter von seinem entfernt. Das letzte Mal, dass sie einander so nah gekommen waren, hatte das zu Verwirrungen geführt. Diesmal würde ihm das nicht passieren. »Zwei Männer folgen uns. Der eine dir, der andere mir.«

»Was? Wo?« Sie wollte sich umdrehen, er berührte sie am Arm.

»Lass dir nichts anmerken. Mir ist dieser Journalist auf den Fersen. Dieser Anfänger. Er lauert auf seine große Chance.«

»Bist du dir sicher?«

»Ja. Wahrscheinlich will er die Story seines Lebens schreiben, wenn ich den Mörder fasse, sonst würde er nicht seine Zeit mit mir verschwenden.«

»Aber warum schüttelst du ihn nicht ab? Oder stellst ihn zur Rede?«

»So weiß ich wenigstens, wo er ist.«

»Und wer folgt mir?«

»Der Polizist, den sie ›Graf‹ nennen, ist immer in deiner Nähe. Stalkt dich.«

»Aber solche Typen sind gefährlich.«

»Ach komm, der Typ ist doch harmlos.«

Sie wich zurück. »Du hast beide verdächtigt, etwas mit den Morden zu tun zu haben.« In seinem Gesicht suchte sie nach einer Antwort. »Du glaubst gar nicht, dass es Tadelmann war, sondern verdächtigst die beiden immer noch, nicht wahr?« Sie stellte die Teetasse hart auf dem Tisch ab. »Das glaub ich jetzt nicht. Was ist, wenn die gerade dabei sind, den nächsten Mord zu planen? Vielleicht an mir?«

»Und genau darum ist es besser, sie in der Nähe zu wissen.«

»Wa…?«

Sein Handy läutete. Zum Glück im richtigen Moment. Wieder war es Gierack. Diesmal hob Trost ab.

Während er seinem Chef zuhörte, wurde sein Rücken steif, dann wich die Farbe aus seinem Gesicht.

89

Die Sonne blendete ihn beinahe überirdisch, das traurige Gesicht mit der tief ins Haar gedrückten Dornenkrone starrte ihn anklagend an.

Kein Wind ging, und doch hatte Trost das Gefühl, als würde seine Stirn durch eine Luftbewegung gekühlt. Als stünde jemand direkt vor ihm. Unsichtbar.

Doch da war niemand. Nur der aus Holz geschnitzte Gekreuzigte sah von einem Felsvorsprung des Kalvarienbergs auf ihn hinab, ließ ihn nicht aus den Augen.

Trost konnte nicht anders, als starr zurückzublicken und sich nicht von der Stelle zu rühren. Er unterdrückte das Zittern in seiner Stimme. Hob die Handflächen, um zu demonstrieren, dass er es aufrichtig meinte. Fast hätte er sich auf die Knie geworfen. Da oben – auf halber Höhe zwischen Trost und dem Gekreuzigten – saß Roswitha auf einer Steinmauer. Roswitha

Schulmeister. In der Hand eine Pistole, deren Lauf auf ihre Stirn gerichtet war.

Ihre Pupillen waren geweitet, die Augäpfel rollten in den Höhlen, als hätte sie den Verstand verloren, was der Wahrheit wohl ziemlich nahe kam. Ihr Blick schweifte über Graz. Sie schien alles noch einmal in sich aufsaugen zu wollen.

»Verschwinde, Armin!«, schrie sie, und ihre Stimme überschlug sich. »Ich will nicht, dass du zusiehst!«

»Ich geh hier nicht weg.« Trost fuhr sich mit dem Handrücken über den Schweiß auf seiner Oberlippe. »Nicht ohne dich. Leg jetzt die Pistole weg und komm da runter. Bitte!«

Lemberg hatte, als sie gemeinsam aus dem Wagen gesprungen waren, einen anderen Weg genommen, um sich von hinten an Schulmeisters Frau heranzuschleichen. Lautlos und schnell. Sie sollte ihr die Pistole aus der Hand schlagen und sie mit einem Ruck von der Brüstung herunterreißen. Das wäre zwar rabiat, aber Roswitha wäre in Sicherheit. Mehr wollte Trost nicht.

Lemberg musste an den Gekreuzigten vorbei. Es waren gleich mehrere, denn neben dem Heiland mit der Dornenkrone standen die Kreuze der beiden Schächer – Dismas zu seiner Rechten und Gestas zu seiner Linken. Ersterer war der weniger böse der beiden Verbrecher gewesen. Trost wusste nicht, warum ihm das jetzt einfiel.

Niemals hätte er jedenfalls vermocht, an ihnen vorbei hinaufzugehen. Nicht einmal, um Roswitha das Leben zu retten. Schon hier unten stehend wurde ihm übel, weil er sich beobachtet fühlte. Zurückversetzt in die damalige Zeit. An einen Ort namens Golgota und an einen Freitagnachmittag, an dem, so wurde es den Menschen immer noch erzählt, die größte Gräueltat der Menschheit stattgefunden hatte. Man wurde mit dieser Geschichte von Kindheit an konfrontiert. In der Kirche, in der Schule, über dem Kinderbettchen, im Herrgottswinkel. Überall.

Der Gekreuzigte. Blutverschmiert. Traurig. Und anklagend. Wegen euch hänge ich hier! Wegen dir! Wegen deiner Sünden! Wegen deiner Schlechtigkeit haben sie mir Schmerzen zugefügt. Unsagbare Schmerzen. Sieh mich an! Du bist schuld! Schau nicht weg!

Doch Trost schaute weg. Spürte, wie sich wachsende Ungeduld in ihm breitmachte. Fast schon Zorn. Dann sah er wieder hin und stellte das Bild der lebensmüden Frau scharf. »Roswitha, jetzt komm da runter! Das ist doch Blödsinn. Was ist, wenn Johannes wieder auftaucht? Wir haben ihn nicht aufgegeben, wir suchen ihn immer noch. Ich hab dir doch versprochen, dass wir das tun, und ich halte meine Versprechen. Außerdem hab ich das Gefühl, dass er irgendwo da draußen ist. Du weißt doch, wenn ich so ein Gefühl habe, stimmt das auch meistens. Wir stellen alles auf den Kopf, die ganze Welt. Wir werden Johannes finden, also komm endlich herunter!«

»Du lügst!« Wild fuchtelte sie mit der Pistole in der Luft herum.

Jetzt erkannte Trost sie: Es war Schulmeisters Dienstwaffe. Er hatte zwei besessen, eine daheim aufbewahrt. Die hielt jetzt seine Frau in der Hand, während Trosts Kollege die andere noch bei sich tragen musste. Oder dessen Mörder. Eine Welle der Verzweiflung rollte auf Trost zu. »Ich lüge nicht«, murmelte er so leise, dass niemand ihn hörte.

»Was tut ihr denn, Armin?«, schrie Roswitha wieder. »Was? Sitzt herum und starrt in den Computer! Ist das die große Suche, von der du sprichst? Ihr werdet ihn nie finden. Johannes ist für immer weg. Das ist die Wahrheit, und das weißt du. Das weißt du ganz genau. Und trotzdem lügst du mich an. Wahrscheinlich gestehst du dir noch nicht einmal selbst die Wahrheit ein. Aus Eitelkeit. Weil es nicht in deinen Schädel will, dass du nicht jeden Fall aufklären kannst.«

»Roswitha, jetzt hör mir einmal zu.«

»Nein, Armin, ich hör dir nicht mehr zu. Du bist doch längst schon mit deinem nächsten Fall beschäftigt. Und weißt du was? Ich versteh das. Ja, ich verstehe das sogar. Aber ich ertrage es nicht.« Sie hielt sich die Pistole an ihre Schläfe.

»Roswitha, lass das! Tu das nicht! Hör mir zu!« Seine Stimme kippte, er wurde hysterisch.

Wo blieben denn die verdammten Experten für solche Fälle? Die eloquenten Überredungskünstler. Er war doch nur Täterjäger, kein Lebensretter. Warum tat Roswitha das, verdammt noch einmal?

Warum hatte das niemand kommen sehen? Warum hatte er es nicht kommen sehen? Dass sie psychisch so labil war. Dass sie vorhatte, sich etwas anzutun.

Roswitha schloss die Augen.

Trost vernahm die lauter werdenden Sirenen weiterer Streifenwagen. Das mussten sie sein. Endlich!

Sie würden Roswitha mit einem einzigen Satz, vielleicht sogar mit einem Zauberwort, davon abhalten, zu tun, was auch immer sie vorhatte. Sie würden sie auf andere Gedanken bringen, sodass sie von ihrem Vorhaben abließ. Alles Weitere würde Lemberg besorgen. Nur noch wenige Sekunden!

»Annette«, flüsterte er. »Annette, beeil dich.«

Der Gekreuzigte starrte ihn an.

»Roswitha«, murmelte er.

Dann fiel der Schuss.

Von einem Moment auf den anderen wich alles Leben aus Roswitha, ihr Körper kippte nach vorn. Lemberg tauchte hinter ihr auf, wollte sie fassen, kam aber zu spät.

Roswithas Körper stürzte, prallte auf den Boden. Plötzlich waren Sanitäter da, rannten an Trost vorbei und beugten sich über sie. Hastige Handgriffe. Rufe. Versuche, Leben zu retten, wo kein Leben mehr war.

Lemberg stand noch immer hinter der Mauer. Ihr loses Haar verdeckte Teile ihres Gesichts, ihre Lippen waren geöffnet, ihr Brustkorb hob und senkte sich in schneller Abfolge. Eine Sekunde lang sah sie beinah lasziv aus, wie sie zu Trost hinabblickte. Sie fieberte noch immer, das wusste er. Sie war blass. Fast blasser als der Gekreuzigte. Jetzt starrten ihn beide an: Annette Lemberg und Gottes Sohn. Hinter ihnen gleißendes Sonnenlicht. Trost ging in die Knie.

90

Nie hätte er es für möglich gehalten, dass er so stark zittern konnte. Anfangs hatte er noch versucht, sich Notizen zu machen, es aber rasch aufgegeben. Anfängers Finger verkrampften sich um den

Kugelschreiber, drückten die Spitze viel zu fest auf das Papier. Er steckte den Block wieder ein und massierte sich die Hände.

Rings um ihn herum geriet alles in Bewegung. Reifen quietschten, Einsatzkräfte rannten in alle Himmelsrichtungen, Leute stöhnten und brachen weinend zusammen. Er konnte kaum noch etwas sehen, weil die Kälte ihm die Tränen in die Augen trieb.

Andererseits, so kalt war es nicht.

Er war Trost gefolgt. Mit dem Motorrad war es normalerweise ein Kinderspiel, einen Pkw nicht aus den Augen zu verlieren, doch diesmal hatte ihm der Schnüffler gezeigt, wozu er fähig war. Er war mit der Frau aus dem Kaffeehaus gestürmt, ins Auto gesprungen und mit quietschenden Reifen losgefahren.

Sein Adrenalinspiegel war in die Höhe geschossen, dann hatte er grimmig grinsend die Verfolgung aufgenommen. »Anfänger, der Anstrenger!«, rief er über das Motorengeheul hinweg. Doch nach einer Weile war alle Euphorie verflogen, fast so, als würde er ahnen, dass er bald schon Dinge zu sehen bekommen würde, die er niemals in seinem Leben hatte sehen wollen.

Am Kalvarienberg verfolgte er noch mit, wie Trost versuchte, die Lage unter Kontrolle zu bringen. Wie seine Kollegin den Hügel von der anderen Seite her hinaufhetzte. Die Kreuze fielen ihm auf, er fragte sich, wie man sich nur so einen Ort aussuchen konnte, um mit dem Umbringen zu drohen. Warum nicht zu Hause? Privat? Und wer war die Frau überhaupt?

Er versuchte, etwas von dem Dialog zwischen ihr und Trost aufzuschnappen, doch atmete dafür selbst zu schwer und laut. Dennoch war es offensichtlich, dass sich die beiden kannten. Und dass Trost alles tat, um Zeit zu gewinnen. Auch andere Beamte in Uniformen waren vor Ort, standen aber nur herum. Starrten hilflos abwechselnd Trost und die Frau an. Kümmerten sich nicht um ihn, um den Typen auf dem Motorrad.

Dann endlich hörte er die Sirenen der Rettungsfahrzeuge und wusste, dass alles gut werden würde. Wenn so viele Spezialisten vor Ort waren, konnte einfach nichts mehr passieren. Er atmete auf. Entspannte sich. Dann fiel der Schuss.

Er hatte nicht geblinzelt, sich jede Einzelheit für alle Ewigkeit einprägen wollen. Wie die Gehirnmasse aus dem Kopf schoss. Die Glieder augenblicklich nachgaben. Die Frau von der Mauer fiel. Wie ein Kartoffelsack. Vollkommen leblos. Und wie sie auf den Boden schlug. Krachend. Final.

Nein, es war nicht kalt. Seine Augen tränten aus einem anderen Grund. So etwas hatte er noch nie gesehen. Und hatte es auch nie sehen wollen. Wie jemand starb. Wie jemand sich selbst auslöschte.

Martin Anfänger wusste, dass die Zeitung bestenfalls eine kleine Meldung bringen würde. Über Selbstmorde wurde im Allgemeinen nicht berichtet. Aus Pietätsgründen. Vielleicht auch, weil man diese Möglichkeit des Sterbens nicht wahrhaben wollte. Wegdenken musste.

Dabei nahmen sich allein in Österreich mehr als tausend Menschen pro Jahr das Leben. Die meisten davon in der Steiermark, im Murtal und im Südwesten des Bundeslandes. Durch Suizid starben mehr als doppelt so viele Menschen als durch einen Verkehrsunfall. Männer ab fünfundsechzig, die Schusswaffen besaßen, zählten zu den am meisten gefährdeten Bevölkerungsgruppen. Frauen ab fünfundsechzig bevorzugten den Vergiftungstod. Generell galt aber, dass sich die meisten Menschen einen Strick banden und sich daran aufhängten. Er wusste das alles so genau, weil das erst vor Kurzem zu einer Recherche gehört hatte. Die zu einer Infografik aufbereitete Statistik kreiste in Anfängers Kopf wie ein Ablenkungsmanöver.

Ja, Suizide waren nicht wegzudenken. Selbstmorde geschahen immer wieder, waren quasi Normalität. Und trotzdem wurde über sie geschwiegen.

Er stieg wieder aufs Motorrad, startete den Motor. Ein wildes, raubtierhaftes Geräusch erklang, doch die Maschine bewegte sich nicht von der Stelle.

Anfänger gab kein Gas, blickte starr auf das Vorderrad. Immer wieder tauchten vor seinem inneren Auge die Bilder der Frau auf. Wie sie sich in den Kopf schoss. Von der Mauer fiel. In den Kopf schoss. Von der Mauer fiel. In den Kopf … Er stellte den Motor wieder ab.

Plötzlich stand ein Sanitäter an seiner Seite. Legte ihm die Hand auf die Schulter. Bat ihn, abzusteigen und mitzukommen. Kurze Zeit später saßen die beiden Männer wie alte Freunde auf dem Gehsteig, und Martin Anfänger ließ seinen Tränen freien Lauf.

Kartoffelsack. Sie war wie ein Sack voller Erdäpfel durch die Luft gefallen. Eben noch hatte sie auf der Brüstung gesessen, dann war sie gefallen.

91

Er war den ganzen Tag gelaufen und spürte, wie die Müdigkeit seine Glieder entlangkroch. Der letzte große Anstieg war der härteste von allen.

Immer wieder blieb er stehen und stützte seine Hände auf die Oberschenkel. Ein Speichelfaden zog sich vom Mundwinkel durch seinen dichten weißen Bart bis über sein Kinn. Er wischte ihn mit dem Handrücken weg. Atmete schwer.

Dennoch war Professor Ferdinand Tadelmann fest entschlossen, seinen Plan, den er in der letzten knappen Stunde gefasst hatte, durchzuziehen. Er war zu dem Entschluss gekommen, dass es keine andere Möglichkeit gab.

Zehn Schritte. Pause. Acht Schritte. Pause.

Die Distanzen, die er am Stück zurücklegte, wurden immer kürzer. Als er schon befürchtete, wieder umkehren zu müssen, weil er keine Kraft mehr für den steilen Anstieg hatte, wurde der Weg wieder flacher und ging von Asphalt in einen sanften Waldboden über. Sofort wurde es um eine Nuance kühler. Geradezu archaisch.

Der Wald. Mit dem Alter hatte er ihn immer weniger gemocht. Er liebte die Stadt mit ihren Bibliotheken und ihren Kellerarchiven. Ihren beheizten Wohnzimmern und ihren belebten Kaffeehäusern. Die Säle voller Studenten. Das Treiben im Universitätsviertel. Aber den Wald? Die Stille? Diese in sich ruhende Kraft, die den Menschen quasi ignorierte? Nein, Wälder waren ihm schon immer suspekt gewesen.

Er erinnerte sich an die Anfangszeit seiner Studentenjahre – eine Ewigkeit und drei Tage her. Er hatte in einer WG ein Zimmer bezogen, in dem sein Vorgänger eine Fototapete an die Wand geklatscht hatte. Mit Wald. Urwaldlichem Wald. So schnell hatten die Kommilitonen gar nicht schauen können, da hatte er die Tapete schon von der Wand gerissen.

Nur sein Schnaufen durchbrach die Stille an diesem Ort. Zwar handelte es sich bei ihm um ein beliebtes Ausflugsziel der Grazer, dennoch konnte es durchaus vorkommen, dass man auf dem Weg keiner Menschenseele begegnete.

Der Weg vollzog eine sanfte Linksbiegung und gab den Blick frei auf einen Ried, eine Lichtung, die wie schon vor hundert Jahren als Weinberg genutzt wurde. Tadelmann kannte die Aufregung des Grundstückbesitzers wegen des Projekts. Er selbst hatte dazu nie eine Meinung gehabt. Auch jetzt nicht.

Schwer atmend versuchte er, wieder Tempo aufzunehmen. Ein Ende. Es war ein Ende in Sicht.

Hier oben konnte man lange gehen, ohne an Höhe zu verlieren. Bis zum Schloss Plankenwarth. Sogar noch weiter, wenn man auf dem Kamm blieb, den Kugelberg überschritt und dann Stift Rein ansteuerte. Nur anfangs musste man sich bergauf quälen, aber dieses kurze, doch harte Stück Arbeit – zumal der Professor nicht mehr der Jüngste und nie eine Sportskanone gewesen war – hatte er jetzt hinter sich gebracht. Vor ihm ragte die steinerne Front der Burgruine Gösting auf.

Normalerweise lösten Gebäude dieser Art einen Schauer der Vorfreude in ihm aus. »Der wohlige Atem der Geschichte berieselt mich«, hatte er irgendwann einmal in Erinnerung an solche Momente in eins seiner Tagebücher geschrieben. Diesmal jedoch berieselte ihn nichts dergleichen, seine Entschlossenheit ließ keine wohlige Stimmung aufkommen. Er wollte nun Nägel mit Köpfen machen und bemühte dafür die Metapher ganz entgegen seinen handwerklichen Fähigkeiten. Was er verschuldet hatte, musste beendet werden. Hier und jetzt.

Während er die einst in den Fels gehauenen Stufen in den oberen Teil der Burgruine hinaufstieg, holte er sein Handy hervor und wählte eine Nummer. Als am anderen Ende jemand abhob, sagte er: »Ich weiß, wer es getan hat. Ich habe es verschuldet und werde es deshalb nun beenden. Sie finden Ihren Täter in der Burgruine Gösting. Ein angemessener Ort, wie ich finde. Leben Sie wohl.«

92

Er hatte den Anruf gemacht, weil er letztlich doch ein Feigling war. So war es doch, oder?

Er hatte sich geschworen, diese Sache allein zu Ende zu bringen. Andererseits: Was würde er anschließend machen?

Deshalb war es doch allemal klüger, schon im Vorhinein die Polizei zu benachrichtigen. Dann würde er seinen Gegner, nachdem er ihn überwältigt hatte, nicht mehr allzu lange allein in Schach halten müssen, dann würde die Polizei bald eintreffen. Man stelle sich nur vor, wie groß Hohn und Spott wären, wäre es ihm unmöglich, den Mörder im Schwitzkasten lange genug festzuhalten.

Er bemerkte den Schatten, der auf den Mauerresten hockte, wie er ihm zuwinkte und über die Felsbrocken hinabstieg, und fragte sich, ob er, der Professor, überhaupt eine Vorstellung davon hatte, wie die Sache verlaufen sollte?

Sofort meldete sich ein Gedanke wie ein allzu eifriger Verkäufer zu Wort. Zuerst würden sie sich unterhalten. Er würde ihn zur Rede stellen. Von ihm verlangen, ihm zu erzählen, warum er das alles getan hatte. Es war immer gut, die Täter reden zu lassen. Das erleichterte ihr Gewissen, und man selbst erfuhr etwas über das Motiv. Außerdem gewann man Zeit, und die Zeit spielte immer gegen den Täter. Immer.

Dann, wenn schon die Sirenen zu hören und die Blaulichter zu sehen waren, würde er natürlich fliehen wollen. Der Professor würde sich mit seinem ganzen Gewicht auf ihn stürzen und ihn in den Schwitzkasten nehmen. Der andere würde brüllen und toben, aber die Umarmung würde ihn fixieren. So lange, bis die Polizei eintraf. Dann könnte der Professor wenigstens sagen, er habe den Täter überführt. Und überwältigt. Vielleicht würde man ihm verzeihen. Mildernde Umstände zubilligen. Vielleicht.

Der Schatten kam näher. Tadelmann ging auf ihn zu. Hatte Mühe, nicht sofort loszurennen und ihn mit bloßen Händen zu erschlagen.

Was hat er getan? Und warum?

Sie trafen sich unweit der Taverne, die mit dem Beginn der kalten Jahreszeit geschlossen hatte. Weit und breit waren keine Wanderer zu sehen, keine ruinenbegeisterten Kinder, keine verliebten Jugendlichen. Sie waren allein. Ein dramatischer Showdown wie im Finale eines Fantasy-Epos. Aber das hier war kein Epos, sondern nur eine simple Geschichte von Mord und Totschlag. Und von Rache.

Sie standen in einer Nische unweit des Kapellenaufgangs. Abendrot begann, seine sanften Fäden über den Himmel zu ziehen. Unter ihnen die Auffahrt zur Pyhrn-Autobahn Richtung Norden. Einzelne Nebelschwaden standen schwer wie Watte zwischen den Bäumen, als warteten sie auf ein Zeichen. Und plötzlich war es da. Das Zeichen.

Eine Krähe wagte sich ungewöhnlich nah an die beiden heran. Sie ließ sich auf der Mauerbrüstung nieder, krächzte und wandte ihren Kopf plötzlich mit einer raschen Bewegung den Männern zu, als zöge eine Macht an ihm.

Die Krähe und Tadelmann blickten einander direkt in die Augen.

Was hat das zu bedeuten?

Im nächsten Moment traf ihn etwas am Kopf.

93

Trotz der bleiernen Schwärze und all dem Schmerz begeisterte ihn die Erkenntnis wie eine erstmals belegte wissenschaftliche These.

Es muss ein Stein gewesen sein!

Ein verdammter Stein, den ihm sein Gegenüber an den Kopf geschlagen hatte, während er sich von der Krähe hatte ablenken lassen.

Teufelsviecher. Er hasste Vögel. Er hasste Tiere. Genauso wie den Wald. Und er hasste Menschen. Sogar sich selbst.

Kurz nur blickte er in ein Stück Himmel, dann umgab ihn modrige Düsternis. Sie stiegen hölzerne Treppen hinauf, Tadelmann wurde eher gezerrt, als dass er selbst ging, er stammelte wirres Zeug. Sein Sprachzentrum funktionierte nicht mehr, doch seine Gedanken waren verhältnismäßig klar.

Alle Achtung, ist der stark. Habe ich ihm gar nicht zugetraut.

Der Schmerz, der von seinem Kopf ausging, wurde immer stärker. Er spürte seine Beine kaum noch, ihm wurde übel, aber er übergab sich nicht. Schwärze um ihn herum.

Ich werde ohnmächtig. Gott sei Dank, Ohnmacht bedeutet Schlaf. Sich ausruhen. Herrlich.

Schon schlug er die Augen wieder auf. Doch keine Ohnmacht, verdammt! Er lag auf dem Rücken. Unfähig, sich zu bewegen. Er blickte auf seine Hand, konnte den Blick nicht abwenden, irgendetwas an ihr zog ihn magisch in den Bann. Er starrte auf seine Finger, die sich bewegten. Die zu ihm zu sprechen schienen. Er blinzelte. Die Bilder vor seinem Auge schienen schnell geschnitten wie in einem Videoclip.

Ein Arm drückte seine Hand auf einen Holzbalken. Er wollte sie wegziehen, schaffte es nicht. Plötzlich jagte ein neuer Schmerz durch seinen Körper. Ein hässlicher, grausamer Schmerz, den er sich zuvor nie hätte vorstellen können. Er mischte sich unter all die anderen Gefühle, die den Professor gefangen nahmen: Angst, Panik, Verzweiflung. Und zu der schrecklichen Gewissheit darüber, was nun passieren würde.

Oh, bitte nicht. Bitte nicht.

Das konnte man einem Menschen doch nicht antun. Das war doch nur eine alte Geschichte. Eine uralte Geschichte, nichts davon hatte etwas in der Gegenwart zu suchen. »Lieber Gott«, weinte der Wissenschaftler plötzlich laut und verständlich, »bitte nicht das. Bitte alles, nur nicht das.«

Der Engel

94

Immer wieder blickte Trost in den Rückspiegel. Er konnte keine rechte Freude darüber empfinden, dass er seine Verfolger abgehängt hatte. Nicht jetzt.

Über die Wiener Straße rasten sie stadtauswärts in Richtung Gösting. Links und rechts flogen die Häuser an ihnen vorbei. Eine Frau stürzte mit ihrem Kinderwagen, aber er konnte sich nicht um sie kümmern.

Ihr wird schon nichts passiert sein.

Lemberg nestelte an ihrem Gurt herum. Er klemmte, sie fluchte. Selbst beim Fluchen klang sie krank.

Trost konnte die Hitze ihres Fiebers durch seine eigene Hitze hindurch spüren. Er schaltete einen Gang zurück, riss sein Lenkrad herum und bog links ab. In die falsche Straße. »Scheiße!«, brüllte er.

Vor der Bulme also wieder nach rechts. Eine Harakiri-Fahrt, links parkende Autos, rechts gerade einmal eine Fahrspur frei. Durch, nur durch! Mit hundert Sachen. Dann die Grafenbergstraße entlang, am Übergang zur Plabutscherstraße verloren die Reifen kurz die Bodenhaftung. Fast ein richtiger Sprung, wie im Film. Die Stoßdämpfer ächzten.

Lemberg hatte den Gurt endlich fixiert, schlug aber trotzdem mit dem Kopf gegen die Seitenwand und schrie auf.

»'tschuldige!« rief Trost.

Lemberg forderte über Funk Verstärkung an. Beorderte jeden, der verfügbar war, auf die Burgruine. »Ja, auch die Cobra, verdammt, vor allem die Cobra!« Beendete die Verbindung.

Trost verlor kein Wort darüber, dass das nicht gerade die professionellste Alarmierung aller Zeiten gewesen war.

Endstation Gösting. Erst scharf nach links, dann steil bergauf. Der Motor heulte, zurückschalten, verdammt, nicht abwürgen, nur zurückschalten. »Mach die Sirene aus!« Seine Stimme klang, als gehöre sie einem anderen.

Zeit verstrich. Wertvolle Zeit.

Oh Gott, wir kommen zu spät.

Endlich erreichten sie den Waldweg. Wieder brüllte der Wagen.

Die Reifen donnerten über Wurzeln hinweg. Ein Krachen. Die Stoßdämpfer? Die Achse? Egal. Es waren nur noch wenige hundert Meter.

Ein wildes Bremsmanöver, und Trost und Lemberg flogen aus dem Wagen. Gezogene Pistolen, um sie herum bröckelndes Gemäuer.

Hinter der ersten steinernen Wand suchten sie Schutz. Dann hinter der zweiten. Keuchten, ihr verdammter Atem wollte sich einfach nicht beruhigen.

Geduckt liefen sie zur nächsten Mauer. Weiter, immer weiter. Gestikulierten stumm.

Wohin? – Keine Ahnung!

Erreichten den Turm. Scheuchten eine Krähe auf, die sich wild flatternd erhob. Blödes Vieh. Die Tür stand offen. Die Krähe flog hinein. Sie folgten ihr.

Sie stiegen die Treppen hoch. Die Stufen knarrten, doch das Geräusch mischte sich mit den Schreien des Vogels. Sie atmeten noch immer zu laut, also konnten sie gleich rennen. War doch eh schon egal. Also los.

Sie stürzten in den Raum. Trost zuerst. Vier, fünf Schritte, dann stockte er.

Nein!

Gänsehaut legte sich auf seinen Körper wie ein enger Neoprenanzug. Er drehte sich um. Sie standen in einer Kapelle. Trost machte unwillkürlich einen Schritt zurück.

Lemberg fauchte ihn an: »Reiß dich zusammen.«

Auf einmal war sie die Mutige von ihnen. Die Erkenntnis brachte ihn fast aus der Fassung. Zum Glück war es nur eine kleine Kirche.

»Rettet mich«, erklang plötzlich eine Stimme. Sie rief die Worte nicht, sagte sie nur. Leise. Keuchend. Als sei sie am Ende ihrer Kräfte. »Rettet mich.«

Trost zwang sich, hinaufzusehen. Seine Blase drohte sich zu entleeren.

»Rettet mich«, wiederholte die Stimme.

Trost zitterte selten, aber jetzt tat er es. »Oh Gott, nein, bitte nicht.«

»Rettet euch«, keuchte die Gestalt nun. Die Gestalt, die am Kreuz hing.

95

Der Mann blutete aus jenen Wunden, die alle Menschen, auch die nicht gläubigen, kannten.

Trost schloss die Augen, doch der Alptraum wollte nicht verschwinden. Wieder vernahm er das Keuchen.

»Rettet euch!«

Er öffnete die Augen, erfasste mit einem Blick die Szenerie und erinnerte sich an die Geschichten vom Gekreuzigten. Geschichten von brutaler Folter. Von Pontius Pilatus' Bemerkung »Nur ein Mensch …« und von einem unfassbaren Urteil. Von der Kreuzigung selbst. Ja, Trost kannte die Horrorgeschichte in all ihren Details. So wie alle anderen Menschen.

»Rettet euch«, stöhnte der Gekreuzigte erneut.

Ehe Trost reagieren konnte, landete er bäuchlings auf dem Boden und musste benommen mitansehen, wie sich sein eigenes Blut auf dem Boden ausbreitete.

»Oh, bitte nicht, bitte nicht«, wimmerte die Stimme vom Kreuz her.

Plötzlich brüllte Annette auf. Als leide sie Höllenqualen. Trost sah sich um, konnte sie nicht sehen, dann wurde alles unscharf.

96

Der Graf war sich für nichts zu schade. Eine Einstellung, die, so hätte man meinen mögen, so gar nicht seinem Naturell entsprach. Doch wer ihn besser kannte, der wusste, dass er, wenn er entschlossen war, mit dem Kopf durch die Wand gehen konnte. Und wenn die Sache mit einem aufgeplatzten Schädel endete. Ihm egal.

Er hatte den Kalvarienberg zu spät erreicht. Das tat ihm leid, aber was hätte er tun sollen? Schneller als Annette Lemberg wäre er sowieso nicht bei der Frau gewesen. Es war ihm nichts anderes übrig geblieben, als zuzusehen und mitzuleiden. Ein bisschen. Denn eigentlich erlaubte seine Rolle kein Mitleid. Ein Beschützer kannte keine Emotionen.

Also stand er etwas abseits an seinem Wagen und betrachtete die Umgebung. Zum Glück für ihn waren Trost und Lemberg zuvor nicht weit gefahren, es war ihm ein Leichtes gewesen, ihnen bis hierher zu folgen. »Herr Wohlgeboren, das war eine meiner leichtesten Übungen«, wisperte er traurig kichernd und strich sich mit seiner bandagierten Hand über den feinen Ansatz eines Oberlippenbarts. Ja, der Graf konnte sogar das. Traurig kichern.

Dann aber telefonierte Trost kurz, gestikulierte wild und rannte mit Lemberg zum Wagen.

Der Graf wollte es ihnen gleichtun, als er bemerkte, dass er von zwei Einsatzfahrzeugen zugeparkt worden war.

»Nein«, murmelte er ungläubig. »Nein.«

Trost und Lemberg saßen schon in ihrem Wagen. Der Motor heulte auf.

Der Graf erblickte den Journalisten, der auf dem Boden saß. Der weinte und getröstet wurde. Sein Motorrad, das verlassen am Straßenrand stand. Mit Schlüssel.

Trost und Lemberg reversierten.

Der Graf hetzte los.

Trost und Lemberg verließen den Tatort, eine Staubwolke hinter sich herziehend.

Der Graf rannte. »Ist beschlagnahmt, tut mir leid!«, rief er.

Der Journalist sprang auf, aber der Graf war schneller. Er startete den Motor und ließ die Kupplung schnalzen. Fast wäre er gestürzt, dann bekam er das schwere Gefährt unter Kontrolle und folgte der Staubwolke von Trost und Lemberg. Wo wollten die nur hin?

Als er aus der Seitenstraße in die Augasse schlitterte, blickten auffällig viele Passanten in eine Richtung, wahrscheinlich den beiden Beamten hinterher. Der Graf folgte der Blickrichtung.

Zwei, drei Straßen, dann hatte er sie dennoch verloren. Angst kroch in ihm hoch. Was, wenn er jetzt in einer brenzligen Situation zu spät kam? Zu spät, um sie zu retten?

Er tastete seine Jacke ab. Sein Handy. Wo war sein Handy?

Da, er fühlte es. Zitternd wählte er eine Nummer. »Hi, Harti, Landerdinger.«

»Frau-unz, bist du's? Was gibt's? Wo bist du? Alles in Ordnung?«

»Ich heiß nicht mehr Franz, wie oft denn noch?«

»Soll ich denn Maria sagen, oder was? Nur weil du dir als Erwachsener einbildest, deinen Namen wechseln zu müssen? Jetzt sag schon, was ist. Wo bleibst denn eigentlich? Du hast auch Dienst, schon vergessen? Das gibt eine Beschwerde –«

»Eberhard, bitte. Ich erklär dir das später. Jetzt brauch ich dringend deine Hilfe. Der Trost und die Lemberg sind –«

»Du bist also immer noch hinter der Frau her? Weißt du eigentlich, wie peinlich das ist?«

»Eberhard!«

»Schon gut. Also, was ist mit denen?«

»Die sind zu einem Einsatz. Kannst du bei den Grazern nachhorchen, wo die hin sind? Ich bin zu nervös. Sitz auf einem Motorrad irgendwo in Gösting. Bitte, mach schnell und ruf mich gleich zurück.«

»Auf einem Motorrad?«

»Eberhard!«

»Ist ja gut.«

Zwei endlose Minuten vergingen. Es dämmerte, der Himmel verfärbte sich blutrot. Wunderschön.

Da werden die Stadtleute wieder alle auf ihren Balkonen stehen, den Himmel fotografieren und hinterher die Bilder auf Facebook posten.

Der Graf schloss die Augen.

Mach schon, Eberhard, mach schon.

Es läutete, und er hob sofort ab.

»Einen Gefallen hab ich jetzt aber schon bei dir gut.«

»Sicher.«

»Ich hab mit einem Kollegen von der Notrufzentrale gesprochen. Ich kenn den von früher –«

»Eberhard!«

»Ich sag ja nur. Die beiden sind auf dem Weg zur Burgruine Gösting. Gefahr im Verzug. Und nicht nur sie. Die halbe Stadt dürfte im Anmarsch sein.«

Jetzt hörte auch der Graf die sich nähernden Sirenen. »Ich dank dir.«

»Jaja. Aber jetzt sag schon, was eigentlich los ist!«

Doch der Graf hatte ihn schon weggedrückt. Einfach weggedrückt.

»Das ist aber nicht die feine englische Art«, schimpfte Landerdinger, lehnte sich zurück und las den Sportteil der Zeitung an der Stelle weiter, an der er zuvor unterbrochen worden war.

97

Kein Engel in Sicht. Wo bleibt nur der verdammte Engel?

Die Bilder um ihn herum, die Fratzen, das blutverschmierte Antlitz des Gekreuzigten, die wenigen Bankreihen, der Altar, alles bewegte sich so schnell, dass er sich wie auf einem Karussell fühlte.

Ihm war klar, dass er aufstehen musste, wenn er noch irgendeine Rolle in der Geschichte spielen wollte, also zwang er sich, angefeuert von dem Gekreuzigten, seinen Oberkörper aufzurichten. Das Drehen wurde schlimmer. Trost kniff die Augen zusammen, öffnete sie.

Das Licht fiel in steilem Winkel durch die Fenster, sein Blick war noch immer unscharf. Bilder rasten an ihm vorüber, ohne dass er imstande gewesen wäre, sie anzuhalten.

Trost schloss abermals die Augen. Es waren neuerliche Schmerzensschreie, die ihn aus der drohenden Ohnmacht weckten. Und endlich konnte er den Blick scharf stellen. Endlich sah er genau hin. Und wünschte sich sofort, er hätte es nicht getan.

Er kniete auf dem Boden und realisierte, was passiert sein musste. Der Kinofilm lief vor seinem inneren Auge ab, in Schwarz-Weiß, wackelig mit einer Handkamera gefilmt: der Professor auf dem steinernen Boden, die Arme von sich gestreckt. Seine Finger zittern, dann wird ein Arm auf einen Holzbalken gedrückt.

Trost blinzelte. Das Bild verschwamm für einen Augenblick, ehe es wieder scharf wurde: Ein Hammer fährt in die Höhe, saust dann herab. Direkt auf einen gewaltigen Nagel, der im Handgelenk des Professors steckt. Gleich unter der Handwurzel, zwischen Elle und Speiche. So steht nicht zu befürchten, dass das Gewebe unter der Last des am Kreuz hängenden Körpers reißt.

Trost wusste längst, was passiert war. Die Szene glich dem Horror aus dem Religionsunterricht. Den sonntäglichen Bildern von Tod und Verzweiflung, die er gesehen hatte, wenn er als Kind zur Messe gegangen war. Hatte gehen müssen.

Alle Sünden dieser Welt.

Der Kinofilm vor seinem inneren Auge: Blut spritzt, dann ein feiner roter Sprühregen. Zweimal, dreimal, viermal fährt der Hammer nieder, dann sitzt der Nagel. Die Schreie gehen in ein Wimmern und Würgen über.

Trost kämpfte mehr denn je gegen die drohende Ohnmacht. Der Professor war ans Kreuz genagelt worden. Das finale Kunstwerk eines irren Mörders. Dafür würde man keinen Kriminalwissenschaftler benötigen. Der Anblick machte jedem klar, an wessen Mord der Tod erinnern sollte. An den größten Mord der menschlichen Geschichte. An den, den jeder kannte.

Jetzt würgte Trost doch. Geräuschlos. Scharfe Flüssigkeit schoss durch seine Speiseröhre nach oben.

Er blickte dem Gekreuzigten zum ersten Mal ins Gesicht. Er hatte ein Doppelkinn und sogar noch die Brille auf seiner Nase. Ein Glas war zerbrochen. Speichel floss aus den Mundwinkeln über den weißen Vollbart, vermischte sich mit seinen Tränen.

Tadelmanns Martyrium musste furchtbar sein. Er war wie einst der Heiland mit vier Nägeln durch Fuß- und Handknöchel an zwei Holzbalken genagelt worden. Die kleine hölzerne Gesäßstütze, die sein Leiden verlängert hätte, fehlte. Es schien, als sollte Tadelmann so schnell wie möglich sterben. An Herzversagen. An Kreislaufkollaps. Blutverlust.

Und doch war er noch immer bei Bewusstsein und krächzte mit letzter Kraft und letztem Zorn in der Stimme: »Himmelherrgottnochmal, so tun Sie doch was. Die Frau … Er tötet die Frau …« Ein gewaltiges Zittern lief durch Tadelmanns Körper, er schrie, dann wimmerte er nur noch.

»Oh mein Gott«, murmelte Trost. »Ein prominenter Tod …

ein prominenter Tod … kein *uninteressanter* … Und ich hab ihn provoziert …«

»Herr Trost … Schauen Sie mich an … Herr Trost?« Dem Professor schienen die Kräfte zu schwinden, er war kaum noch zu hören. »Schauen Sie mich an, gottverdammt …«

Trost zwang sich aufzublicken.

»Er … bringt … die Frau … um … Laufen … Sie …«

Und als wären die Worte eine Zauberformel gewesen, sah Trost von einem Moment auf den anderen wieder völlig klar. War wieder ganz in der Gegenwart. Sein Blick stellte sich scharf, sein Verstand fokussierte sich auf das, was wichtig war, seine Muskeln spannten sich an. Ein letzter Blick zu dem Gekreuzigten: »Halten Sie durch, Professor, ich bin gleich wieder da!«

Und schon war Trost zur Tür hinaus. Einem Raubtier gleich. Lautlos. Gnadenlos. Die Bedeutung des Wortes »Gnade« war ihm in der Kapelle abhandengekommen.

98

In ihm brüllte alles. Der Schmerz war so laut. Das war die merkwürdigste Erkenntnis des Irrsinns. Hatte das Christus auch so gefühlt?

Sein Körper rebellierte. Seine Blase hatte sich schon entleert, als der erste Nagel durch sein Handgelenk getrieben worden war. Er hatte es nicht wahrhaben wollen. Nicht glauben können, was ihm wiederfuhr.

Jetzt hing er am Kreuz in einer Kapelle. Ein Umstand, der einer gewissen Komik nicht entbehrte. Er, der Wissenschaftler, an einem christlichen Kreuz. Er hätte gelacht, wäre der Schmerz nicht so allgegenwärtig gewesen.

Seine Brustmuskeln taten so weh, als stünde ihm ein Herzinfarkt bevor. Ein Brennen wie tausend Feuer breitete sich aus bis in seine Bauchhöhle. In diesem Moment brandete eine neuerliche peinigende Welle durch seinen Körper, der sich verkrampfte, dann fiel Tadelmanns Kopf nach vorn. Speichel und Blut tropften auf den Boden unter ihm.

Mein Gott, wie lange noch? Wie lange kann ich das noch aushalten?

Dann wurde es dunkel.

Herrlich.

Dunkel und still.

99

Er konnte keinen klaren Gedanken mehr fassen, der Zorn war so … so … überwältigend, dass er kein Wort über seine Lippen brachte. Wie hatte der Professor ihm das nur antun können? Die Polizei alarmieren. Dieser … dieser …

Er schleifte die Frau hinter sich her. Sie strampelte, schrie und kratzte ihn, aber er spürte es nicht. Ob er so etwas tun durfte? Sie an den Haaren zerren? Sollte er sie nicht besser behandeln? Immerhin war sie nur ein Zufallsopfer. Aber was für eins!

Großartig!

Dieser verdammte arrogante, blöde Kerl von Trost. Jetzt hatte er seinen prominenten Mord. Den prominentesten überhaupt. Noch niemand hatte Jesus am Kreuz im Kontext einer Mordserie nachgestellt. Damit würde er berühmt werden. Und nicht nur damit. Spontan und unverhofft und so genial, dass er dafür keine Worte fand, würde er gleich noch einen weiteren bekannten Mord nachstellen. Einen Selbstmord zwar, aber nichtsdestotrotz würde die symbolische Wirkung gigantisch sein. Die Grazer würden ihn nie vergessen. Nie wieder.

Der Jungfernsprung. Der Sage nach hatte Wulfing von Gösting seine Tochter Anna mit einem reichen Ritter vermählen wollen. Anna jedoch liebte einen anderen, den Ritter Heinrich. Ein Duell wurde beschlossen. Beide Männer sollten in einem fairen Zweikampf um die Hand der schönen Frau kämpfen. Wie aufregend! Am Lindgarten vor der Burg wurde aufeinander eingedroschen. Die Klingen schepperten, die Männer brüllten zuerst, um dem Gegner Angst zu machen, dann, weil sie kaum noch Kraft hatten, die Klingen zu schwingen. Dann fuhr Heinrichs Schwert ins Leere, und er stolperte, von der Wucht seines Stoßes aus dem Gleichgewicht gebracht, ihm hinterher. Der reiche Ritter nutzte die Gelegenheit, holte aus und spaltete mit einem einzigen gewaltigen Hieb Heinrichs Kopf. Als Anna sah, wie ihr Heinrich blutüberströmt am Boden lag, die Gliedmaßen zuckten noch, lief sie weinend davon. Die Knappen und Diener wollten sie halten, doch sie entwand sich ihren Armen, rannte um die Burg herum und stürzte sich geradewegs über den Felsen in den Tod.

Aus diesem Grund wurde die Stelle bis heute im Volksmund »Jungfernsprung« genannt.

Die Augen des Schattens waren in Erinnerung an die Legende weit aufgerissen. Vor Verzückung geweitet. Er, ein Schatten, damit war nun Schluss. Magister Albert Schleich aus Lölling. Das war sein Name. Nicht länger nur der Assistent des Professors. Ab sofort der Star unter den Mördern.

Ein Aufschrei holte ihn in die Gegenwart zurück. Diese Frau brüllte wie am Spieß. Was für ein Huhn!

Er trat nach ihr, traf sie aber nicht. Also zerrte er fester an ihrem Haar. Wie an der Leine eines Hundes. Ihr Geschrei verstummte kurzzeitig, stattdessen begann sie zu betteln. Zu wimmern. Flennen. Dumme Göre. Mit ihr hätte er sich bestimmt nicht unterhalten können. Genauso wenig wie mit den anderen. Die wenigsten Frauen teilten sein Faible für Geschichten. Und wenn, dann wollten sie ihn nur übervorteilen. Frauen waren keine geeigneten Gesprächspartner. Sie verfügten über keinen Wissensdurst. Kaum Ehrgeiz. Und darüber hinaus über zu wenig Loyalität. »Halt dein Maul«, keuchte er. »Halt endlich dein verdammtes Scheißmaul.«

Sie näherten sich dem Jungfernsprung. Vor ihm ging es hundert Meter in die Tiefe. Der Weg wurde schmaler.

Früher einmal hatte die Mur fast unmittelbar unter dem Felsen vorbeigeführt, heute würde sein Opfer nur ins Gebüsch fallen, aber sich auch dort das Genick und sämtliche anderen Knochen brechen. Vielleicht würden es die Äste und das Gehölz auch aufspießen.

Man würde die Frau kaum bergen können, so schwierig war das Gelände dort. Sie würde einen schrecklichen Anblick bieten. Verdreht und zerquetscht. Schleich kicherte bei der Vorstellung.

Wirklich schade, dass der Verlauf der Mur geändert worden war.

Die Leiche von Anna, der Jungfrau, hatten Bauern damals ein paar hundert Meter flussabwärts gefunden. Sie hatten sie aus dem Wasser gezogen und ihrem Vater gebracht. Als der den zerschmetternden Leichnam sah, war er der Legende nach auf der Stelle tot zusammengebrochen. Damit war sein Geschlecht ausgestorben. Seitdem zerfiel die Burg.

So ein Pech aber auch.

Ob mit dem Tod dieser Polizistin auch ein Geschlecht ausstarb? Hätte er Zeit für die Vorbereitung gehabt, hätte er auch das gewusst. Aber alles hatte sich spontan ergeben. Es würde kein perfekt nachgestellter Mord werden, aber ein aufsehenerregender. Ganz bestimmt würde es das. Er kicherte wieder. Die Frau wimmerte und schrie jetzt im Wechsel. Endlich hatten sie den Felsen erreicht.

100

Trost hatte alles hinter sich gelassen, er war nur noch Raserei. Die Schmerzen, die immer wieder an seinem Hinterkopf aufflammten, blendete er aus, sprang über Mauerreste und Wurzeln hinweg, Lembergs Schreien hinterher.

Er wollte ihr antworten: »Annette, halt durch!«, aber dafür fehlte ihm die Luft. In ihm war nur noch Entschlossenheit. Jene Entschlossenheit, allem ein Ende zu machen.

Mit zusammengepresstem Kiefer preschte er durch den Wald. Lembergs Schreie wurden lauter, der Jungfernsprung näherte sich, und plötzlich wusste Trost, was geschehen würde: Dieser Verrückte würde sie vor seinen Augen über den Felsen werfen.

Allein bei der Vorstellung war er sich plötzlich nicht mehr sicher, dass er ihr nicht hinterherspringen würde. In diesem Moment spürte er überwältigende Sehnsucht, gepaart mit archaischer Angst, dass er so schnell wie nie durch den Wald hechtete. Doch war schnell wie nie schnell genug?

Er holte keine Luft. Nicht als er auf den Grat zusteuerte. Nicht als er Schleich vor sich sah, der Lemberg an ihren Haaren über den Felsen zog, sie in den Abgrund gleiten ließ.

Und dann flog Trost ihr hinterher.

101

Trost sprang in weitem Bogen wie Sandokan in der Fernsehserie aus den siebziger Jahren, wenn er einen Tiger tötete.

Der Boden unter ihm entfernte sich, sein Körper wurde lang, die ausgestreckten Finger drohten sich von seiner Hand zu lösen. Und immer noch kein Atemzug. Alles eine einzige Bewegung.

Als er aufschlug, platzte seine Lippe auf. Alles um ihn herum wurde schwarz. Sofort schmeckte er den metallischen Geschmack von Blut. Er hatte das Gefühl, als berühre das Kinn seine Stirn, und ein heulender Schmerz jagte von seiner Schulter in den Kopf und wieder zurück bis zu seinen Knien, die er kurz darauf schon nicht mehr spürte.

Ausgestreckt lag Trost auf einem Felsen. Alles an und in ihm war Schmerz, doch er litt nicht. Er wusste nur, dass er die Hand in seiner niemals loslassen durfte.

Niemals.

102

Blinzelnd öffnete er die Augen. Er hatte keine Erinnerung daran, wie er es geschafft hatte, aber er hatte Lembergs Hand zu fassen gekriegt. Sie war feucht wie seine und verschwitzt, dennoch ließ er sie nicht los.

Mit der zweiten Hand suchte er Halt, als sein Körper drohte den glatten Fels in die Tiefe entlangzurutschen. Der Grat war durch einen hüfthohen eisernen Zaun geschützt, der wiederum mit einem Gitter eingefasst war. Nur an einer Stelle fehlte das Gitter – dort hing Annette Lemberg.

Trost griff nach einem Vorsprung im Fels, hielt sich daran fest und holte endlich wieder Luft.

Er blähte die Backen, presste die Augen zusammen und zog Lemberg auf dem Bauch liegend mit nur einem Arm nach oben. Endlich tauchte ihr Kopf über der Kante auf, sie griff nach dem eisernen Zaun, hatte ihn erreicht. Fast.

Und plötzlich stand der Kerl über ihm und trat auf jene Hand, die Lembergs letzte Rettung vor dem Abgrund war.

103

Nicht loslassen! Um Gottes willen, jetzt nicht loslassen!

Er konnte das Entsetzen in Lembergs Augen sehen. Sie brüllte, er selbst blieb still. Er hatte keine Luft und keine Zeit, um Luft zu holen.

Schleichs Blick war der eines Verrückten. Ein Grinsen breitete sich in seinem Gesicht aus.

»Zwei!«, schrie er und lachte laut. »Zwei Polizisten auf einen Streich. Na, Herr Trost, wie aufsehenerregend ist das? Wie interessant? Ist es Ihnen interessant genug? Habe ich mich damit qualifiziert, dass Ihresgleichen mich sucht? Bin ich jetzt gut genug, um in die Geschichte einzugehen? Vergessen Sie bloß nicht den aufgeblasenen Professor, der gerade am Kreuz krepiert. Alles zusammen sollte doch für die Ewigkeit genügen, für einen Eintrag in die Geschichtsbücher, nicht wahr?« Wieder lachte er hysterisch.

Und dann war Schleich plötzlich verschwunden. Von einem Moment auf den anderen war er fort.

104

Trost schaffte es, mit den Füßen Halt zu finden, und zog mit beiden Händen an Lembergs Arm. Irgendwann lag sie auf ihm, vergrub ihr Gesicht an seiner Brust, und er streichelte sie.

Sie weinte. Genau wie er.

Und wieder war es eine schier übernatürliche Kraft, die ihn dazu bewog, Annette Lemberg von sich zu drücken und aufzustehen.

Es war ein Engel gewesen, der plötzlich aufgetaucht war.

Tatsächlich, ein Engel. Wie einer von denen in den Kirchen. So musste es sein. Er hatte Schleich zur Seite gestoßen und ihn mittlerweile in einen heftig geführten Ringkampf verwickelt. Der Engel war nicht so groß wie Schleich, aber mindestens so stark. Er war verletzt, blutete aus mehreren Wunden, doch er ließ nicht von Schleich ab. Die Wunde unter seinem Verband blutete wieder. Dennoch schlug er auf ihn ein, trat nach ihm.

Der Engel war der Graf.

In diesem Moment war Trost ihm dankbar. Für seine Hartnäckigkeit. Für seine Treue. Für sein Timing. Als hätte er gewusst, dass seine Stunde kommen würde, war der Graf nicht von Lembergs Seite gewichen und hatte sie jetzt gerettet. Sie beide. Sie und ihn, Trost.

Das kämpfende Knäuel hatte sich entwirrt, und beide Männer standen sich zwei Meter voneinander entfernt gegenüber. Hinter Schleich gähnte der Abgrund. Ein Schritt noch, und er würde gegen das Gitter stoßen.

Trost hob die Hand. »Geben Sie auf, Schleich. Sie hatten Ihr Spiel. Sie sind berühmt. Weltberühmt in Graz.«

Der Graf warf ihm einen überraschten Blick zu. Mit einem Wortspiel hatte er im Angesicht des Todes nicht gerechnet.

»Aber jetzt haben Sie keine Chance mehr«, fuhr Trost fort. »Die Kollegen sind unterwegs. Geben Sie auf.«

Schleich schaute ihn an. Nickte. »Sie haben recht. Ich hatte mein Spiel. Ich habe etwas geschaffen. Etwas für die Ewigkeit. Über mich wird man Bücher schreiben. Viele Bücher. Sie werden sehen. Aber ich werde mich von Ihnen nicht in eine Zelle sperren lassen.« Er lachte auf. Hysterisch. Viel zu laut. Dann machte er einen Schritt zurück, stieg über den Zaun, und sein Körper verschwand im Abgrund.

Weder der Graf noch Trost hatten Anstalten gemacht, ihn zurückzuhalten. Sie hatten an Ort und Stelle verharrt. Atemlos.

Erst als sie das Geräusch des am Fuße des Felsens aufprallenden Körpers vernahmen, atmeten sie gleichzeitig ein.

Der Himmel unter Graz

105

Es war still in der Kapelle. Und das, obwohl sie nicht allein waren.

Das Kreuz lag am Boden vor dem Altar, den Körper des Professors hatte man mit einer Decke bedeckt. Aus seinem Arm ragte ein Infusionsschlauch, durch den Schmerz- und Betäubungsmittel flossen, jemand drückte ihm eine Sauerstoffmaske auf Nase und Mund. Er murmelte unverständliche Worte. Sein Körper zitterte, als stünde er unter Strom.

Mitglieder der Berufsfeuerwehr sägten die Nägel an Händen und Beinen ab, sodass der Mann auf eine Bahre gehoben werden konnte. Die Holzbalken blieben am Boden liegen. Einige der Feuerwehrler machten entsetzte Gesichter. So etwas hatten sie noch nie gesehen.

Die Reste der Nägel steckten immer noch im Körper Tadelmanns. Sie zu entfernen würde Aufgabe des Operationsteams im Krankenhaus sein. Mit dem Professor auf der Bahre eilten die Sanitäter hinaus.

Trost folgte Tadelmann mit seinem Blick. Würde es ihm jemals wieder gut gehen? Wenn er wieder genesen wäre, sich die Aufregung etwas gelegt hätte, würde ihm die Geschichte mit seiner Frau erst richtig zu Bewusstsein kommen. Dass sie seit Jahren wieder zurück aus Amerika gewesen war und er nichts davon gewusst hatte. Und dass sie jetzt tot war. Seinetwegen.

Plötzlich standen die beiden Wiener Kollegen neben ihm. Flankierten ihn. Taten ihm immerhin den Gefallen und hielten sich mit süffisanten Bemerkungen, was den dramatischen Ausgang des Falles betraf, zurück. Setzten ihn nur davon in Kenntnis, dass man soeben dabei sei, die Wohnung von Magister Schleich auseinanderzunehmen. Allerhand Bilder hingen da an den Wänden. Von den Opfern. Und von anderen Frauen. Vielleicht die Mord-Liste, die er hatte abarbeiten wollen. Auch Hinweise auf Tadelmanns Frau hätten sie in der Wohnung gefunden. Jede Menge sogar. Schleich musste sie seit Langem verfolgt haben. So wie er überhaupt alles penibel geplant und die Opfer aus dem Umfeld des Professors ausgesucht hatte.

Plötzlich schlug einer der beiden Trost fast freundschaftlich auf die Schulter, er musste Hände drücken, anerkennende Worte über sich ergehen lassen. Tatsächlich! Dann allgemeines Kopfnicken, und die beiden Wiener wandten sich um und verließen den Tatort.

Trost stellte sich vor, wie sie noch an einem Würstelstand auf eine Käsekrainer anhielten, so wie Wiener das am Ende eines Falles immer machten. Vor dem Einsteigen würden sie die Servietten auf den Boden fallen lassen, ihre Zigaretten mit den Fußsohlen ausdämpfen und dann abtschoppieren. So hieß das, wenn jemand den Abflug machte, dessen Anwesenheit von Anfang an nicht wirklich erwünscht gewesen war.

106

Minuten später erklang die Sirene des Krankenwagens, der über die Forststraße hinunter nach Gösting raste. In nicht einmal fünfzehn Minuten würde der Professor im Operationssaal des LKH West liegen. Sie würden ihm die Nägel entfernen, er würde wieder genesen, ganz sicher. Er wurde keinen Märtyrertod sterben, stattdessen aber eine große Anzahl an Therapiestunden bei einem Psychotherapeuten in Anspruch nehmen müssen, um wieder einigermaßen mit dem Leben klarzukommen.

Annette Lemberg saß mit verbundenem Kopf auf einer Bank vor dem Altar, neben ihr Trost und der Graf. Auch Gierack war da, sogar Anfänger hatte man vorgelassen, doch der Journalist besaß so viel Anstand, mit seinen Fragen nicht vorzupreschen.

»Sie haben im entscheidenden Moment einen Rückzieher gemacht«, wandte sich Trost an ihn. »Ich danke Ihnen dafür.«

Müde winkte Anfänger ab. Wäre er nicht von Emotionen überwältigt von seinem Motorrad gestiegen, hätte es sich der Graf nicht schnappen können. Dann wäre Lemberg gestorben. Und Trost wohl auch. »Das war ja keine Absicht. Wenn ich gekonnt hätte, wäre ich Ihnen wieder gefolgt.«

Trost lächelte müde. »Trotzdem. Dafür kriegen Sie Ihre Story, versprochen.« Ihm fiel noch eine Frage ein: »Wie sind Sie eigentlich hierhergekommen?«

»Ich bin mit einem Ihrer Kollegen mitgefahren.«

Trost lächelte. »Natürlich. Journalistische Überredungsgabe.«

Anfänger lächelte müde.

Sie schüttelten einander die Hände, dann gab Trost Gierack mit einem Nicken zu verstehen, den Journalisten hinauszubegleiten.

Sein Vorgesetzter reagierte prompt. Er schien fast erleichtert darüber zu sein, sich entfernen zu dürfen.

Auch die Einsatzkräfte der Feuerwehr räumten in der Kapelle jetzt die Stellung.

Lemberg hustete. Sie sah schrecklich aus. Ihren schwarzen Augenringen und der roten Nase nach zu urteilen, würde ihr Krankenstand diesmal länger dauern. Sie griff nach Trosts linker und Grafs rechter Hand. Eine Träne zitterte an ihrem linken Augenlid. »Ich danke euch.«

Eine weitere Minute des Schweigens folgte. Fast, als würde Lemberg beten. »Eines verstehe ich aber nicht ganz«, sie wandte sich an den Grafen, »wie haben Sie immer gewusst, wo wir sind? Sie waren an allen Tatorten und haben mir zuletzt mein Leben gerettet. Wie? Und warum sind Sie uns überhaupt gefolgt?«

Der Graf und Trost blickten einander an. Dann sagte Trost: »Weil er dein Schutzengel ist.«

Lemberg lachte nicht, starrte den Grafen an.

Dieser bemühte sich, ihrem Blick standzuhalten, tätschelte unbeholfen ihre Hand und verließ nun seinerseits die Kapelle. Wie immer in aufrechter, fast steifer Haltung. Ohne sich umzublicken.

Wenn die beiden nur wüssten, wie schwer es mir diesmal fällt, gefasst zu bleiben.

107

Draußen setzte sich der Graf auf einen Stein und atmete tief ein und aus. So nah dran. Er war so nah dran gewesen. Hatte ihre Hand gehalten. Sie bis in sein Herz hinein gefühlt. Und sie hatte ihn angeschaut. Betrachtet geradezu. Das war mehr Anerkennung, mehr von allem, als er je zu hoffen gewagt hatte. Er hatte ihr Leben gerettet, und das würde sie ihm nie vergessen. Damit standen seine Chancen bei ihr gut. Besser denn je.

Landerdinger, wirst du Augen machen! Ich bin am Ziel. Fast am Ziel.

108

Trost und Lemberg waren allein. Hielten sich immer noch an den Händen. In diesem Moment dachte Trost an nichts anderes. Nicht einmal daran, dass er sich in einer Kapelle befand. Einem Ort, den er noch bis vor wenigen Tagen niemals freiwillig betreten hätte. Er wäre nirgendwo lieber gewesen. Als hier. Mit dieser Hand in seiner Hand.

109

Der Heiland lag in einer dunklen Ecke und starrte an die schmucklose Decke. Es war grotesk, aber er war von einem Mörder vom Kreuz befreit worden. Er war Vorbild für einen aufsehenerregenden Mordversuch gewesen.

Niemand kümmerte sich um die Holzfigur mit ihrem regungslos traurigen Gesicht unter der in die Stirn gedrückten Dornenkrone. Die Augen blinzelten nicht. Die Mundwinkel zuckten nicht. Die Hände hielt sie ausgestreckt, die Füße übereinandergelegt. Sie schien jederzeit bereit, wieder ans Kreuz genagelt zu werden. Bereit, zu leiden. Bereit, zu sterben. Immer wieder aufs Neue zu sterben.

110

Charlotte saß im Dunkel des Baumhauses und wünschte sich, nicht hinaufgeklettert zu sein.

Was hatte sie erwartet? Dass er hier oben auf sie warten würde?

Mit Nudeln in Lachssoße und einem Glas Grauburgunder? Mit einem Lächeln auf den Lippen, einem netten Wort und einem Neuanfang in seinen Augen? Vielleicht sogar mit einem ABBA-Song, der im batteriebetriebenen Kassettenrekorder im Hintergrund lief, und frischen Laken auf dem Feldbett? Mit viel Zukunft in der Luft?

Nein. Bloß nicht daran denken. Wenn er jetzt käme und dich heulend vorfände, wäre das kein Neubeginn. Nur eine weitere Erinnerung ans Scheitern.

Sie tupfte sich die Augen mit einem Taschentuch ab. Atmete tief durch. Sie würde warten. Wenn es sein musste, die ganze Nacht. Doch wenn der neue Tag anbrach, würde sie gehen. Und nicht mehr wiederkommen.

111

Für Einzelne war es wichtig, dem großen Ganzen aber war es egal, ob eine Person rechtzeitig zurückkehrte oder die andere lange genug wartete. Viele Menschen kamen nie mehr zurück. Roswitha Schulmeister und Alena Stadler zum Beispiel, Frau König und der graue, so sehr nach Anerkennung lechzende Mörder Schleich. Und Johannes Schulmeister? Der war immer noch verschwunden. Da konnte die Welt auch noch so lange auf dem Kopf stehen, der Himmel unter Graz verschwinden und die Hölle über der Stadt lodern. Der Mann war verschwunden. Und blieb es.

Wenn Armin Trost von nun an in der Nacht aufwachte und mit aufgerissenen Augen in die Finsternis um sich herum starrte, dann wurde er das Gefühl nicht los, dass ihn ein Schatten beobachtete. Nur ein Schatten.

Ein Starren. Ein Warten.

Und was tust du jetzt, Armin Trost? Gibst du endlich auf?

Glossar

ab ovo – lat., »vom Ei an« bzw. »vom Anfang an«
abtschoppieren – weggehen, sich entfernen
anzipfen – stören
ausfassen – etwas bekommen/empfangen, etwa Vorstrafen oder eine ungeliebte Arbeit
bamstig – frech
Bist du gelähmt! – Ausdruck des Erstaunens
Erdäpfel – Kartoffel
Federpennal – Federtasche, Etui
Frischluftwatschn – Frischluftohrfeige, bezeichnet den Effekt plötzlicher Sauerstoffzufuhr
GU – Bezirk Graz-Umgebung
GUler – Mensch, der im Bezirk Graz-Umgebung zu Hause ist
Häfen – Häfen, umgangssprachlich für »Gefängnis«
Haube – Mütze
Hudlerei – Eile, Hetzerei
juridisch – juristisch, formalrechtlich, gesetzlich
klasser Typ – toller Kerl
narrisch – verrückt
nimmer – nicht mehr
Patschen – geplatzter Autoreifen
Pickerl – Aufkleber
Pistaks – Pistole
Pleambl – Idiot
Pretiosen – Geschmeide, Schmuck
proletoid – prollig
Rock – Anzugjacke
Sackerl – Tragetasche
Schmäh – Witz

Schnapsen – ein Kartenspiel

Schnürlsamthose – Cordhose

Seidl Bier – Glas Bier mit Fassungsvermögen 0,3 l

Sessel – Stuhl

sperr ma – sperren wir

Steirische Eiche – Schauspieler und Ex-Gouverneur Arnold Schwarzenegger

Tegerl – kleine Schale

Troadkasten – Heuschober

Tuchent – mit Federn gefüllte Bettdecke

Verhackertbrot – Brotaufstrich aus geräuchertem klein gehacktem Speck, Schweinefleisch, Kochsalz und Gewürzen wie Knoblauch und Pfeffer

Viecher – Tiere

vis cui resisti nun potest – lat., höhere Gewalt bzw. Gewalt, gegen die man keinen Widerstand leisten kann (z.B. Naturkatastrophen)

Vulgoname – ein Name für ein Haus, ein Anwesen. Alle dort wohnenden Familienmitglieder werden mit ihm bezeichnet, quasi ein zweiter Familienname

Weiße Mischung – Weißweinschorle

Danksagung

Eine ganze Reihe von Menschen hat mir bei diesem Buch zur Seite gestanden. Ohne ihre Unterstützung hätte ich es nicht zustande gebracht.

Am Beginn eines jeden Projekts steht die Idee dazu. Und die hatte diesmal meine Frau Kerstin. Sie gab die Initialzündung zu einem Krimi-Abenteuer, das mich oft schlecht schlafen ließ. Danke dafür.

So blutig und abartig die Fälle sind, so nüchtern gestaltete sich die Recherche über historische Kriminalfälle in der Steiermark. Hierzu bedurfte es mitunter auch der Hilfe erfahrener Experten. An Christian Bachhiesl vom Hans-Gross-Kriminalmuseum kommt man bei diesem Thema nicht vorbei und will es auch nicht. Elisabeth Schöggl-Ernst vom Steiermärkischen Landesarchiv grub wahre Krimi-Schätze aus, und Ingo Mirsch durchstöberte für mich seine Privatarchive.

Natürlich ist ein Roman nur ein Abbild einer Welt im Kopf. Manchmal schadet es aber nicht, der Realität ins Auge zu blicken. Linda Trinkl, Referentin für Öffentlichkeitsarbeit im Landeskriminalamt (LKA) Steiermark, half dabei, den Roman-Ermittlern Profil zu geben, und ermöglichte das Treffen mit Oberst Alois Eberhardt, dem stellvertretenden Leiter des LKA, sowie mit *dem* Mordermittler der Steiermark, Chefinspektor Anton Kiesl, Leiter der Ermittlungseinheit »Leib und Leben«.

Sollten immer noch Fehler und Ungereimtheiten in der Geschichte aufgetreten sein, sind diese natürlich ausschließlich mir anzulasten.

Seit vielen Jahren interessiert sich Stephan Pelizzari für Grusel-Storys. Dafür möchte ich ihm an dieser Stelle besonders danken. Und für seine großartigen Fotos. Das Cover geht auf seine Kappe!

Das Erstleserteam hat es bekanntlich am schwersten. Da muss man sich durch fehlerhafte Gedankengänge quälen, gewissermaßen selbst zum Detektiv werden. Kerstin, Claudia und Harald Schwarz, Bernd Hecke, Michael Novak und Melita Suljevic – ihr wart ein tolles Ermittlerteam!

Dass so ein Buch überhaupt entstehen kann, ist aber vor allem einem engagierten Verlagsteam zu verdanken. Und hier gibt es derzeit für mich kein besseres als jenes des Emons Verlages. Dank an dieser Stelle an Susanne Bartel, die Stamm-Lektorin der »Trost-Romane«.

Und zuletzt noch ein besonderes »Danke!« an alle lieben Leser meiner Bücher. Solange ihr lest, kann ich schreiben. Für diese Art von Anerkennung tue ich alles. Ich begehe sogar Morde. Mit jedem Buch ein paar mehr.

Robert Preis
GRAZ IM DUNKELN
Broschur, 288 Seiten
ISBN 978-3-95451-180-0

»Ein einsamer Held, der einem mit seiner trockenen Art schon bei seinem zweiten Fall irgendwie ans Herz gewachsen ist.«
Austria Presse Agentur

ROBERT PREIS
Die Geister von Graz
KRIMINALROMAN
emons: